汝、魔を断つ剣となれ

I'm innocent rage.
I'm innocent hatred.
I'm innocent sword.
I'm DEMONBANE.

斬魔大聖デモンベイン

無垢なる刃

原作：鋼屋ジン（Nitroplus）
著：涼風 涼（DIGITURBO）

角川文庫 13095

DEUS MACHINA DEMONBANE

CONTENTS

大十字九郎《だいじゅうじくろう》
三流探偵だったがアルと出会い魔術師となりデモンベインを駆る。右は魔術師となった姿。
覇道瑠璃《はどうるり》
覇道財閥の総帥。祖父の意思を継ぎ、デモンベインを生み出す。上は執事ウィンフィールド。
アル・アジフ
少女の姿をしているが、魂と肉体を持つ最高の魔導書。何かに導かれるように九郎と出逢う。
ライカ
街の片隅の教会で孤児院を営むシスター。九郎のよき理解者でもある。

エルザ
ドクター・ウエストと行動をともにする少女。あらゆる兵器を使いこなすが時に暴走も!?
ドクター・ウエスト
ブラックロッジが擁するマッドサイエンティスト。奇天烈な発明で街に大騒動を起こす。
マスターテリオン
ブラックロッジの教祖。絶大な魔力を持つ本物の魔人。右は彼の魔導書・エセルドレータ。
ナイア
九郎の魔導書探しに協力する古本屋の女主人。その秘められた知識の深さには何かがある。

DEUS MACHINA
DEMONBANE

CHARACTERS

カバー・口絵イラスト／Niθ

本文イラスト／酒乃渉

デザイン／yoshiyuki

タケウチ　ユタカ

プロローグ

斬魔大聖――汝、魔を断つ剣となれ

それは凄絶《せいぜつ》な最期《さいご》だった。

数多《あまた》の時を重ね、幾多《いくた》の怪異《かいい》を葬《ほうむ》り、絶対的な力の象徴《しょうちょう》たる鬼械神《デウス・マキナ》・アイオーン。

だが神を模したとされる鋼《はがね》の巨人《きょじん》も、今は動かない。

剔《えぐ》られた貌《かお》、引きちぎられた腕《うで》、吹《ふ》き飛んだ脚《あし》……軀《からだ》に刻みこまれた無数の傷は戦いの激しさを物語り、爆《は》ぜては剝《は》がれ落ちる装甲《そうこう》は、儚《はかな》く散りゆく桜の花びらのようだ。もはや人形《ひとがた》と呼ぶことすらはばかられる鉄塊《てっかい》と化した機械仕掛《じか》けの神は、瘴気《しょうき》と狂気《きょうき》に冒《おか》された不浄《ふじょう》の廃墟《はいきょ》で崩《くず》れ落ち、無念の最期を遂《と》げていた。

不意に一陣《いちじん》の風が巻き起こる。

汚《けが》れた空間を切り裂《さ》き、浄化していくその風は、上空から何百枚もの紙片を運んできた。その光景は、まるで紙吹雪《かみふぶき》である。だがそれは意思でも通っているかのような規則性を持って舞《ま》い降りてくる。淡《あわ》い燐光《りんこう》に包まれた紙片は、一枚、また一枚と重なり合い、やがて中空で一冊の書物と化した。

怪異な現象は続く。書物と化した紙片が再びほどけ、宙を舞う。ほどなくそれは収束し、今度は書物ではなく、少女の姿を形成していく。

少女はアイオーンの前に降り立つと、静かに瞼《まぶた》を開いた。その瞬間《しゅんかん》、翡翠《ひすい》色をした双眸《そうぼう》が絶望色《いろど》に彩られる。少女は唇《くちびる》をきつくかみしめ、握《にぎ》りしめた拳《こぶし》を震《ふる》わせた。怒《いか》りや絶望など、ありとあらゆる負の感情が胸中でうずまき、抜《ぬ》けるような白い肌《はだ》を紅潮させていく。

少女は一歩、アイオーンへと歩み寄った。

だが次の瞬間、かろうじて原形をとどめていた巨人は爆音《ばくおん》とともに粉微塵《こなみじん》に吹き飛び、爆風が華奢《きゃしゃ》な少女の体を蹂躙《じゅうりん》していく。まるでなにかを責め立てるかのように……。

爆風が収まってもなお、彼女は同じ場所に立っていた。

「クッ……」

少女は言葉を詰《つ》まらせ、静かに頭《こうべ》を垂れた。その顔には、深く激しい自責の念が刻みこまれている。

だが後悔《こうかい》していたのは、一瞬でしかない。

課せられた強い使命感が少女の思考を遮断《しゃだん》し、行動力へと変えていた。

少女は迷いを振《ふ》り払《はら》うかのように首を左右に振ると、踵《きびす》を返した。

彼女の目は、前方に浮《う》かび上がる街の姿を映し出している。

(見つけ出さねば。妾《わらわ》を所有するに値《あたい》する術者を……)

その者が眼前に広《ひろ》がる都市の中にいるとは限らない。

それ以前に、この時代に存在するかどうかも定かではなかった。

だが、一刻も早く行動に移らねばならないのは事実だ。その証拠《しょうこ》に、彼女は早くも追っ手の気配を感じ取っていた。

少女は「チッ」と舌打ちしたあと、振り向きもせずに駆《か》け出した。

その先に希望があることを信じて——。

レガシー・オブ・ゴールド

第一章 永劫《えいごう》の開演——冥《くら》き空の彼方《かなた》より

アウグストゥス

マサチューセッツ州・アーカムシティ。

合衆国東北部、太平洋岸に位置するその街は、かつてない好景気の直中《ただなか》にあった。

科学の進歩と錬金術《れんきんじゅつ》の復古により人々の生活レベルは格段に向上。それは様々な分野でビジネスチャンスを生み、数多くの成功者を生み出していた。人口は爆発《ばくはつ》的に増加し、だがそれ以上に経済は発展。まるで何者かが描《えが》いた壮大《そうだい》なシナリオに沿っているかのように、景気は衰《おとろ》える気配すらみせない。そんな自他ともに認める世界の中心、それがアーカムシティである。

とは言え、誰《だれ》もが成功者として多くの富を得ているわけではない。

アーカムシティの中心部、ミスカトニック大学から徒歩数分の位置に建っているくたびれたマンションの一室で、その男・大十字九郎《だいじゅうじくろう》は飢《う》え死に寸前の憂《う》き目にあっていた。

「ひもじぃ。それも、かなり」

九郎は探偵《たんてい》事務所と自宅を兼《か》ねた部屋の真ん中で倒《たお》れていた。いや、倒れていたなどという生易《なまやさ》しいレベルではない。昏倒《こんとう》していた、というのが正しい表現だろう。彼は立派な体軀《たいく》を床《ゆか》に沈《しず》め、「ひもじぃ、ひもじぃ」とさまよい歩く餓鬼《がき》さながらの呪詛《じゅそ》を吐《は》き出し続けていた。

ひもじいのは、ここ一週間ほど食べ物を口にしていないからだ。生命を維持《いじ》するために水と塩は欠かさなかったが、生命線である水道も今日、止められていた。電気とガスはそれ以前に止められ、家賃は軽く数ヶ月ほど滞納《たいのう》している。もはや人間としての尊厳を維持するのも困難で、埃《ほこり》にまみれた1R《ワンルーム》が棺桶《かんおけ》と化すのも時間の問題だった。部屋の外では夜鷹《ウィップアーウィル》が下卑《げび》た鳴き声をわめきちらし、彼の魂《たましい》を持ち去ろうと狙《ねら》いを定めている。

(おかしい。決定的になにかが間違《まちが》っている……)

九郎は無意識のうちに窓の外へと目を向けていた。今日もアーカムシティは上天気で、燦々《さんさん》と照りつける日光が天を貫《つらぬ》く勢いでそびえ立つ摩天楼《まてんろう》を嫌味《いやみ》なほど浮かび上がらせている。すべての人に夢と希望を、そして時には絶望すら与《あた》えるアーカムシティ。繁栄《はんえい》の象徴《しょうちょう》、世界の中心。だが今は、その栄華《えいが》のすべてが妬《ねた》ましい九郎である。

(とりあえず、ライカさんのとこでメシでもたかるか)

背に腹は代えられなかったが、食欲を満たしたあとに訪《おとず》れる怒濤《どとう》の嫌味と説教を想像し、ためらってしまう九郎である。だが、ここで野垂《のた》れ死にしては元も子もない。

(そのためにも、この場をしのぐ必要がある。そう、これは緊急避難《きんきゅうひなん》ってやつだ)

正当化し、自己中心的な理論で武装した途端《とたん》、希望という名の活力がわいてくる。

「そうと決まれば、さっそく行動。がんばれ、俺」

ヨロヨロとおぼつかない体を引き起こしつつ、やっとの思いで立ち上がったそのときだ。

コンコン
ドアをノックする乾《かわ》いた音が響《ひび》いてきた。

なぜチャイムを鳴らさないのかと九郎は首をかしげたが、電力の供給がストップしている事実に気がついて苦笑いする。

コンコン
「はいはい。ノックは一度にすれ。俺の空虚《くうきょ》な腹に響くから」

やや苛立《いらだ》たしげなノックに顔をしかめながら、九郎は錠《じょう》を外してドアを開けた。

「大十字九郎様でいらっしゃいますね？」

玄関先《げんかんさき》にいたのは、九郎とほぼ同じ背格好をしたスーツ姿の男性である。

折り目の入った黒いスーツを着こなし、一分の隙《すき》もない完璧《かんぺき》な立ち居ふるまいをみせる彼の姿は、上品で優雅《ゆうが》だ。やや華奢《きゃしゃ》な感も受けるが、ひ弱そうではない。体から発せられる研《と》ぎ澄《す》まされた空気、そしてメガネの奥から覗《のぞ》く切れ長の目は、触《ふ》れたら切れる鋭利《えいり》な刃物《はもの》のようだ。

「大十字九郎様ですね？」

「……あんたは⁉」

おそるおそる問い返すが返答はない。

代わりに、彼の背後から凛《りん》としたよく透る女性の声が響いてきた。

「仕事の依頼《いらい》です。大十字九郎さん？」

その声が聞こえるやいなや、男は静かに身を引いた。

そこには彼と同じ——いや、それ以上の気品を漂《ただよ》わせている少女の姿があった。これからパーティにでも出席するつもりなのか、彼女は映画でしかお目にかかれない豪奢《ごうしゃ》なドレスに身を包み、毅然《きぜん》とした表情で九郎を直視していた。

「貴方《あなた》にこそ相応《ふさわ》しい……いいえ、貴方にしかできない仕事です。大十字九郎さん」

少女はそう言うと、強い意思が感じられる黒い瞳《ひとみ》を九郎へとぶつけてきた。

その視線を、ややへっぴり腰《ごし》で受け止めながら、彼は別のことに気を取られていた。

（どこかで会ったような……。気のせいか？）

黒く艶《つや》やかで流麗《りゅうれい》な黒髪《くろかみ》、そして深淵《しんえん》を連想させる黒い瞳は、彼女が九郎と同じ東洋人であることを示している。共通点はそれだけで、眼光と存在感だけで他者を圧倒《あっとう》するような人物を、九郎は知らない。胸の奥でなにかがつっかえていたが、九郎は追求しなかった。探偵業を営んでいるとはいえ、情報がゼロに等しい状況《じょうきょう》から推理するなど不可能に等しい。

「話は中で聞かせてもらうよ。狭《せま》くて汚《きたな》い犬小屋みたいなところで恐縮《きょうしゅく》だけど」

すべて事実だが、自分で言っておきながら落ちこむ九郎であった。

＋

事務所と言えば聞こえはいいが、ようするに自宅である。

事務所と自宅の明確な線引きはなく、当然、ベッドルームも兼ねていた、もっともベッドなど買える身分ではないので、ソファーがその代わりである。女性はそこに腰《こし》かけると、テーブルを挟《はさ》んだ向こう側に座っている九郎を見つめながら口火を切った。

「わたくしは覇道瑠璃《はどうるり》。後ろに控《ひか》えている者は執事《しつじ》のウィンフィールドです」

控え目な会釈《えしゃく》をするウィンフィールドを尻目《しりめ》に、九郎の頭は機能を停止していた。

（……この人、なんかとんでもないことを口にしなかったか？）

九郎は思わず身を乗り出すと、ぶしつけなほど瑠璃を凝視《ぎょうし》する。

「少々お訊《たず》ねしてみたいこととかあったりするわけですが……」

「わたくしに答えられることであれば、なんなりと」

「こんな犬小屋みたいなところにあのお方が来るわけないし、ましてや俺と同じ空気を吸ってるわけないんですが、念のために訊《き》いときます。覇道って、まさか……」

「大十字さんのご想像どおりかと思います」

瑠璃は表情一つ崩《くず》すことなくそう告げると、さらに続ける。

「覇道財閥総帥《ざいばつそうすい》・覇道瑠璃。こう申し上げたほうがよろしかったでしょうか」

みなまで聞く前に、九郎はすべてを理解した。

覇道財閥を知らない者などアーカムシティには存在しない。あらゆる業界に通じ、そのすべてに強い発言力を持つ絶対的な支配者が覇道財閥である。そして覇道財閥から一番恩恵《おんけい》を受けたのがアーカムシティだった。地方の田舎町《いなかまち》が世界でも類を見ないほどの経済発展を遂《と》げたのも、覇道財閥の創始者である覇道鋼造《こうぞう》が巨額《きょがく》な投資を行ったからで、覇道財閥は街の実質的な支配者だった。

（総帥ってことはつまり、この娘《むすめ》がアーカムシティの頂点ってわけか）

若いと九郎は思う。瑠璃は見たところ十代後半であり、九郎とほぼ変わらなかった。

「で、仕事の依頼ってのは、やっぱアレですか。俺の事務所の十倍はあろうかという巨大《きょだい》な部屋をあてがわれたネコ様が失踪《しっそう》したとか、そんな感じですかね？　ええ、お任せください。ペットのことなら任せて安心、信頼《しんらい》と実績のアニマル探偵《たんてい》・大十字九郎へ！」

「大十字さんがペット探しのプロであることは重々承知しておりますが、そうではありません」

「いや、さらりと肯定《こうてい》されてもヘコむんだけど……」

実際、探偵とは名ばかりで、ペットの捜索《そうさく》がメインの九郎である。

「探してもらいたいのはペットではありません。ですが、この仕事に関しては貴方でなければできないのです」

「？　それって、いったい……」

「魔導書です。魔導書《まどうしょ》を探していただきたいのです。力ある魔導書を！」

瑠璃は静かに、しかしハッキリとした口調で告げた。

一方、九郎は顔を引きつらせると、囚人《しゅうじん》よろしく絶望感に打ちひしがれていた。本能が関《かか》わるなと危険信号を発している。好ましくない展開になりつつあることは疑問の余地もなく、早急に話を切り上げるべきだと九郎は考えた。

「そんな怪《あや》しげなもん、俺に探せるわけないだろ？　第一、俺じゃなきゃって理由にもならない」

大仰《おおぎょう》な仕草で九郎が天を仰《あお》いでみせると、瑠璃の背後で事の成り行きを見守っていたウィンフィールドがスーツの内ポケットから手帳を取り出した。

「誠《まこと》に恐縮ではございますが、失礼を承知で少し調べさせていただきました」

ウィンフィールドは手帳に目を落とした。

「大十字九郎――。ミスカトニック大学に入学するも二年で中退。当時の記録によると専攻《せんこう》は考古学となっておりますが、それは事実ではありません」

「大十字さん。貴方が学んでいたのは陰秘学。すなわち、魔術の理論についてです」

瑠璃はウィンフィールドの話を引き継《つ》いだ。

九郎はソファーから腰を浮《う》かせ、警戒心《けいかいしん》を剝《む》き出しにして二人をにらみつける。

ミスカトニック大学は陰秘学科の存在を公《おおやけ》にはしていない。外部はもちろん、大学の関係者にすら存在を隠《かく》されている学科である。それを見つけ出すというのは並大抵《なみたいてい》のことではない。

「魔術を識《し》る者にしか魔導書を探し出せないと聞きます。わたくしたちには不可能なのです。これが貴方《あなた》にしかできない……」

「ちょっと待ったッ！」

依頼《いらい》を受けざるを得ない状況になりつつあることを知り、九郎は慌《あわ》てて会話をさえぎった。

あんな世界は二度と御免《ごめん》だと、九郎は胸中で吐《は》き捨てる。

「俺のことを調べたんなら話は早い。見てのとおり俺は落ちこぼれで、初歩的な魔術ですら使えやしない。第一、なんで俺なんだ？　陰秘学科には俺より優秀《ゆうしゅう》なヤツがいるだろう？」

九郎はソファーに座り直すと、矢継《やつ》ぎ早に言葉を吐き出した。

「アーミティッジの爺《じい》さんにでも紹介《しょうかい》してもらえばいいじゃないか」

一気にぶちまけてスッキリしたせいか、若干《じゃっかん》、九郎は平静さを取り戻《もど》していた。

「大十字様は、魔導書を閲覧《えつらん》できる位階《クラス》になっていたはずですが？」

「今さら隠し事など、意味をなしません」

「あんたらいったい、どこまで俺のことを……。目的はなんだ？　なぜ覇道が魔導書を探す⁉」

覇道財閥と魔導書。そこに接点があるとは思えなかった。

「後学のために教えてやる。魔導書ってのは外道《げどう》の知識の集大成だ。素人《しろうと》が手を出す代物《しろもの》じゃない」

叱責《しっせき》にも似た言葉を浴びせかけられた瑠璃は、視線を外し、顔をうつむかせた。だがそれは叱《しか》られたことに対してではなく、考えあぐねているような、そんな様子だった。

「デモンベイン」

何かを吹《ふ》っ切るかのように、瑠璃は言った。

「デモン……なんだそりゃ？」

「デモンベイン。祖父がわたくしに……いえ、このアーカムシティに遺《のこ》した『ブラックロッジ』に対抗《たいこう》しうる最後の切り札」

ブラックロッジの名を口にした途端《とたん》、瑠璃の顔はそれと判《わか》るほどハッキリと曇《くも》った。

「ブラックロッジについては、今さら説明するまでもありませんね？」

アーカムシティ最大の犯罪組織の名である。ありとあらゆる犯罪に関与《かんよ》し、泣く子も黙《だま》る犯罪集団である。その名を口にすれば泣く子は黙り、テロリストは尻尾《しっぽ》を巻いて逃《に》げ出すほどである。

だが、ブラックロッジが恐《おそ》れられる真の理由は他《ほか》にあった。彼らが破壊《はかい》活動に用いる破壊ロボットである。それはまさに悪夢の権化《ごんげ》であり、科学と錬金術《れんきんじゅつ》が生み出した脅威《きょうい》だった。その破壊力は治安警察が処理できるレベルを超《こ》えており、彼らでは追い払《はら》うのが限界だった。市民も自警団である『白き友愛団』を結成してブラックロッジと戦ってはいたが、焼け石に水である。

とは言え、ブラックロッジが好き放題できたわけでもない。アーカムシティにはブラックロッジと敵対する守護天使《メタトロン》がいた。メタトロンは治安警察ですら手も足も出ない破壊ロボットを、互角《ごかく》以上の力を以《もっ》てねじ伏《ふ》せていたのである。メタトロンだけではない。覇道財閥《ざいばつ》が治安維持《いじ》のため費用を出資しなければ、街はとうの昔に壊滅《かいめつ》していただろう。

「破壊ロボット一つ採り上げても、市民の生活を根底から覆《くつがえ》しかねない脅威です。ですが真の脅威は彼らの頂点に立つマスターテリオンと、その幹部たち。彼らは魔術師《まじゅつし》であると言われています。魔術師の恐ろしさは、大十字さんのほうが詳《くわ》しいのではないでしょうか」

実のところ、破壊ロボットより恐ろしいのは魔術師だった。マスターテリオン、そして彼に従う魔術師たち。その存在を疑問視する声もあるが、彼らが手を下したとされる事件は、その凄惨《せいさん》さにおいて他の事件とは一線を画していた。とにかく惨《むご》いの一言につきるのだ。肉片以下のモノと化した者、体の内側と外側をひっくり返された遺体がオブジェのごとく飾《かざ》られていた者、なぜか骨だけが抜《ぬ》かれて軟体《なんたい》動物のようにされた者、中には殺された直後であるにもかかわらず腐臭《ふしゅう》を漂《ただよ》わせ、蛆《うじ》にまみれた体で襲《おそ》いかかってきた者さえいた。だが外道の力を行使したのであれば納得《なっとく》でき、しかも戯《たわむ》れでしかないことを九郎は知っていた。だとしても被害者《ひがいしゃ》たちは例外なく普通《ふつう》に死ぬことすら許されなかったはずである。魂《たましい》は砕《くだ》け散り、死してもなお狂《きょう》気《き》の世界に囚《とら》われたまま終わりなき旅を続けているはずだ。

そんな外道の力を操《あやつ》る者たちが、本格的に動き出したとしたらどうなるか。

　アーカムシティの住人が共通して抱《かか》えている不安である。

「覇道としては、これ以上、ブラックロッジの暴挙を見逃《みのが》すわけにはいかないのです。ただ口《くち》惜《お》しいことに、魔術に対抗できるのは魔術のみと聞きます。つまり、わたくしたちでは手の打ちようがないのです……。デモンベインを除いては」

「そのデモンなんたらってやつは、魔術師と渡《わた》り合うだけの力があると?」

「デモンベインは覇道が持つ技術の粋《すい》の結晶《けっしょう》。そしてわたくしの祖父・覇道鋼造が導入した魔術理論は、必ずやブラックロッジの魔術師たちを討《う》つことでしょう。しかし……。デモンベインを起動するには魔導書が必要なのです。魔術師が魔導書を用いて魔術を行使するように、魔術理論を組みこんだデモンベインの起動には魔導書《それ》が不可欠なのです」

　車の鍵《かぎ》みたいなものかと九郎は納得した。納得したが、依頼を受けるかどうかは別問題である。

　もちろん九郎も、市民の一人として協力したいとは思う。思うが、割り切れないでいた。陰秘学を学び、魔導書の閲覧を許されるまでになっていた九郎だが、その内容にはついていけなかった。難解だったわけではない。魔導書に記された内容のおぞましさに、である。魔術の知識を恐れて逃げ出した九郎にとって、あの狂気の世界に再び足を踏《ふ》み入れるのは拷問《ごうもん》にも等しかった。

「デモンベインは祖父の形見であり、希望なのです。わたくしは、それを無駄《むだ》にしたくはない」

黒く澄《す》んだ瑠璃の瞳《ひとみ》が、九郎にすがりついてきた。

（いや、そんな捨てられた子犬のような目で見つめられてもなあ……）

まいったなとつぶやきながら、九郎は頭をかいた。

後味の悪さを感じながらも、九郎の気持ちはすでに固まっていた。

「悪いけど、俺は……」

九郎が言い終わる前に瑠璃は行動に出た。

「ウィンフィールド、例のモノを」

彼は恭《うやうや》しく一礼すると、ジュラルミン製のアタッシュケースをテーブルに置いた。

「いかに大変かは承知しております。ですから、報酬《ほうしゅう》もそれに見合った額をご用意いたしました」

ウィンフィールドは瑠璃がうなずくのを確認《かくにん》してから、アタッシュケースを開く。その中に収まっていたのは、ビッシリと敷《し》き詰《つ》められた札束だった。

「依頼料《いらい》と必要経費です。お納めください」

ウィンフィールドはアタッシュケースを九郎の目の前へと移動させる。

「もちろん、魔導書を発見したあかつきには、成功報酬としてさらに倍額を用意いたします。引き受けてくださいますよね、大十字さん？」

邪気《じゃき》なくニッコリと微笑《ほほえ》む瑠璃に対し、九郎は「もちろんです」と阿吽《あうん》の呼吸《こきゅう》のように応じた。

金に目がくらんだわけではないと自分に言い聞かせながらも、目は札束から離《はな》れない。

窓の外で九郎の魂を取り損《そこ》ねた夜鷹《ウイップアーウイル》が口惜しげに鳴きわめいていた。

＋

九郎は自宅から徒歩十分の距離《きょり》にある繁華街《はんかがい》へと足を運んでいた。

アーカムシティで一番の賑《にぎ》わいをみせるそこは、自然と多くの人間が集まってくる。老若男女《ろうにゃくなんにょ》、人種や職業も様々な人たちが渾然《こんぜん》一体となりながらも、不思議と調和がとれている場所だ。

九郎は初夏の日差しを体いっぱいに浴びながら、奥へ奥へと進んでいく。目的地は繁華街ではなく、脇道《わきみち》に逸《そ》れた裏路地である。そこには怪《あや》しげな古書店やオカルトショップが多く、魔導書に関する情報が得られるのではないかと九郎は期待を寄せていた。

（しかし……ハメられた気がする）

覇道財閥は九郎を調査していた。当然、極貧《ごくひん》生活は調査ずみであり、そんな九郎に現生《げんなま》を見せれば結果は火を見るよりも明らかである。九郎は足下《あしもと》を見られたことに苛立《いらだ》ちと不甲斐《ふがい》なさを感じながらも、なぜか笑《え》みが絶えなかった。とは言え、魔術の世界と関《かか》わりたくないのもまた事実である。

（秘密図書館にでも入ればなぁ……）

ミスカトニック大学にある秘密図書館には、世界各地から集められた魔導書が山と積まれている。だが秘密であるがゆえに閲覧《えつらん》は厳しく制限され、持ち出しも禁じられている。陰秘学科で学び、閲覧が許される位階《クラス》に達しても制限を受けるような場所だった。忍《しの》びこんでちょろまかす手もあったが、そこに住まう番犬は怪異《かいい》すら噛《か》み殺すとの噂《うわさ》もあった。

「つまり探偵《たんてい》らしく、足で稼《かせ》ぐしかないわけだ」

九郎は覚悟《かくご》を決めると、手近な店から足を運んだ。

＋

赤く燃える太陽が街を茜色《あかね》へと染め上げる中、九郎は裏通りを黄昏《たそが》れながら歩いていた。

「鬱《うつ》だ……」

九郎の背中からは、営業の成果が出ないサラリーマンのような哀愁《あいしゅう》が漂《ただよ》っていた。

足は腫《は》れ上がり、鉛《なまり》のように重い。手がかりがないという事実が九郎を気落ちさせていた。とにかく今日は引き上げようと、来た道を戻《もど》り始めたときだ。来るときには気づかなかった古書店が目に止まった。あまりにも小さな店なので視界に入らなかったのか、それとも憔悴《しょうすい》しきっていたので見過ごしたのか……。これが今日の最後と腹をくくり、九郎は重い体を引きずりながらも古書店へと足を向けた。

　その古書店は切妻造《きりづまづく》りの日本風の建物で、かなり老朽化《ろうきゅうか》が進んでいた。風雨に晒《さら》され続けたせいか木造の壁《かべ》は黒ずんでいたが、造りはしっかりしている。

　店の中は奥行きがあるせいか意外に広く、蔵書数も多い。しかも本棚《ほんだな》に整然と収められた書《しょ》籍《せき》は大学の図書館でしかお目にかかれない代物《しろもの》ばかりだった。

「探しものでも？」

　九郎が振《ふ》り返ると、そこには店主らしい長身の美女が立っていた。歳《とし》は九郎より若干《じゃっかん》、上だろうか。大人の女性が発する妖艶《ようえん》な気配と、胸元《むなもと》が盛大に開いたスーツが印象的だ。

「なかなかの品揃《しなぞろ》えだろう？　ただ、ちょっと無節操かもしれないね」

　女性は軽く肩《かた》をすくめると、九郎に向かって微笑みかけた。

　ゾクッと、九郎の背筋に寒気のようなものが走り抜《ぬ》けていく。

「それより、こんなに多くちゃ探すのも大変だろ？　僕でよければ協力するよ」

　女性は九郎の肩を軽く叩《たた》くと、

「おっと失礼。挨拶《あいさつ》がまだだったね。僕は……そうだな、ナイアって呼んでくれればいいよ」

　少し考える素振《そぶ》りをしながらそう言った。

　九郎が名前を告げると、ナイアは「ふぅん」とつぶやきながらしげしげと九郎を眺《なが》めた。

「で、九郎君が探している本というのは？」

「ああ、それがちょっと特殊《とくしゅ》な代物で……」

「ふぅん。たとえば、力のある魔導書《まどうしょ》のような？」

ナイアは鼻先までずれたメガネを指先で押し戻すと、しれっと言った。

さっそく九郎は警戒心《けいかいしん》をあらわにすると、ナイアを睨《ね》めつける。

「そんな目で見ないでくれよ。こんな商売をやってるせいか、なんとなく解《わか》るのさ。客が求めている本がね。ましてや君のように特殊な本を求めている客となれば、なおのことさ」

ナイアは、くすりと笑う。

「それにね、僕は思うんだよ。魔導書を求める者は、実のところ魔導書に引き寄せられているんじゃないかってね。つまり人が魔導書を選ぶのではなく、魔導書が自らの主《あるじ》を選ぶってわけさ」

ナイアは本棚から手近なところにある一冊の本を引き抜いた。分厚く堅牢《けんろう》な装丁《そうてい》のその本にはエノクの書と書かれている。それは紛《まぎ》れもない魔導書であった。

「魔導書は魔術師に力を与《あた》え、彼らはそれを行使して奇跡《きせき》を起こす。このエノクの書もそうさ。矮小《わいしょう》たる人間が逆立ちしたところで遠く及《およ》ばない智《ち》の結晶《けっしょう》。人智《じんち》を超越《ちょうえつ》した奇跡の産物。魂《たましい》が宿っていたとしても不思議ではないだろう？」

なるほどと九郎は得心する。

心を惑《まど》わし、正気を失わせるような狂気《きょうき》に近いなにかがエノクの書《この本》にはある。実際、毒気にさらされているのか眩暈《めまい》と吐《は》き気がした。

「おやおや、大丈夫《だいじょうぶ》かい？　エノクの書《こいつ》に精気でも吸われちゃったかな⁉」

おどけるような口調で訊《たず》ねてくるナイアに、九郎は疑問を抱《いだ》かずにはいられなかった。

（この人、なんで平然としていられるんだ？）

だが体の不調が九郎から思考能力を奪《うば》い去っていた。

「それ、譲《ゆず》ってくれないかな……」

「申し訳ないけど、それはできない」

「なんでだ？　金なら心配ない。そっちの言い値で買い取れる」

「お金の問題じゃないんだ、九郎君。残念なことに、この店には君に見合う魔導書がないんだよ」

やや伏《ふ》し目がちのナイアの目が、心底残念だと告げている。

「ないって、あんたが手にしてるのは魔導書だろ？」

「確かにエノクの書も魔導書には違《ちが》いないけど、君にはもっと相応《ふさわ》しいモノがあるはず」

「ちょ、ちょっと待った！　俺は頼《たの》まれただけで……」

ナイアは九郎の口に人差し指を添《そ》えて話をさえぎった。

「まだ気づいてないだけさ、九郎君？　近い将来、君は必要とするはずだ。最高の力を持った魔導書を。そう、《神》をも召喚《しようかん》できるような窮極《きゆうきよく》の魔導書をね!!」

九郎を置き去りにしたナイアの話は、さらに続く。

「最高位の魔導書の中には《神》を召喚できるヤツがあるのさ。しかもその魔導書の所有者は、なんと《神》を自在に操《あやつ》れるんだ!!　まあ、正確には神の模造品だけど……。とにかく、君が必要とするのは、きっとそういう魔導書なんだと思うよ」

熱弁をふるってスッキリしたのか、ナイアの表情は爽《さわ》やかだ。

「僕は楽しみだよ、九郎君。いったい、君が手に入れる魔導書はどんなのだろう？」

ナイアの目は、夢でも見ているかのようにとろんとしている。

「もしかしたら、それはかの『死霊秘法《しりょう》』だったりするのかもしれないね？」

＋

古書店を後にした九郎は、首を傾《かし》げながら道を歩いていた。

すでに日は落ち、街灯もまばらな裏通りはやけに暗い。加えて蒸《む》し暑く、肌《はだ》にまとわりつく湿《しめ》り気を帯びた粘着性《ねんちゃく》の高い空気が、確実に九郎の不快感を増大させていた。

古書店での出来事は現実味に欠けていた。エノクの書が脳髄《のうずい》を冒《おか》しでもしたのか、記憶《きおく》が曖昧《あいまい》である。それにもかかわらずナイアとの会話は鮮明《せんめい》で、現実と夢が複雑に絡《から》み合った不可思議な映像として彼の脳裏《のうり》に焼きついていた。

（とにかく、もう一度交渉《こうしょう》してみるか……）

ナイアが魔導書を手放すとも思えないが、汗《あせ》だくになって探し回るより彼女を口説くほうが楽そうである。疲《つか》れた体にムチを打ちながらトボトボと歩いていたときだった。

「退《の》けッ！　そこから退くのだッ!!」

突然《とつぜん》、どこからともなく聞こえてきた怒声《どせい》に押されて辺りを見渡《みわた》すが、そこに人影《ひとかげ》はない。

九郎は耳の穴を指でほじると、やれやれとばかりに溜《た》め息をつく。

「これだから魔導書は……」

「このぉぉぉ、早く退かんか！　このうつけがぁぁぁぁぁ!!」

女性の怒声が九郎の耳朶《じだ》を打つ。それは彼の頭上から聞こえてきた。

状況《じょうきょう》を理解できないまま振《ふ》り仰《あお》いだ九郎は、白い猫《ねこ》のようなものが接近していることを知った。

そしてそれが猫ではないと認識《にんしき》した途端《とたん》、九郎はそれと激突《げきとつ》し、地面に押し潰《つぶ》されてしまう。めりこむような勢いで地面に叩《たた》きつけられた九郎の意識は、一瞬《いっしゅん》、あらぬ世界へと旅立ったが、全身を突《つ》き抜《ぬ》ける激痛が気付け薬となり、現実へと引き戻《もど》されていた。

気絶したほうが楽だったと思いながら、上空から降ってきた理不尽《りふじん》なそれへと目を向ける。

つっぷすように地面に倒《たお》れている九郎の体の上には、顔を歪《ゆが》めながら「イタタ……」とつぶやいている女性——いや、女の子の姿があった。抜けるような白い肌が印象的な小柄《こがら》な少女である。

やがて九郎は少女と目が合った。翡翠《ひすい》色をした神秘的な瞳《ひとみ》は、この世の者とは思えない不可思議な印象がある。年の頃《ころ》は、まだ十代前半だろう。女性としての成熟度から言うと発展途上《とじょう》である。ただ丸みを帯びた体には女性特有の柔《やわ》らかさがあり、なにより年齢に見合わぬ蠱惑《こわく》的な印象があった。腰《こし》まで届くサラサラとした銀色の髪《かみ》からは、女の色香《いろか》のようなものさえ感じられる。

「このうつけ者がッ！　なぜに逃《に》げなんだか！　うつけうつけうつけうつけ大うつけが!!」

「五連発かよ」

ぶつかっておきながら、ひどい言われようである。

「っていうか、いきなり上から降ってくるってのは反則すぎやしないか？　だいたい物理法則を無視しやがるあんたは何者ですか？　けど答える前に、さっさと体をどけてくれ」

「……汝《なれ》は今の状況を、まったく理解しておらぬ」

「あったり前だ。理解できるほうがどうかしてる」

九郎は毒づき、少女は目をスッと細める。二人の間に一触即発《いっしょくそくはつ》の空気が漂《ただよ》い始めたときだ。

急ブレーキを踏《ふ》んだかのような音が聞こえたかと思うと、地面を踏みならす幾人《いくにん》もの足音が聞こえてきた。そしてその足音は確実に近づいてくる。さっそく九郎は嫌《いや》な予感がしたが、予感ではなく現実だった。身構える仕草を見せた少女の様子からも、それと判《わか》る。

そして間髪《かんぱつ》をいれず、災厄《さいやく》は二人の前に現れた。全身黒ずくめのスーツに身を包み、顔にピッタリとフィットした覆面《ふくめん》を着用した三人組である。仮装でもしているかのようなとぼけたその姿は、アーカムシティに住む者なら知らぬ者はいない。ブラックロッジの構成員である。彼らは手にしたマシンガンの銃口《じゅうこう》を向けた。

「汝のせいで追いつかれてしまったではないかっ！」

「ふざけんなっ！　ぶつかってきたのは、そっちだろーが！」

だが口論している場合ではなく、明らかに状況は切迫《せっぱく》していた。

ブラックロッジの構成員は九郎たちに狙《ねら》いを定めると、躊躇《ちゅうちょ》なくマシンガンを掃射《そうしゃ》した。

「お、おいっ！　冗談《じょうだん》じゃねえぞ!!　俺がなにしたってんだ!!」

悪態をつきつつも、九郎は少女を守るために凶弾《きょうだん》の前に立ちはだかった。

「ちくしょーッ!!　あまりに儚《はかな》き我が人生！　それは挫折《ざせつ》と後悔《こうかい》の連続でしたッ!!」

九郎は目をきつく閉じ、来《きた》るべき死後の世界を夢想する。だがその瞬間《しゅんかん》は一向に訪《おとず》れず、不思議に思った九郎は、ゆっくりと瞼《まぶた》を開く。

九郎は我が目を疑った。彼の前には淡《あわ》く輝《かがや》く障壁《しょうへき》のようなものができており、マシンガンの弾丸《だんがん》のすべてを阻《はば》んでいた。そしてそれを出現させたのは、あの少女だった。少女がかざしている白くしなやかな腕《うで》は、障壁と同じ光に包まれている。

（こいつ……魔術師《まじゅつし》か？）

よく見ると彼女の背には羽のようなモノが浮《う》かんでいた。

「吹《ふ》き飛べ、下郎《げろう》ッ！」

少女は吐《は》き捨てると、手を横へ振る。たったそれだけの動作だったが、構成員は体をくの字に曲げながら吹き飛んだ。まるで見えない巨大《きょだい》な手で薙《な》ぎ払《はら》われたかのような感じである。

「ふんっ。妾を捕《わらわ》《と》らえることなど……」

不敵な笑《え》みを浮かべていた少女だが、不意に表情を曇《くも》らせた。

「クッ……。無駄《むだ》に力を使いすぎたか……」

そう言って片膝《かたひざ》をついた少女の額には、大粒《おおつぶ》の汗《あせ》が浮かび上がっていた。

「おい。大丈夫《だいじょうぶ》か？」

「やはり術者なくしては……」

少女の言葉は、最後まで続かなかった。彼女の体は後ろへと傾《かたむ》き、地面へと向かって倒《たお》れていく。慌《あわ》てて九郎は彼女の体を支え、抱《だ》きとめた。驚《おどろ》くほど軽い。

（で、俺にどうしろと？）

九郎の腕の中で気を失っている少女は、悪夢でも見ているのかうなされていた。その姿は年《ねん》齢《れい》相応の少女にしか見えず、ブラックロッジの構成員を軽々と捻《ひね》り潰《つぶ》した魔術師とは思えなかった。

（一緒《いっしょ》にいると、ろくなことにならないだろうな）

とは言え、少女を置き去りにするような後味の悪いことはできなかった。

ドォオオォン
少女を抱《かか》えながら途方《とほう》に暮れていたとき、悪い予感を具現化するように、遠方から爆音《ばくおん》が聞こえてきた。爆音は確実に接近してくる。

と、そこへタイヤの悲鳴と轟《とどろ》くエンジン音、そしてトチ狂《くる》った笑い声と狂乱《きょうらん》のギターの不協和音とともに現れたのは、二千ccはあろうかという重量超過《ちょうか》気味のアメリカン・バイクに跨《また》がった男女である。

「ＨＥＹ！　そこのちんけな若者っ！　おとなしくその娘《むすめ》を我輩《わがはい》に渡《わた》すのであーる！」

運転席でふんぞり返っている白衣の男は、背中に担《かつ》いでいたエレキ・ギターを手にすると、愉悦《ゆえつ》の表情を浮かべながら盛大に掻《か》き鳴らした。目には狂気《きようき》の色が宿っている。

「渡すロボ！」

タンデムシートで座しているのは、魔術《まじゅつ》の儀式《ぎしき》で使用されるような装束《しょうぞく》に身を包んだ長髪《ちょうはつ》の少女だ。一見、どこにでもいそうな印象を受けるが、語尾《ごび》は明らかにおかしい。

「……どちらさんで？」

思わず口にしたのが失敗だった。

「なななな、なんと！　一億年に一度、生まれるかどうかという奇跡《きせき》の寵児《ちょうじ》、ブラックロッジにこの人ありと言わしめた天才科学者ドクター・ウェストを知らないとでも？」

「知らないロボ？」

男は泣き出しそうな表情で激しくギターを掻き鳴らす。悲しみの表現らしい。

「なんたる無知！　無知とは罪！　無知とは悲劇！　悲しみと絶望に彩《いろど》られた君の人生を喩《たと》えるならば、この掌《てのひら》に舞《ま》い降りた儚い淡雪《あわゆき》のようなもの。ああ、雪がすべてを白く埋《う》めつくす。そう、僕の悲しみもなにもかも。ゴゴゴゴ……。なに？　なにが起こったの？　な、雪崩《なだ》れ!?　ギャー！」

（やべえ、真性の○○○○だ）

九郎は後ずさると、独演会を続けるウェストからそっと離《はな》れた。幸い、彼は自分の演説に陶《とう》酔《すい》しており、九郎のことを気にしている様子はない。九郎は少女を抱えたまま駆《か》け出していた。

「あ。逃《に》げたロボ」

九郎の背後から少女の声が追いかけてくるが、九郎の足は止まらない。

「なんと！　ドクター・ウェスト記念講演『若気の至り〜その無知と罪〜』は、これからが本編である。追えッ、エルザ！　捕《つか》まえて奇跡の二十四時間ぶっとおしライブをおみまいするのである！」

「了解《りようかい》ロボ。博士の偉業《いぎよう》のために、エルザは一肌脱《ひとはだぬ》ぐロボ」

エルザと呼ばれた少女はガッツポーズを作ると、ふと思い出したように問うた。

「ところで、エルザの役はどうなってるロボ？」

「一生やってろ、〇〇〇〇どもっ！」

九郎は吐《は》き捨て、遁走《とんそう》した。

＋

九郎はスラム街の暗く狭《せま》い小径《こみち》を全力で疾走《しつそう》していた。

市街地とは違《ちが》って区画整理されてないそこは、ほとんどゴーストタウンである。朽《く》ちかけた家屋と瓦礫《がれき》の山で埋めつくされたそこは、繁栄《はんえい》の一途《いつと》をたどるアーカムシティにおいて禁忌《きんき》とも言うべき区画である。危険な場所ではあるが、ウェストの相手をするよりはマシだと九郎は考えた。

だが全力で走り続けるのも、そろそろ限界である。追っ手の気配もないことから、九郎は走るのを止《や》め、その場でへたりこんだ。

（しかし、どうするよ、俺）

依然《いぜん》、腕《うで》の中で眠《ねむ》り続ける少女に目を落としながら、九郎は頭を抱えた。

ウェストを撒《ま》くことには成功したが、その後のことは何一つ考えてはいない。最寄《もよ》りの警察へ駆けこむのが一番だとは思ったが、彼らがどうこうできる相手でもなさそうだ。

（しかし、なんで俺は追われてんだ？）

その原因となっているのは、腕の中で眠る少女である。あいかわらず顔色はすぐれなかったが、少女の呼吸は落ち着いていた。そのことは少なからず九郎を安堵《あんど》させる。

「魔術師《まじゅつし》、か。まさか本物に出会うとはね……」

かつては同じ道を目指していたという事実が、少しだけ少女を身近な存在に感じさせた。

そのとき、九郎の腕の中で少女が身動《みじろ》ぎをした。彼女の瞳《ひとみ》が、ゆっくりと開かれる。翡翠《ひすい》色をした瞳に生気が宿り始めた。

「……此処《ここ》は？」

「てきとーに逃げてきたからな。スラムってことは確かだが」

少女は軽くうなずくと、九郎の腕から離れて身を起こした。

「汝《なれ》が妾《わらわ》を？」

「置き去りにはできねぇだろ？　いくらなんでも後味悪すぎる」

「そうか……。礼を言おう」

「気にすんな。逃げるついでにやっただけだ」

九郎はさらに続ける。

「事情は知らんけど……病院にでも行っとくか？　なんかメチャクチャ調子悪そうだし」

「術者なしで無茶をしたからな……。構成を維持《いじ》できなくなっているようだ……」

「術者？　構成？」

「ふふっ。そのうえアイオーンまで失っては、もはや無様としか言いようがない」

少女は自嘲《じちょう》した。

「とにかく、病院に連れてってやる」

「無駄《むだ》だ……。妾なら平気だ。世話をかけたな……」

九郎の提案を即座《そくざ》に却下《きゃっか》し、少女は立ち上がった。その体は不規則に揺《ゆ》れている。

「ぜんぜん大丈夫《だいじょうぶ》そうに見えねぇぞ」

「平気だと言っておる。人間ごときが妾を……？」

不意に少女は九郎と目線を合わせてきた。翡翠色をした魅惑《みわく》的な瞳が、彼を注視する。

「汝、暗い闇《やみ》の臭《にお》いがする。魔術師か？」

顔を寄せ、小首をかしげてくる少女に、九郎は面食《めんく》らっていた。

「俺は違《ちが》う。昔、少し齧《かじ》ってただけだ。そういうあんたこそ魔術師だろ？」

「違う」

「違うって、ブラックロッジ相手にやったアレ、魔術だろ？　だったら魔術師じゃないか……って、俺の話は耳に入ってないようで？」

九郎の話には耳も貸さず、少女は胸の前で腕組《うでぐ》みをしながらブツブツとつぶやいている。

「汝、魔術師ではないと申したな？」

「見てのとおり、しがない三流探偵《たんてい》さ」

「つまり『書』を持たぬわけだな？　ふむ、それはよい」

少女はチラリと九郎の姿をうかがうと、

「見たところ、潜在《せんざい》的な資質はなかなかのものだ」

ふむふむとつぶやきながら、少女は九郎そっちのけで話を進めている。

「ずいぶん都合よく巡《めぐ》り会えたものだ。ここまでご都合主義的に事が運ぶと、何者かの手の内で踊《おど》らされているような気がしなくもないが……かまうまい」

「あの……俺にも解《わか》るように話してくれ……」

だが少女は九郎を無視して盛り上がっていた。興奮気味なのは薄紅色《うすべに》に染まった頰《ほお》の色で判《わか》る。

「見つけたロボ！　お命頂戴《ちょうだい》するロボッ♪」

不意に、語尾《ごび》に特徴《とくちょう》のある少女の声が聞こえてきた。

「こ、この声は……」

九郎は周囲を確認《かくにん》するが、声の主は見あたらない。

「うつけ、上だ！」

慌《あわ》てて九郎が振《ふ》り仰《あお》ぐと、はるか上空から急降下してくる少女・エルザの姿が。

彼女は上空で大きく拳《こぶし》を振りかざすと、勢いよく前方へと突《つ》き出してきた。

「んなアホなッ！」

九郎は目をむくと、翡翠色の目を持つ少女を肩《かた》に担《かつ》ぎ、その場から飛び退《の》いた、と同時に、九郎が座していた場所に、スーパーマンよろしく拳を前に突き出したままのエルザがつっこんでいく。鉄塊《てっかい》でも落ちてきたかのような鈍重《どんじゅう》な音が響《ひび》いたかと思うと、粉微塵《こなみじん》に砕《くだ》けたアスファルトと積もった埃《ほこり》が火柱のごとく立ちのぼった。

「ありゃ死んだな。確実に」

埃が視界をさえぎっていたが、潰《つぶ》れたヒキガエルのような死体が転がっているのは間違《まちが》いなかった。

「とりあえず一難去ったわけだが——」

「いや、まだだ」

九郎に担がれたままの姿で少女は言うと、ほどなく彼にもその理由が理解できた。ドドドドドッと、腹の底に響くようなエンジン音が聞こえてきたからだ。そして鳴り響くエレキ・ギターの音。

「やべえ……。ヤツだ。ヤツが来る」

「HAHAHA！　そこの若者、それで隠《かく》れたつもりかな？　無駄《むだ》無駄無駄ぁ！　宇宙一と誉《ほま》れ高い超絶《ちょうぜつ》大・天・才！　ドクタァァァァ・ウェェェストッッ！　の目を欺《あざむ》くことなどできはしないのである。嗚呼《ああ》、非凡《ひぼん》すぎる我輩《わがはい》よ、生まれてきてどうもすみませんでした」

言うだけ言うと、ウェストはペコリと頭を下げた。

「あやつ、汝《なれ》の知り合いか？」

「よしてくれ」

九郎は即答《そくとう》すると、珍獣《ちんじゅう》にでも遭遇《そうぐう》したような表情をしている少女を地面におろした。

「さて、そろそろ鬼《おに》ごっこにも疲《つか》れたのである。ここいらで己の愚鈍《ぐどん》さと無能さに涙《なみだ》しつつ、神妙《しんみょう》にお縄《なわ》につけい！　と言うわけで、エルザ！」

ウェストが叫《さけ》ぶと、潰れたヒキガエルが永眠《えいみん》しているはずの場所から人影《ひとかげ》が飛び出してきた。

エルザであるだ。エルザの衣服はところどころ破け、本人も埃にまみれてはいたが、いたって元気。エルザは地面を蹴《け》って飛び上がると、宙で一回転してからウェストの横に立つ。

「あやつ、なかなか頑丈《がんじょう》にできておるな」

「いや、そのレベルを超越《ちょうえつ》してると思う」

九郎は惚《ほう》けた顔でエルザを見つめた。

「おお、エルザ。ずいぶん手ひどくやられてしまって――」

「いや、俺たちはなにもしてないんだけど……」

即座にツッコミを入れる九郎に対し、ウェストは殺意のこもった目を向けてきた。

「おのれ若造。エルザが受けた恥辱《ちじょく》の数々……のし紙つけて倍返しである！」

ウェストの目がキラリと光り、狂気《きょうき》が宿る。

「いや、だから……。俺の話は、あなたの耳に届いているのかと？」

「問答無用であるッ！」

ウェストは手にしたエレキ・ギターで不協和音を奏《かな》でると、指をパチンと鳴らした。

「お待たせしました。ブラックロッジの構成員の皆《みな》さま。出番でーす♪」

「出番ロボ♪」

どこに隠れていたのか、機関銃《きかんじゆう》を手にした覆面《ふくめん》姿の構成員一同が四方八方からゾロゾロと現れた。

（……大ピンチだ。シャレにならん）

九郎は後ずさりするが、数歩と歩かぬうちに背に壁《かべ》を感じた。

「時に汝、名はなんと申す？」

少女は九郎に訊《き》いてきた。

「緊急《きんきゆう》事態発生だ！　あとにしてくれ!!」

「いいから答えよ、人間。名は大切だ」

「だから、あとにしろ！　今はそれどころじゃねぇ！」

九郎と少女がもめている間にも、死へのカウントダウンは猛烈《もうれつ》な勢いで進んでいく。

「本さえ回収できればいいのである。やってしまうがいい!!」

ウェストが右手を高々と挙げた。

「おい、あんた魔術師《まじゅつし》だろッ！　さっきみたいに魔術でちょちょいのちょいってやってくれ！」

構成員の指がマシンガンの引き金へと向かう。

「答えよ、人間ッ！」

だが、なおも名前に固執《こしつ》する少女に対し、九郎はやけっぱちに答えた。

「――九郎。大十字九郎だッ！　ただのしがない三流探偵《たんてい》だッ！　こんな状況《じょうきょう》、どーにもなんねえぞ、こんちくしょう!!」

「そうか。ならば大十字九郎、妾《わらわ》は汝と契約《けいやく》する」

少女は九郎の顔へと手を伸《の》ばして両手で頬《ほお》を包みこむと、自分の目の前へと引き寄せた。見つめ合う目と目。そして、触《ふ》れ合う唇《くちびる》と唇。その瞬間《しゅんかん》、九郎と少女は光の渦《うず》の中へと溶《と》けこんでいく。

「な、なんであるか!?　なにが起きているのである？」

「まぶしいロボ～」

辺り一面を覆《おお》いつくす光の海の中で、ただ少女の唇の感触《かんしょく》だけが現実味を帯びている。

「大十字九郎。我が名をしかと心に刻みこめ。我が名はアル・アジフ。アブドゥル・アルハザードにより記された最強の魔導書なり！」

光が九郎の体へと収まっていく。

「な、なんであるか、その姿は」

ウェストの指摘《してき》で九郎は自分の姿の異変に気がついた。体にピッタリとフィットした黒のボディースーツに身を包んでいたのである。しかも背にはマントにも似た黒い翼《つばさ》をしょっていた。

（翼？　いや、これは……本か？）

九郎の背に生じたそれは、本のページを束ねたような構造をしていた。ビッシリと魔術文字が書かれていることから、それが魔導書のページだと解る——解ったが、状況がまったく理解できない。

（だいたい、どこに行きやがったんだ!?）

九郎は周囲を見渡《みわた》すが、少女の姿は見あたらない。そこにいるのは立ちつくしているウェストとエルザ、そして愕然《がくぜん》としているブラックロッジの構成員だけだ。

「と、とんずらしやがったのか!?」

「うつけが。此処《ここ》だ、此処」

九郎は再度、周囲を見渡したのだが……。声は聞こえど姿は見えない。首をかしげていると右耳が引っぱられ、九郎の顔は強制的に右の肩《かた》へと向けられた。そこには確かに少女の姿があった。——あったのだが、少女は九郎の肩に乗れるほど小さな姿になっていた。

「ず、ずいぶん小さくなったんだな……」

「その代わり、汝の魔力は爆発《ばくはつ》的に増幅《ぞうふく》したぞ」

「魔力？」

「この妾——魔導書【アル・アジフ】の所有者に選ばれた今の汝は魔術師だ。さぁ、共に戦おうぞ！」

「なんか俺の意思を無視してねーか？　っていうか、戦うってっ⁉」

九郎は困惑《こんわく》するが、「それに輪をかけて困惑している者がいた。

「ななななッ、なんとッ!!　あのアル・アジフが、あんな若造をマスターに選んだだと⁉」

ウェストはしばし黙《もく》すと、「撃《う》てぇぇぇぇぇぇぇぇ！」と、構成員に向かって吠《ほ》えた。

それで目が覚めたのか、愕然としながら突《つ》っ立っていた構成員が我に返った。彼らは一斉《いっせい》に
マシンガンの銃口《じゅうこう》を九郎とアル・アジフへと向け、躊躇《ちゅうちょ》なく引き金を引く。

「どわぁぁぁぁぁ!!　きた、きたよ、きちゃったよ！　どーすんだよ、アル。なんとかしてくれッ！」

「落ち着かんか。あのような玩具《おもちゃ》、もはや汝《なれ》には通用せん」

実際、銃弾《じゅうだん》は九郎に届かなかった。彼の背に生えた黒き翼が、銃弾のすべてを弾《はじ》き返していたからである。翼は左右に広がったかと思うと、羽ばたき始めた。それは猛烈な旋風《せんぷう》を呼び、
ブラックロッジの構成員を吹《ふ》き飛ばしていく。

「こいつぁ、すげえ……」

九郎が感嘆《かんたん》すると、アルは「えっへん」と胸を傲然《ごうぜん》と反らした。

「おのれぇぇぇ！」

ウェストは歯ぎしりすると、その場で地団駄《じだんだ》を踏み始めた。

「エルザ、あいつらをギタンギタンのケチョンケチョンにして産廃《さんぱい》送りにするのである！」

「了解《りょうかい》ロボ」

エルザは敬礼すると、なにを思ったのかウェストの横《よこ》っ面《つら》を殴《なぐ》りつけた。

「ぐふぅ。な、な、なぜに？」

ウェストは鼻血を撒《ま》き散らしながら吹き飛んだ。

「どうやら無茶やったせいで、イロイロと壊《こわ》れているらしいロボ。でも大丈夫《だいじょうぶ》。これから博士をギタンギタンのケチョンケチョンにして精肉場送りにしてやるロボ」

「ま、待つのである！　ここは我輩《わがはい》に任せておとなしくしてるのである」

ウェストは鼻血を手で拭《ふ》くと、体をよろめかせながらどうにか立ち上がった。

「意外にしぶといな、あやつ」

「病院なら紹介《しょうかい》してやるぞ。むしろ隔離《かくり》する勢いで」

九郎とアルは嘲《あざけ》ると、そそくさと帰り支度《じたく》を始めた。

「ちょ〜っと待つのである」

これ幸いにとばかりに逃《に》げ出そうとする九郎とアルを、ウェストは呼び止める。彼はなにを思ったのか、バイクに備えつけられているギターケースを抱《かか》え上げると、それを肩に担《かつ》いだ。

「なんだかいろんなことが走馬燈《そうまとう》のように巡《めぐ》ってくるのであるが——ともあれ若者よ、これにてさらば。貴様の死を乗り越《こ》えて、我輩はまた少し大人になった！　さらば、少年時代！　一夏だけの淡《あわ》い恋心《こいごころ》！　アイム・ロッケンロール！」

ウェストが叫《さけ》ぶと、ギターケースの先端《せんたん》に丸い穴が空いた。

「レッツ・プレイ！」

と同時に、その穴から発射されるロケット弾《だん》。

「お、おい。さすがにアレはやばくないか……」

「なんのっ！　右手に魔力を集中！」

アルは告げるが、なにをどうしたらいいのか皆目見当《かいもく》がつかない九郎である。

だが、右手に力を集めるようなイメージを思い描《えが》いた途端《とたん》、そこに魔術文字がビッシリと浮《う》かび上がった。彼は無意識のまま右手を差し出すと、飛んでくるロケット弾を素手《すで》でつかみ取ってしまう。

「は、はいぃぃぃぃぃぃっ!?」

信じられないとでも言いたげなウェストの顔。だが、それは彼だけではなかった。

「こいつはスゴイな……」

手の中で暴れまくるロケット弾を見つめながら、九郎は感嘆の声を上げる。

「九郎。それは持ち主に返してやるべきではないか？」

アルは意地の悪い笑《え》みを浮かべた。九郎もまたニヤリとする。

ウェストは九郎とアルの意図を悟《さと》ったのだろう。

「ちょっ！　ちょっと待つのである。それはマズイのであるっ!!」

ウェストは慌《あわ》ててバイクにまたがったが、時すでに遅《おそ》し。

「ほぉら、忘れ物だっ！　受け取れぇぇぇぇ！」

九郎は手にしたロケット弾をウェストへと向かって投げつけた。

ロケット弾は飛んできたときの勢いそのままに、ウェストへと向かって飛んでいく。

「ノォォォォォ！　ノオオオォォォォッッ！　やーめーてー！」

ウェストの嘆《なげ》きをよそに、ロケット弾はバイクに着弾《ちゃくだん》。爆音《ばくおん》と爆風と爆炎《ばくえん》を辺りに撒き散らしながらウェストとエルザ、そして構成員は夜空の彼方《かなた》へと消えていった。

＋

ウェストとエルザがいなくなった途端、辺りは静けさを取り戻《もど》していた。

九郎はその場でへたりこみ、ようやく取り戻した平和に安堵《あんど》の溜《た》め息をつく。

「どうにかなるもんだな」

「うむ。初めてにしてはなかなかの手際《てぎわ》であったぞ」

アルは「うんうん」としきりにうなずいている。

「どうやら妾《わらわ》と汝は、魔力の相性《あいしょう》が良いらしい」

「相性？」

「妾とて好みがある。波長がピッタリ合う術者に巡り会ったとしても、インスマウス面《づら》をした人間に行使されるのはご免被《めんこうむ》る。幸い、汝の顔は妾の許容範囲《はんい》内だ。安心しろ」

「そりゃどうも。でも俺は、ぜんぜん状況《じょうきょう》を把握《はあく》してないわけですが？」

「ふむ。あのような状況下では、それも無理からぬこと。互《たが》いの名を満足に知ることなく実戦となったわけだからな。では、もう一度名乗ることにしよう。妾は魔導書【アル・アジフ】。汝も魔術を嚙《かじ》っていたのであれば、名前くらいは聞いたことがあるのではないか？」

「アル・アジフ……」

「死霊秘法《しりょう》と名乗ったほうが、聞こえがよいか」

「アル・アジフって、ネクロノミコンのオリジナルじゃねーか」

「さよう。やはり知っておったか」

魔術を学ぶ者の中でネクロノミコンを知らない者はいない。異形《いぎょう》の神々について記載《きさい》されている魔導書の中で最も有名な本である。現存しているものは写本を含《ふく》めて僅《わず》かしかなく、伝説に近い書物だ。しかもアル・アジフはネクロノミコンのオリジナルである。

九郎は目の前に浮かぶアルの姿をしげしげと眺《なが》めた。

「妾の姿が気になるか？　ふふっ。妾をそこらにあるような魔導書と同等にされては困る。妾ほどの魔導書となれば魂《たましい》を持つのも当然と言えよう」

アルは誇《ほこ》らしげに胸を張った。

「しかし、縁《えん》は異なもんだな。まさか魔導書と出逢《であ》うとは……」

「妾もこのようなところで術者と巡り会うとは思わなんだ。今後ともよろしく頼《たの》むぞ」

ぴくりと九郎のこめかみが反応を示す。

「今、なんと？」

「汝、耳が遠いのか？」

「今後とも、って言ったのか？　って、どーいう意味だ、おい」

「ん？　そのまんまだと思うが？　妾と契約《けいやく》したということは、今後も妾と共に戦うということだ。我ら魔導書は術者なくして存在するのは難しいのでな。別行動というわけにもいくまいて」

「いや、だから勝手に決めんなよっ！　俺は承知したなんて一言も言ってねーだろうが！」

「契約したではないか」

「一方的だっただろ！　同意がない、同意がッ！」

「ならば問う。妾の力もなしに、あの状況を打破できたとでも？」

「うっ」

「銃弾《じゅうだん》の雨霰《あめあられ》の中、ミンチにならずにすんだのは誰《だれ》がいたからだ？」

「うっ」

「魔術を囓ったとは言え、汝はただの人間だ。そして妾は力を使い果たしておった。ならば、汝と妾が契約するのが双方《そうほう》にとって最良の選択《せんたく》ではないか。うむ。なんの問題もない」

「ひでぇ……」

「運命だ」

「ひ、一言で片づけやがったな？　ちくしょう、俺は認めねーぞ!!」

「往生際《おうじょうぎわ》の悪い人間だな。まぁよい」

「よくないッ！」

叫《さけ》んだところで状況が変わるわけでもなかったが、叫ばずにはいられなかった。

「そもそも、なんでブラックロッジなんかに追われてんだよ」

「彼奴《きやつ》らは魔術《まじゅつ》結社だからな。最高位の魔導書たる妾を手に入れ、良からぬことでも画策しているのだろう。それに妾も彼奴らと戦う理由がある」

「正義の味方だから、なんて言い出すつもりじゃないだろうな」

「正義を名乗るつもりはないが……。そんなところだ」

「悪《わり》ぃけど、正義感とか使命感に燃えるタイプじゃないんだ。熱血漢を見つけて再契約してくれ」

泣き言を漏《も》らす九郎をよそに、アルはあらぬ方向を向いていた。

「——なにか聞こえぬか？」

「……いや、なにも」

九郎が答えた矢先だった。彼の耳は遠方から響《ひび》いてくる地響きをキャッチした。

ズンズンと巨大《きょだい》な質量が移動するような音が近づいてくる。それに合わせて地面が激しく揺《ゆ》れ始めた。揺れは激しさを増し、立っているのもままならぬほどになる。九郎は壁《かべ》にもたれかかると、音の方角をにらみつけた。九郎は音に聞き覚えがあった。足音である。それが徐々《じょじょ》に近づくにつれ、建物が崩《くず》れる音、マシンガンの咆哮《ほうこう》、人々の悲鳴——それらが鮮明《せんめい》に聞こえ始めた。

そして、その狂気《きょうき》は姿を現した。前方に建つマンションの三階から上が粉微塵《こなみじん》に吹《ふ》き飛んだと思うと、そこからそれはひょっこりと顔を覗《のぞ》かせたのだ。姿を見せたのは円柱である。とてつもなく巨大なドラム缶《かん》のようなモノだった。

「なんだ、あの鬼械神《デウス・マキナ》の出来損《できそこ》ないみたいな不細工な物体は」

アルは呑気《のんき》にも言い放つが、九郎は大慌《おおあわ》てである。

アーカムシティの住人なら一度は目にする忌《い》むべきモノ。ブラックロッジが誇る破壊《はかい》ロボットである。だが破壊ロボットから聞こえてきた声は、それに輪をかけて忌《い》まわしい存在だった。

『うわははははは、見つけたぞ☆』

破壊ロボットの拡声器から聞こえてきたのはウェストの声だった。

ずんぐりとした破壊ロボットの体から生えた不格好な四本の腕《うで》が、半壊《はんかい》しているマンションを叩《たた》き潰《つぶ》した。大小様々な瓦礫《がれき》が九郎を襲《おそ》うが、そのすべては翼《つばさ》によって阻《はば》まれる。

『どうだ、恐《おそ》れ入ったか。この超絶《ちょうぜつ》スーパー大天才であるドクター・ウェストの最高傑作《けっさく》・スーパーウェスト無敵ロボ二十八號《ごう》スペシャルの雄姿《ゆうし》をとくと見よッ！』

いちいち確認《かくにん》するまでもなく、巨大ロボットは九郎の視野の大半を占拠《せんきょ》していた。

『最高の魔導書とはいえ、しょせんは紙切れ。宇宙が気まぐれで生み出した大天才・ウェスト様の敵ではなかったのである！』

「過去形かい」

とは言え、勝てるようには見えなかった。

「ドッキあって勝てる相手か？」

「無理があるな」

「だったら、どーしろと？」

「決まっておる。脇目《わきめ》もふらずに逃《に》げるべし！」

アルは一つうなずくと、しごく当然の結論を口にした。

「あぁ……やっぱそうなるのかっ！」

破壊ロボットの巨大すぎる砲身《ほうしん》が、九郎へと向けられる。

「くそっ。もうメチャクチャだっ！」

九郎が走り始めるのと同時に発射される巨大なミサイル。それは先ほど九郎がいた位置に着《ちゃく》弾《だん》し、大爆発《ばくはつ》を起こした。爆風が崩壊《ほうかい》寸前の建物にトドメを刺《さ》し、九郎の体は中空へと向かって吹き飛ばされた。その勢いを保ったまま家屋の壁へと激突《げきとつ》していく。人間であれば即死《そくし》しているところだが、翼とボディースーツに守られていたおかげで、したたかに打ちつけた程度ですんでいた。

「シャレにならん……」

苦痛に顔を歪《ゆが》めながら言葉を吐《は》き出した九郎は、目の前の光景に唖然《あぜん》とした。

爆心地には巨大なクレーターができ、それを中心に数十メートルほど焼け野原と化していた。

「あんなのが直撃《ちょくげき》したら……」

「汝《なれ》など、肉片も残らぬだろうな」

『HAHAHA！　貴様にデッカイ大砲をブチこんでやるのであーる！』

大音響《おんきょう》のギターの調べが九郎を奈落《ならく》の底へと誘《いざな》う。

「冗談《じょうだん》じゃねぇ。つきあってられるかっ！」

九郎は肩《かた》にアルを乗せたまま、脱兎《だっと》のごとく逃げ出した。

『ぬぬっ！　待てえ！　待つのである！　敵前逃亡《とうぼう》は士道不覚悟《ふかくご》であぁぁぁぁぁるっっっ！』

ミサイル、バルカン、熱光線にビーム、ありとあらゆる飛び道具が九郎に向かって発射された。彼はそのすべてを紙一重《かみひとえ》でかわしながら、全力で走り続ける。

「チッ。アイオーンさえあれば、あのようなガラクタなど取るに足らんのだが……」

「そのアイオーンとやらはどうした？」

「大破した」

「なにいッ⁉　最強の魔導書ってのも、案外、あてにならねーなっ！」

毒づく九郎の目の前を、熱線が走り抜《ぬ》けた。行く手が炎上《えんじょう》し、彼の行く手を阻む。

振《ふ》り返ると、そこには破壊ロボットの姿があった。

『ふっふっふ。ふはははははっ！　とうとう捕《とら》えたのであるっ！』

破壊ロボットが、その巨大な手を振り上げた。

（あんなもんで叩かれたら、平面になっちまうっ！）

ここまでかと、半ば諦《あきら》めの境地に立ったときだ。

突然《とつぜん》、九郎は強烈《きょうれつ》な横Gを全身に感じた。足が地面から遊離《ゆうり》し、瞬《また》く間《ま》に破壊ロボットとの距離《きょり》が開いていく。九郎は何者かに抱《かか》えられたまま宙を飛んでいた。

その何者かは、破壊ロボットから十分に離《はな》れたところで九郎を降ろした。

《大丈夫《だいじょうぶ》か？》

地面に降り立った九郎は、声のする方向へと目を向ける。

「あんたは……」

九郎は目を見張った。そこにいたのは白い仮面を被《かぶ》り、白い装甲《そうこう》を身にまとった白ずくめの戦士である。アーカムシティの住人なら知らぬ者はいない。白き天使・メタトロンだ。

《無事か？》

メタトロンは板状の翼を広げ、白い長髪《ちょうはつ》をなびかせながら空へと舞《ま》い上がっていく。

《ここは私に任せろ》

変声機を通しているのか、メタトロンの声はひどく機械的だ。一瞬《いっしゅん》、ロボットを連想させるが、抑揚《よくよう》のある声は人しか持ちえない感情を表現していた。

メタトロンは数メートルほど上空で制止すると、ウェストが操《あやつ》る破壊《はかい》ロボットを待ち受けた。

「彼奴《きゃつ》は何者だ？」

「この街のヒーローさ。あの人がいなかったら、アーカムシティはとっくに廃墟《はいきょ》だ」

九郎の言葉に嘘《うそ》はない。メタトロンの力は治安警察の力を軽く凌駕《りょうが》し、破壊ロボットですらねじ伏《ふ》せてしまうほどである。正体は誰《だれ》も知らない。どこからともなく現れ、破壊ロボットを倒《たお》して去っていく。その姿は、まさにアーカムシティの守護天使である。

「逃げるぞ、九郎。この場は彼奴に任せよう」

情けない有様だったが、それが最良の選択《せんたく》であることは考えるまでもなかった。

「悪いな、メタトロン。あとは任せた」

九郎は空に浮《う》かぶ守護天使を振り仰《あお》ぐと、全速力で逃げ出した。

＋

圧迫感《あっぱくかん》のある狭《せま》い操縦室の中は、沸点《ふってん》寸前にまで上昇《じょうしょう》したウェストの体温と計器類が発する熱で灼熱地獄《しゃくねつじごく》と化していた。

「うぬぬぬぬっ。また邪魔《じゃま》するであるか、メタトロンッ！」

バイクの運転席にも似た操縦席にまたがっているウェストは、操縦桿《そうじゅうかん》を握《にぎ》りしめながら歯ぎしりをする。破壊ロボットで出動すること数十回。それと同じ数だけ彼のロボットは叩《たた》き潰《つぶ》されていた。

「今度こそ思い知らせてくれる」

忌々《いまいま》しそうにモニターをにらみつけるウェスト。そこには白き天使が悠然《ゆうぜん》と構えていた。

だが、分《ぶ》が悪いのは事実である。破壊ロボットの中枢《ちゅうすう》ユニットでもあるエルザは、九郎との戦闘《せんとう》で異状をきたしていた。彼女を欠いた状況《じょうきょう》で破壊ロボットの能力を出し切るのは難しかったが、大天才であるというプライドがウェストの辞書から「撤退《てったい》」の二文字を消し去っていた。

ウェストは操縦桿を巧《たく》みに操り、破壊ロボットへと命を吹《ふ》きこむ。

だがメタトロンは迅速《じんそく》だった。メタトロンの右腕《みぎうで》は驚異的な変化《メタモルフォーゼ》を始め、そこから溢《あふ》れ出た光の文字が遺伝子のような螺旋《らせん》を描《えが》きながら容《かたち》を編み上げていく。それはやがて砲身《ほうしん》となって顕《あらわ》れた。

砲身がキラリと光る。次の瞬間《しゅんかん》、モニターは白一色へと変化し、操縦室が激しく揺《ゆ》れた。

「うおっ！　やってくれたであるなっ!!」

ウェストは破壊ロボットの腕を振り回すが、メタトロンはそれを軽々とかわし、お返しとばかりにビーム砲《ほう》を撃《う》ち放つ。縦横無尽《じゅうおうむじん》に動き回るメタトロンにウェストは翻弄《ほんろう》され、やる気とは裏腹に敗戦の色が濃《こ》くなっていく。分厚い装甲が幸いして致命傷《ちめいしょう》には至ってないが、時間の問題だった。

「ふぬぅぅぅぅ。このままではッ！」

装甲の一部が剝《は》がれ落ち、内部にダメージが及《およ》ぶ。計器類が悲鳴を上げ、一部は爆《は》ぜた挙げ句に火を噴《ふ》いた。

《――トドメだ》

モニターがメタトロンの全身像を映し出す。

「マズイ。マズイのであるッ！」

メタトロンの両腕から二筋の光が伸《の》びる。

「ス、十字・断罪《スラッシュ・クロス》ッ」

何体もの破壊ロボットを葬《ほうむ》ってきたメタトロンの大技《おおわざ》である。

メタトロンはビームセイバーを十字に交差させ、破壊ロボットへと向かって突撃《とつげき》してきた。
「ノォォォォォォッ！　ノォォォォォォォォォォォォッッ！」
ウェストは操縦桿を手放して頭を抱える。
だが、い、つ、も、の、あの瞬間は訪《おとず》れなかった。
おそるおそるモニターへと目を向けると、すべての悪を浄化《じょうか》する白き二本のビームセイバーは、破壊ロボットの目の前で止まっていた。黒き影《かげ》によって――。
《ずいぶんと手間取っているな》
黒き影はメタトロンのビームセイバーを素手《すで》でつかんでいた。
黒の仮面、黒の装甲、黒の翼《つばさ》――。その姿はメタトロンと酷似《こくじ》していた。
《おまえは……。チッ！》
《――久しいな。メタトロン》
そう言うと、白と黒の天使は弾《はじ》け飛ぶような勢いで互《たが》いに距離を取った。
「貴様であるか、サンダルフォン！」
ウェストは操縦桿を握りしめ、破壊ロボットの体勢を立て直した。
《ウェスト、おまえには少々荷が重い相手だ。ここは己《オレ》に任せるがいい》
「なにを言うか、この小僧《こぞう》っ子がっ！　我輩《わがはい》の聖戦を邪魔しおってからに！」
《負け戦《いくさ》ではないか》
サンダルフォンはウェストに背を向けたままの姿で嘲《あざけ》った。

「これから反撃《はんげき》に次ぐ反撃の、怒濤《どとう》の逆襲《ぎゃくしゅう》タイムであったのであるッ！」
ウェストは耳まで真っ赤にして吠《ほ》え立てるが、サンダルフォンが気にする様子はなかった。
《おまえはアル・アジフを追え。ここは己に任せろ》
サンダルフォンは身構えると、メタトロンもそれに応じる。
「貴様、勝手に我輩の獲物《えもの》を……」
《おまえの任務はアル・アジフの回収だ。それとも、大導師《グランドマスター》の意志に逆らうつもりか？》
大導師の名を耳にした途端《とたん》、カッカしていた顔から一気に血の気が退《ひ》いていく。
冷や汗《あせ》とも脂汗《あぶらあせ》とも取れる不快な液体が、ウェストの額に浮かび上がった。
任務に失敗したらどうなるか。それを想像し——いや、想像できぬことが、ウェストを青くする。
彼は恐怖心《きょうふしん》をごまかすためにギターを掻《か》き鳴らすと、
「よかろう。ここは貴様に任せたのである。せいぜい生き恥《はじ》を晒《さら》さぬようにな」
捨て台詞《ぜりふ》のように吐《は》き出したウェストは、九郎たちが逃《に》げた方角へと向かった。
《待て！》
即座《そくざ》に反応するメタトロン。だが、その動きをサンダルフォンが封《ふう》じる。
《——チィッ！》
《おまえの相手は、この己だ。メタトロン》
白と黒の天使がアーカムシティ上空で火花を散らし、交錯《こうさく》した。

＋

『ふはははははっ！　こらぁ、待てぇ。待てったらぁ☆』

九郎とアルは地べたを這いずり回りながら、破壊《はかい》ロボットに追いかけ回されていた。

右へ左へとミサイルをかわし、頭をかがめては腕を避《さ》け、前方へ転がって熱光線から身を守る。一瞬《いっしゅん》で判断を下し、行動に移る必要があった。

「おい、メタトロンはどーしたんだよッ！」

やられたとは考えにくかったが、なにかあったのだと推察できた。

「魔導書ッ！」

「なんだ、我が主《あるじ》よ」

「この背中にしょってる羽みたいなのは飾《かざ》りか？」

「まさか」

「じゃあ、飛べたりすんのか⁉」

「無論だ」

背後から迫《せま》ってくる巨大《きよだい》なミサイルが頭上をかすめていく。前方でビルが倒壊《とうかい》し、そこを中心に半径百メートルほどが焦土《しようど》と化した。九郎は爆風《ばくふう》で宙へと投げ出されてしまうが、手足と翼でバランスを取り、地面へと着地した——はずだった。

「お？」

ミサイルの影響《えいきょう》でもろくなっていたのか、地面が崩《くず》れ、そこにポッカリと穴を空けた。

「穴⁉ なんでこんなところにぃぃぃぃぃぃぃぃぃ‼」

九郎は手足と翼をばたつかせて抵抗《ていこう》を試みたが、それが徒労であることをすぐに思い知った。

彼の体は勢いよく穴の奥へと吸いこまれていく。

「死ぬぅぅぅぅ、死ぬぅぅぅぅぅッ！」

九郎は必死にもがいて抵抗するが、浮《う》き上がる気配はまるでない。

そして、いきなり落下は終わりを告げた。九郎の全身を激しい衝撃《しょうげき》が突《つ》き抜《ぬ》けていく。

「ちくしょー。飛べるって言ったじゃねーかッ！」

「駆《か》け出しの身で一朝一夕《いっせき》にいくなどとは、ゆめゆめ思わぬことだ」

アルは「ふん」と鼻を鳴らした。

九郎は大の字に寝転《ねころ》がり、天井《てんじょう》をにらみつけた。軽く数百メートルは落ちたらしく、地上は点のようにしか見えなくなっていた。

「魔術《まじゅつ》で保護したから、たいしたケガでもあるまいて」

九郎の胸の上に立ち、ふんぞり返っているアルは得意げに言った。

（バカヤロウ。それでも痛いもんは痛い）

九郎は胸中で毒づくが、倒《たお》れていたのは数十秒でしかなかった。

驚異《きょうい》的な回復力を発揮した彼は自力で立ち上がると、さっそく状況《じょうきょう》の確認《かくにん》を開始する。九郎は建設途中《とちゅう》のトンネルのようなところに落ちていた。地下鉄用のトンネルか、はたまた避難《ひなん》シェルター用か……どちらにしても、そのようなものが造られるにしては深すぎる。

「とにかく、移動するか」

九郎はトンネルを歩き始めた。出口へと向かっているのか、それとも奥へと進んでいるのか、今のところ判断はできない。だが歩き始めてすぐに視界が開けてきた。いや、開けてきたなどというレベルではない。とてつもなく巨大な格納庫だった。

九郎は気がついていた。いや、気づかずにいるほうが難しいほど、それは存在感に溢《あふ》れていたのだが――いかんせん、巨大すぎたのである。

九郎は、ゆっくりと顔を持ち上げていく。初めは、それがなにか理解できなかった。だが全容が見えてくると、それが巨人《きょじん》だと理解できた。人形《ひとがた》をした鋼《はがね》の巨人である。カタパルトに格納されているそれは、神仏にも似た神々《こうごう》しい存在感を放ちながらそびえていた。

「ほう。この感じ。鬼械神《デウス・マキナ》か」

アルは九郎の肩《かた》にちょこんと乗ると、巨人を見上げた。

「機械仕掛けの神《デウス・マキナ》？」

「魔導書の中には、妾《わらわ》のように鬼械神を召喚《しょうかん》できるものがある。妾の場合、鬼械神はアイオーンなのだが――とにかくだ。術者は魔導書を通じて鬼械神を自在に操《あやつ》ることができる」

「ってことは、魔術師と魔導書さえあれば、こいつも動かせるってわけか？」

「うむ。そのとおりだ」

——最高位の魔導書の中には《神》を召喚できるヤツがあるのさ。

ナイアの言葉が脳裏《のうり》を過《よぎ》る。

「神の模造品ってやつか」

「いかにも。鬼械神とは魔術の力を用いて造られた神々の総称《そうしょう》だ。ただ此奴《こやつ》は少々強引《ごういん》な構造となっているようだ。魔術理論と科学の混血児のような……。鬼械神とは言い難《がた》いが、この際、かまうまい。ありがたく使わせてもらおう」

「って、勝手に決めんな！」

「なにを言うか。此奴は我らが見つけたのだから、我らのものではないか」

「んなことやってたら、世の中、窃盗犯《せっとうはん》だらけだ」

「ふんっ。どちらにせよ、上で暴れておる粗大《そだい》ゴミを放置しておくわけにもいくまいて。ならば、此奴を使って戦うしかあるまい？」

「戦う？　誰《だれ》が？」

「不安なのは解《わか》るが安心しろ。妾がついておる。それに魔術師と魔導書、そして鬼械神は三位《さんみ》一体。騎士《きし》が軍馬を乗りこなせるように、汝《なれ》も鬼械神を操ることができよう。では、参るぞ」

「ちょ、ちょーっと待った！　まさか、こいつで戦えってのか？」

「素手《すで》で立ち向かうわけにもいくまい？」

「ふざけんなっ！　なんで俺がそんなことをせにゃならんのだ！」

当然の権利だとばかりに九郎が吠《ほ》えた、そのときだ。

なんの前触《まえぶ》れもなく巨人の内部から駆動音《くどうおん》が響《ひび》き始めた。ズンと腹に響くような重低音がドーム内に木霊《こだま》し、空気を震《ふる》わせる。巨人を見上げた九郎は、その眸《ひとみ》に二つの光が宿るのを確認《かくにん》した。それだけではない。顔や装甲《そうこう》には幾筋《いくすじ》もの光のラインが走り始め、複雑な紋様《もんよう》を描《えが》き始める。それはまるで血液が巡《めぐ》っていくかのような光景だった。装甲の中で大がかりな機関が動き出していた。

「見よ。鬼械神も汝を主《あるじ》と認めているではないか」

アルの言葉に応じるように、鬼械神は低い駆動音を発生させた。

（迷惑《めいわく》な話だ）

だが、不思議と気分は悪くなかった。それどころか体は火照《ほて》り、血が沸《わ》いてくる。

「汝も此奴《こやつ》を気に入ったようだな」

「……馬鹿《ばか》言え」

「ふん。ならば汝の目で確かめるがよかろう。——接続！」

アルが叫《さけ》ぶ。

「識を伝え、式を編む我。

魔物《まもの》の咆吼《ほうこう》たる我。

死を超ゆる、あらゆる写本《こ》の原本《ぼ》たる我、『アル・アジフ』の名に於《お》いて問う。

鋼鉄を鎧《よろ》い刃金《はがね》を纏《まと》う神。人が造りし神。鬼械の神よ。汝は何者ぞ」

アルが詠《うた》い上げると、鬼械神の全身を走る光の紋様が光度を増した。それは加速度的に強さを増し、視界を白の闇《やみ》へと染め上げていく。だが、それだけではなかった。九郎の体は光の粒《りゅう》子《し》と化し、崩《くず》れ始めていたのだ。サラサラと、砂が風にさらわれていくかのように体が形を失っていく。

「お、おい！　消えっ、消えてっ!!」

「よし、内部《なか》に入るぞ！」

アルが宣言した途《と》端《たん》、九郎の体は霧《む》散《さん》する。

それは鬼械神が発する光と混じり合い、溶《と》け合った。九郎の目に光の文字が浮《う》かび上がる。

I'm innocent rage.

I'm innocent hatred.

I'm innocent sword.

I'm DEMONBANE.

「DEMONBANE《デモンベイン》だって⁉」

その言葉には聞き覚えがあった。覇道瑠璃が祖父の形見と語っていた、ブラックロッジに対《たい》抗《こう》するための切り札の名である。

「汝は、憎《ぞう》悪《お》に燃える空より産まれ落ちた涙《なみだ》。

汝は、流された血を舐《な》める炎《ほのお》に宿りし、正しき怒《いか》り。

汝は、無垢《むく》なる刃《やいば》。

汝は、魔《デモンベイン》を断つ者。

善い名だ！　気に入った！」

気がつくと、九郎は淡《あわ》く光り輝《かがや》く球体の中心に立っていた。慌《あわ》てて体を確認《かくにん》するが異状は見あたらない。それで落ち着きを取り戻《もど》した九郎は、球体内部を眺《なが》め回した。淡く輝く光の正体は魔術《まじゅつ》の文字の集合体で、九郎は自分が魔法陣《まほうじん》の中心に立っていることを知った。一段下はコックピットらしく用途《ようと》不明の計器類が設置されており、そこには本来の姿に戻ったアルが腰掛《こしか》けていた。

「お、おい、魔導書。ここは……デモンベインの中なのか？」

「それ以外、考えられまい？　よし、操作系にアクセスするぞっ！」

「は、はぃ？」

九郎の不安をよそに、変化は始まった。九郎の背中に生えていた翼《つばさ》が魔導書のページとなって解けていく。それは容《かたち》を変え、あるページはモニターに、またあるページはコンソールに、またあるページは計器類へと変化し、九郎の周囲に配置されていく。

「よし、いける。デモンベイン、出撃《しゅつげき》するっ！」

アルが高々と宣言すると、計器類が一斉《いっせい》に目覚める。三六〇度、すべてをカバーしたモニターが映像を映し出した。九郎の胸の中で心臓が拍動《はくどう》する。そしてそれに合わせるかのようにデモンベインの駆動音が激しさを増していく。

「まがい物にしては上々だ。これなら跳躍《と》べる。一気に地上に出られるぞ。覚悟《かくご》はいいな？」

「いいわけないだろっ！」

「男なら迷わず『おう』と言え。出撃！」

その瞬間《しゅんかん》、九郎は落下するような感覚におちいった。

落ちていく。どこまでも落ちていく。五感が狂《くる》い、視界がグニャリと歪《ゆが》む。もはや自分がどのような体勢であるのかも定かではない。三半規管が壊《こわ》れているのか平衡感覚《へいこうかんかく》は麻痺《まひ》し、極度の酩酊《めいてい》状態のようだ。すべてがあやふやで、自分自身が存在しているのかさえ疑問だった。

「なんだ？　なにが起きてんだ⁉」

自分が存在していることを確かめるかのように、九郎は大声を張り上げた。

「狼狽《うろた》えるでない、見苦しい。ただの空間転移ではないか」

「はい？」

「なんと！　空間転移も知らぬのか？」

「知るかっ！」

「今『居る』我等を『居るかもしれなかった』空間に広《ひろ》げたあと、指定した座標に『居た』ことにする。つまりは、そういうことだ」

「ぜんぜんワケわかんねーよ」

「汝《なれ》の脳味噌《のうみそ》では考えるだけ無駄《むだ》だ」

「ふざけんな。ちゃんと説明しやがれ」

「む。おしゃべりはここまでだ。実空間に顕現《けんげん》するぞ」

「だから、ちゃんと説明……うおぉぉぉっ!?」

突然《とつぜん》、五感が正常化し、歪んだ世界が元に戻り始める。

デモンベインが顕現したのは、アーカムシティの上空、数百メートルの位置だった。

眼下に灯《とも》る街の明かり。繁華街《はんかがい》から少し離《はな》れた位置で火柱が上がっている。その中心にはドラム缶《かん》に手足が生えた不細工な破壊《はかい》ロボットの姿が見えた。しかし、デモンベインが出現した位置はいささか問題だった。ガクンと機体が揺《ゆ》れたかと思うと、デモンベインは急降下――ではなく、落下し始めた。

「おおおおお、落ちるぅぅ!」

「ええぃ、狼狽《うろた》えるなっ！　このままあのガラクタに飛びかかるぞ。着地の衝撃《しょうげき》に備えよ」

「もう、勝手にしろっ！」

九郎が言うまでもなく、デモンベインは破壊ロボットへと向かって急降下した。

九郎はヤケクソ気味に覚悟《かくご》を決めると、破壊ロボット目がけて蹴《け》りを入れるイメージを浮かべる。

気持ちだけは前向きに戦っている九郎に応《こた》えようとしたのか、デモンベインは脚《あし》を伸《の》ばし、破壊ロボットに渾身《こんしん》のドロップキックを炸裂《さくれつ》させた。全長八十メートルほどの巨大《きよだい》なドラム缶が軽々と宙へと舞《ま》っていく。やがて落下してきたそれは、周囲のビルを巻きこみながら地面に激突《げきとつ》した。

『ぬおぉぉぉぉぉぉぉぉぉっ！　な、なんであるか⁉　なにが起きたのである？』

「ケッ。ざまぁみろ！」

無事、地面へと着地した九郎は、今までの恨《うら》みをこめて吐《は》き捨てた。

『その声は大十字九郎。貴様であるか！　我輩《わがはい》を足蹴《あしげ》にしたことを後悔《こうかい》させてやるのであ――

あ？　う、動かない？　なぜに？』

デモンベインの蹴りで故障したらしく、破壊ロボットはひっくり返ったまま動かない。

「見よ、九郎。トドメを刺《さ》すなら今だ」

「おう。じゃあ、やってくれ」

「……ふむ」

「おい、なんか歯切れが悪くないか？」

「ふんっ」

アルはそっぽを向いた。

「あ、おまえ知らないんだな？」

「うるさい」

「勢いだけで飛び出しやがったな⁉」

「黙《だま》れ」

「なぁにが最強の魔導書だ。こんちくしょう！」

「うるさい、うるさいっ！　今から調べようと思っていたところだ。悪かったな！」

「ああ、悪いさ。悪いとも。この責任、キッチリとつけてもらうからな」

そのときだ、凶悪《きょうあく》なギターの調べがコックピット内に響《ひび》いてきた。九郎とアルが口論している間に破壊ロボットは立ち上がり、よたよたと歩き出していた。

『認めん、認めんのであーる。我輩の破壊ロボこそ史上最強で地上最強！　そんなわけで、粉《こな》微塵《みじん》に吹《ふ》き飛ぶのである。喰《く》らえ、最終兵器！　ジェノサイド・クロスファイア！』

鼓膜《こまく》が破れるほどの激しい不協和音が、九郎とアルを襲《おそ》う。

そしてそれを合図に、破壊ロボットはより凶悪な姿へと変貌《へんぼう》を遂《と》げた。破壊ロボットのいたるところから出現する砲身《ほうしん》、そして重火器類。そして、そのすべてがデモンベインへと向けられていた。

「やべぇ……やばすぎる。魔導書！　なんとかしろっ！」

「言われるまでもなく、やっておるわ。だがしかし……」

「ヤバイ？　ヤバイのか？」

「機体に走る術式が独自すぎるのだ。こんなもの、いちいち解析《かいせき》している暇《ひま》などあるか！」

『祈《いの》りはすんだであるか？』

「武士の情けで三十分ほど猶予《ゆうよ》を――」

『却下《きゃっか》！　では、縁《えん》があったらあの空の下で会おう。アーメン』

破壊ロボの砲門《ほうもん》が一斉《いっせい》に火を噴《ふ》いた。それは確実にデモンベインへとヒットしていく。

「お、おい、古本娘《むすめ》ッ！　なんとかしろっ！」

「妾《わらわ》もそうしたいところだが、いかんせん此奴《こやつ》は特殊《とくしゅ》すぎるのでな」

「なに悠長《ゆうちょう》に構えてやがるッ！　このままじゃ……」

「やられる、とでも言いたいのか？　だとしたら、すでにやられておるわ」

「……確かに」

爆音《ばくおん》と閃光《せんこう》、振動《しんどう》が踊《おど》り狂《くる》う中にあって、デモンベインは一向に揺らがない。

「まがい物とはいえ鬼械神だ。あのようなガラクタの攻撃《こうげき》ではびくともせん。——とは言え、このままにしておくわけにもいくまい」

場に似合わぬ冷めた口調でアルは告げると、猛烈《もうれつ》な勢いでコンソールを操作し始める。

その途端《とたん》、聞き覚えのある声が響き渡《わた》った。

《貴女《あなた》！　デモンベインを勝手に動かすとは、どういうつもりです？》

悲鳴にも似た女性の声は、覇道瑠璃のものだ。

《その機体は覇道財閥《ざいばつ》の所有物なのですよッ！》

「うむ。そうであろうな。だからこそ、こうして質問にきたのだ」

アルは気にする様子もなく、さらに続ける。

「まがい物だけあって操作系統の索引《さくいん》がまるでなっておらん。特に兵装項目《こうもく》が未分化でな。妾が解読して編纂《へんさん》しても良いのだが——」

《貴女、人の話はちゃんと聞きなさい！》

「大声など出さずとも聞こえておるわ」

《でしたら、速《すみ》やかにデモンベインから……》
「小娘《こむすめ》。なんでもよい。適当な攻撃呪法《こうげきじゅほう》を一つ選んで呼称《こしょう》を教えろ。あとはこちらでやる」
《〜〜〜〜ッッ！》
瑠璃の荒《あら》い鼻息が聞こえてくる。不遜《ふそん》な態度を取り続けるアルに対し怒《いか》り心頭であると想像できたが、そうこうしている間にも破壊《はかい》ロボットの攻撃は続いていた。
『HAHAHA！　やはり大天才であるドクター・ウェスト様の敵ではなかったのであーる！』
勝利を確信したのか、心なしかギターの音色は軽《かろ》やかだ。
《どなたかは存じませんが、それであの破壊ロボを倒《たお》すことが可能なのですね？》
瑠璃の声ではない。これはウィンフィールドの声である。
《司令。火急の事態です。この場は、この少女に託《たく》してみましょう》
《許しません！　デモンベインはお爺様《じいさま》がすべてを賭《と》して造られたロボットなのですよ！》
《だからこそです。デモンベインが、あのような鉄くずごときに敗れる道理はございません》
「口論するのは勝手だが、今もデモンベインは攻撃を受け続けておるのだぞ？」
《くっ……》
瑠璃は言葉を詰《つ》まらせる。
《やむを得ません。見知らぬ人、貴女にデモンベインを託します》
「ふん。初めから任せればよいものを——。九郎、と言うわけだ」
「い、いきなり話を振《ふ》るなっ！」

それがどのような事態を招くか、知らぬ九郎ではない。
《その声は大十字さん？》
「いや、その……。イロイロとこちらにも事情というものがありまして」
「汝《なれ》ら、知り合いだったのか？」
「いや、知り合いというかなんというか」
《どういうことですか？　事と次第《しだい》によっては――》
「ちょっと待った！　今はその前に、目の前のコイツをなんとかしようぜ」
《…………ッ！》
瑠璃は押し黙《だま》った。
《該当《がいとう》する攻撃呪法のデータ、見つかりました。第一近接昇華《しょうか》呪法レムリア・インパクト》
オペレーターとおぼしき女性の声が聞こえてくる
「キツネザル《レムール》のぅ。いまいち頼《たよ》りない名前だが、そいつでいいのか？」
《司令。よろしいですね？》
《状況《じょうきょう》が状況です……やむを得ません。では見知らぬ人、あとは任せます！》
「よし。九郎、やるぞっ！」
全員が一気にヒートアップしていく中、九郎は一人、慌《あわ》てていた。
「不安に思う必要などあるまいて。我らは三位《さんみ》一体。汝が未熟な分は妾が引き受けよう」
アルの言葉に迷いはない。そしてデモンベインもまた、唸《うな》り声を上げて応《こた》える。

やがて破壊ロボットからの攻撃が止《や》んだ。

『やはり最強なのは、このスーパーウェスト無敵ロボ二十八號《ごう》スペシャルなのであーる！』

勝利を確信したウェストの声。そして勝利の雄叫《おたけ》びにも似たギター音が響《ひび》き渡《わた》る。

爆煙《ばくえん》が風に流されていく。九郎は見た。何千発もの砲撃《ほうげき》を受けたにもかかわらず傷一つ負わず、雄々《おお》しくそびえ立つデモンベインの姿を。それは神々《こうごう》しく、機械仕掛け《デウス・マキナ》の神の名に相応《ふさわ》しい雄姿《ゆうし》である。

『なななななななっ、なにぃ!?』

「すげえ……無傷かよ」

「ますます気に入ったぞ、デモンベイン！　さあ、今度はこちらの番だ！」

「おう！　で、次は!?」

「なんでもよいから言霊《ことだま》を吐《は》くのだ。あとは妾《わらわ》が意訳する」

「言霊なんか吐いたことないぞ」

「彼奴《きゃつ》に言ってやりたいことがあるだろう。それをぶつけてやればよい」

「なるほど。それならできそうだ」

九郎はうなずいた。

「デモンベイン。奴をぶちのめして、奥歯ガタガタ言わせてやれぇ！」

九郎が叫《さけ》んだ、次の瞬間《しゅんかん》だった。

「ぐおぉぉぉぉぉっ！」

超高密度に圧縮された情報が、九郎の脳内を駆《か》けめぐる。その膨大《ぼうだい》な情報は、彼の意志とは関係なく脳へと刻みこまれていく。圧縮された情報が脳内で展開され、一つの情報が十、百、千の情報へと膨張《ぼうちょう》していく。脳細胞《のうさいぼう》に激しいパルスが走り、焼き切れるような激しい衝撃《しょうげき》に九郎の顔が苦痛に歪《ゆが》む。

「こいつはいったい……」

「汝の頭の中を駆けめぐっているのは、レムリア・インパクトの術式だ」

「術式？　プログラムみたいなもんか？」

右手でこめかみの辺りを押さえつけながら九郎が問うと、アルは「そのようなものだ」と答えた。

九郎とアルの体内を駆けめぐっていた術式が、デモンベインの魔術《まじゅつ》回路を疾走《しっそう》していく。術者と魔導書、鬼械神を駆けめぐっていた術式が三者をつないだ。その瞬間、九郎の脳で暴れまくっていた情報の洪水《こうずい》がピタリと止んだ。

視界が、世界が拡大していく。広大に、無限に、世界の果てまでも見通すような研ぎ澄《す》まされた超感覚が九郎を包みこむ。

肉体から意識が遊離《ゆうり》し、個であったものが世界へと浸透《しんとう》し始める。意識が熱を帯びていた。熱した鉄のように熱い。そのくせ中心はひどく冷めており、冷静だった。

九郎は人差し指と中指で剣指《けんし》を作り、印を結んだ。習ったわけではない。体が自然に反応していく。それと同時に、デモンベインの光り輝《かがや》く指先が夜闇《よやみ》を切り裂《さ》き、中空に光の軌跡《きせき》を刻みこんでいく。それは複雑な紋様《もんよう》を形成し、それに応じて内部の各種機関が活性化する。動力部が無限とも思えるエネルギーを汲《く》み上げ始めた。

「うぉぉぉぉぉぉぉっ！」

九郎が吠《ほ》え、デモンベインは凶暴《きょうぼう》な咆吼《ほうこう》を上げた。

重ね合わせた両腕《りょううで》を天に掲《かか》げると、拳《こぶし》から光がほとばしる。それを左右に広げながら振《ふ》り下ろし、両脚を大地に食いこませながら踏《ふ》ん張る。九郎の体が、そしてデモンベインが光に包まれていく。その背には、後光のごとく光り輝く五芒星《ごぼうせい》の印が浮《う》かび上がっていた。旧き印《エルダー・サイン》。邪《じゃ》悪《あく》を祓《はら》う結印である。

『ぬおぉぉぉぉ！　それは、なんであるかっ⁉』

コックピット内をオーバーロードした魔力《まりょく》がほとばしり、暴れ狂《くる》う。だが九郎とアルは集中力を途切《とぎ》れさせることなく、冷静にそれをさばいていく。九郎は右腕《みぎうで》を天高く掲げた。

「光射《さ》す世界に、汝ら闇黒《あんこく》、棲《す》まう場所なし！」

デモンベインの右の掌《てのひら》に組みこまれた機関に、高密度の術式が駆け抜《ぬ》けていく。必滅《ひつめつ》の威力《いりょく》を封《ふう》じこめた機関が覚醒《かくせい》した。

「渇《かわ》かず、飢《かつ》えず、無に還《かえ》れ！」

デモンベインが地を蹴《け》り、アーカムシティを疾駆《しっく》する。掌から溢《あふ》れ出す閃光《せんこう》がデモンベインを、破壊《はかい》ロボットを、そして街を白い闇の中へと包みこんでいく。

『ぬおあああああああああああああ――――っっっっ！』

デモンベインは一瞬《いっしゅん》にして破壊ロボットとの距離《きょり》を詰《つ》めると、右手を振りかぶった。掌が獣《けもの》の如《ごと》き咆吼を上げる。それを心地《ここち》よく感じながら、九郎が叫ぶ。

「レムリア・インパクトォォォォ――――ッ」

掌が爆発《ばくはつ》的な光に包まれ、導かれるかのように破壊ロボットへと吸いこまれていく。同時に、必滅の術式がその内部へと浸透していく。

『ノォォォォォォォォォォォォォォ！』

ウェストが断末魔《だんまつま》の叫びを上げる。

「昇華《しょうか》！」

アルの声が世界に響き渡る。

デモンベインの掌から発せられた光が、世界を白い闇の中に閉《と》ざした。

＋

少年は街を見下ろしていた。

地表から遠く離《はな》れたアーカムシティの上空――街を一望できるほどの位置で、彼は物憂《ものう》げな表情でたたずんでいる。彼の名はマスターテリオン。ブラックロッジを束ねる大導師《グランドマスター》である。

マスターテリオンは華奢《きゃしゃ》な体を呪術《じゅじゅつ》的な礼服で包みこみ、闇より暗い金色の瞳《ひとみ》をアーカムシティへと向けている。輝《かがや》きを忘れた金色の瞳《ひとみ》が映し出しているのは、白と黒の天使たち、そして神を模した鋼《はがね》の巨人《きよじん》の姿である。

マスターテリオンは静かに見つめ続ける。

傲慢《ごうまん》な優《やさ》しさを持つ、絶対者の瞳で。

愛《いと》おしむように。

憐《あわ》れむように。

嘲《あざけ》るように。

交錯《こうさく》し、火花を散らす天使たち。白と黒の天使が描《えが》く光の軌跡が、アーカムシティの夜空をネオンのごとく彩《いろど》っている。人造の天使たちは引かれ合い、惹《ひ》かれ合い、だが重なり合うことはない。ただひたすら出会いと別れを繰《く》り返している。

地表では、鋼の巨人が罪人に対して神罰《しんばつ》を下していた。巨人の掌から発せられた聖なる業火《ごうか》は世界を白く染め上げ、断罪された罪人は塵《ちり》へと変わっていく。その力は神罰と呼ぶに相応《ふさわ》しい圧倒《あっとう》的な破壊力であり、ひれ伏《ふ》さずにはいられないほどの存在感を誇示《こじ》していた。

マスターテリオンは靡《なび》く金色の髪《かみ》を手櫛《てぐし》でかき上げると、凄絶《せいぜつ》な笑《え》みを浮かべた。

「やはり、今回もこうなったか――」

男とも女とも取れる中性的な声が、呪詛《じゆそ》のように紡《つむ》ぎ出される。

不意に突風《とっぷう》が吹《ふ》き抜け、金色の髪と呪術的な礼服が強風ではためく。だがマスターテリオンの体は揺《ゆ》らぎもしない。

その目は、ただひたすら巨人のみを見続けていた。

それは希望であり、絶望でもあり——。

彼は疲《つか》れていた。

喩《たと》えようもないほどくたびれていた。

心は憔悴《しょうすい》しており、魂《たましい》は永遠の安らぎを求めている。

「すべては運命のままに」

彼は微笑《びしょう》すると、アーカムシティを浮かび上がらせる無数の光へと目を向けた。

それは街の灯火《ともしび》。

人々が息づく証《あかし》である。

「さあ、踊《おど》ろうではないか。あの忌《い》まわしきフルートが奏《かな》でる狂った輪舞曲の調べに乗って」

マスターテリオンは囁《ささや》くと、街に背を向け姿を消した。

「ヒロインは貴公だ——アル・アジフ」

第二章 超人舞闘――激突する法則と法則

ベルゼビュート

ティベリウス

夢幻心母《むげん》はマスターテリオンが提唱する壮大《そうだい》な計画を実現させるために造られた巨大《きょだい》な建築物であり、ブラックロッジの本拠地《ほんきょち》である。それはアーカムシティの中にありながら、マスターテリオンと彼の配下である魔術師《まじゅつし》たちの力によって巧妙《こうみょう》に隠《かく》され、発見されることもなく存在していた。突然《とつぜん》、降ってわいたように破壊《はかい》ロボットが街の中に現れることができるのも、本拠地がアーカムシティにあるからなのである。

そんな夢幻心母の中心部にある玉座で、ドクター・ウェストは冷や汗《あせ》をかいていた。滝《たき》のように流れる汗は、白衣にまで染《し》みこむほどだ。

不遜《ふそん》で傲慢《ごうまん》で恐《おそ》れるものなどなにもない彼だが、目の前にいる少年は別である。玉座に背を預け、気だるそうに前髪《まえがみ》をもてあそんでいるのは、ブラックロッジの大導師《グランドマスター》・マスターテリオン。彼は床《ゆか》にひざまずくウェストの姿が目に入らないのか、憂《うれ》いを帯びた目でどこかを見つめていた。それは現世ではなく、どこか別の次元を見つめているかのようだ。

ウェストの額から一筋の汗が流れる。それは頬《ほお》を伝い、雫《しずく》となって大理石の床へと落ちていく。

九郎に——デモンベインに破れたウェストは、すみやかに夢幻心母へと帰還《きかん》し、マスターテリオンの下《もと》へと足を運んでいた。任務の失敗を報告するためだ。

ウェストは事の顚末《てんまつ》を簡潔に伝えた。声は震《ふる》え、極度の緊張《きんちょう》からか呂律《ろれつ》が回らなかったが、包《つつ》み隠さず報告する。マスターテリオン相手に虚偽《きょぎ》の申告は意味をなさない。ただ彼はウェストの話に耳をかたむけている様子はなく、ただ退屈《たいくつ》そうに枝毛をちぎっている。

だが、ウェストの報告に不満感をあらわにする者がいた。

「つまりアル・アジフの回収に失敗した挙げ句、逃《に》げ帰ってきたわけですな？」

玉座の横に立つ長身の男性・アウグストゥスは、目鼻立ちのハッキリとした精悍《せいかん》な顔にあからさまな冷笑《れいしょう》を貼《は》りつけ、ウェストを見下ろしている。酷《ひど》く冷たい切れ長の目は侮蔑《ぶべつ》の色に染まっており、気品すら与《あた》えてくれる仕立ての良い黒のスーツも、その前では色あせて見えた。だがアウグストゥスの姿を印象づけているのは、浅黒い褐色《かっしょく》の肌《はだ》である。

「まったくもって情けない有様ですな。大天才の名が聞いて呆《あき》れますぞ」

アウグストゥスの鋭《するど》く冷ややかな視線を受け、ウェストの顔は苦痛に歪《ゆが》む。

「それは不意を突《つ》かれたからであって、我輩《わがはい》は負けたなどとは思っていないのである」

不意打ちを食《く》らったのは事実であり、万全《ばんぜん》の状態であれば負けるわけがない。少なくともウェストはそう考えていたし、負けを認めるなど彼のプライドが許さなかった。だが、そんな彼の自尊心を踏《ふ》みにじろうとでもいうのか、アウグストゥスは容赦《ようしゃ》のない嫌味《いやみ》を浴びせかけた。

「ほう。ご自慢《じまん》の破壊ロボは素性《すじょう》も知れないロボットに歯が立たなかったと？」

アウグストゥスはスーツを正すと、口元に皮肉な笑《え》みを浮《う》かべる。

「ドクター。あなたは人形相手に遊んでいるべきだ。それとも、学生のころに戻《もど》って墓でも暴《あば》きますかな？　もっとも、それで彼女が蘇《よみがえ》るとも思えませんがね」

ブチッと、ウェストの中でなにかが切れる音がした。

「貴様ァ、言わせておけば、ぬけぬけとっ！」

「事実を申し上げたまでのこと」

不意にアウグストゥスは得心したようにポンと手を叩《たた》くと、

「失敬。彼女は蘇っておりましたな」

くっくと喉《のど》を鳴らしながら笑った。

（おのれ……）

ウェストの顔は、みるみる赤く染まっていく。

ウェストは心の中でアウグストゥスの胸《むな》ぐらをつかみ、顔面を殴《なぐ》り飛ばしていた。行動に移らなかったのは勝てる見込みがなかったからで、冷静さを欠いた今のウェストでも、その程度の計算はできた。

「──やめろ、二人とも。気が滅入《めい》る」

それまで黙《もく》していたマスターテリオンが静かに告げた。

たったそれだけのことでウェストの気勢は削《そ》がれ、熱した体は一気に冷えてしまう。

「余は貴公を咎《とが》めるつもりはない。あのロボットがどのような理論で造られているのかは知らぬが、破壊ロボットとは違《ちが》う理論に基づいているのであろう。遅《おく》れをとるのも無理からぬこと」

「お言葉ではありますが……。我輩の破壊ロボットが遅れをとるなどとは……」

おずおずと進言するが、すぐに口をつぐんだ。マスターテリオンが見据《みす》えていたからだ。

「大導師。あのロボット、おそらくは覇道財閥《ざいばつ》が極秘裏《ごくひり》に開発を進めていたロボットではないかと」

アウグストゥスは腰《こし》を屈《かが》め、マスターテリオンへと耳打ちする。

（あやつめ、あれが覇道のロボットだと知っていたのであるな！）

ウェストが食ってかかろうとしたときだ。

「そのとおり。あれは覇道が造りし鬼械神・デモンベインさ」

ウェストは目を疑った。どこから現れたのか、長身の女性が玉座の脇《わき》に立っていたからだ。

胸元が開いたスーツを身にまとった彼女は、妖艶《ようえん》な笑《え》みをマスターテリオンへと投げかけている。

驚《おどろ》いていたのはウェストだけではない。アウグストゥスは表情を凍《こお》らせ、体をわななかせていた。

「き、貴様ッ！」

アウグストゥスは声を裏返すと、戸惑《とまど》う表情を見せながらも素早《すばや》く身構えた。次の瞬間《しゅんかん》、彼の指先から輝《かがや》く光の糸のようなものが現れる。アウグストゥスは巧《たく》みな指さばきでそれを編み上げていく。それはやがて金色の書物と化した。魔導書【金枝篇《きんしへん》】である。

「よい、アウグストゥス。古い友人だ」

マスターテリオンは手でアウグストゥスを制し、謎《なぞ》の女性へと目を向けた。

「久しいな。今回は、なんと名乗っている？」

彼は指先で前髪をいじりながら女性に問うた。

「ナイアでいいよ。今回は、そう名乗ってる」

「ナイアとは、なんとも捻《ひね》りのない名前ではないか」

「どうもセンスがなくってね。次回があれば、君がつけてくれてもいいんだよ？」

「次回とは。心にもないことを」

マスターテリオンは、つまらなさそうにつぶやく。

（あの女、何者であるか？　それに今回とは？）

断片的に語られる奇妙《きみょう》な言葉に、ウェストは不安感を覚えた。

「して、何用か？」

「おっとっと。僕としたことが、肝心《かんじん》なことを忘れてしまうところだったよ」

ナイアは頭をコツンと叩いて舌を出すと、マスターテリオンへと向き直った。

「アル・アジフと、デモンベインの搭乗者《とうじょうしゃ》について、知りたくはないかい？」

「――――ッ！」

ナイアの話に反応したのはマスターテリオンではなく、ウェストとアウグストゥスである。

（訊《き》きたい、訊きたいのであるっ！）

名誉《めいよ》挽回《ばんかい》のために、そしてボロ雑巾《ぞうきん》のようになってしまったプライドを修復するためにも、大十字九郎にリベンジする必要があった。

「大十字九郎。うだつの上がらない、三流の探偵《たんてい》さ」

「探偵？　ミスカトニックの魔術師《まじゅつし》ではないのか？」

マスターテリオンは、ほんの少しだけ意外そうな顔をした。

「あのアル・アジフが選んだのだから、間違《まち》いないと思うけどね」

「ふむ」

「どうだい？　面白《おもしろ》そうだろう？」

「……今回は、ずいぶん向こうに肩入《かたい》れしているではないか。——で、実際のところ、どうなのだ？」

「今までと比べたら力は劣《おと》るやね。だけど大導師殿《どの》？　そんなものは関係ないだろう？」

「ふむ」

しばし熟考していたマスターテリオンは、玉座から緩慢《かんまん》な仕草で立ち上がった。

「アウグストゥス、留守《るす》を頼《たの》む」

突然《とつぜん》のことに、アウグストゥスは惚《ほう》けた表情をする。

「おやおや。大導師殿、自らご出陣《しゅつじん》で？」

とぼけたような口調のナイアに対し、マスターテリオンは薄《うす》く笑って応《こた》える。

「挨拶《あいさつ》せねばなるまい？　それに、余とて遊びに興じたくなる時もある」

マスターテリオンは言い終わると同時に、その姿をかき消した。

十

ドクター・ウェストの研究室は、大がかりな実験道具で溢《あふ》れていた。足の踏《ふ》み場もないとはこのことで、実験用の機械と用途《ようと》不明のガラクタで部屋は埋《う》めつくされ、そこを大いに圧迫《あっぱく》している。

心身ともに疲弊《ひへい》しきった状態で戻《もど》ってきたウェストは、手術台で横になっているエルザへと目を向けた。

「博士、おかえりロボ」

「調子はどうであるか？」

「完璧《かんぺき》ロボ。その証拠《しょうこ》に、今から博士をぶん殴《なぐ》って一発で昇天《しょうてん》させてみせるロボ」

「や、やめるのである」

ウェストは溜《た》め息をつくと、手近なところにある椅子《いす》に腰をおろした。

人造人間として高い性能を誇《ほこ》るエルザだったが、まだまだ完璧にはほど遠い。

「博士、元気ないロボ」

「うむ、エルザよ、慰《なぐさ》めてくれるであるか？」

「大十字九郎にケチョンケチョンにやられたせいか自分の才能に疑念を抱《いだ》き、今までやってきたことはなんだったのかと思いながら首をつりたい気分でいっぱいロボ？」

「……黙《だま》るのである」

「ロボ〜」

不満そうなエルザを気にもとめず、ウェストは別のことを考えていた。

（大導師が笑ったのである）

その姿を見たとき、ウェストは戦慄《せんりつ》した。元々、人間離《ばな》れした感のあるマスターテリオンだが、あの瞬間《しゅんかん》、彼が発していたのは純然たる狂気《きょうき》である。ウェストなど遠く及《およ》ばない超《ちょう》狂気。あの姿を想像しただけで、気が触《ふ》れてしまいそうになる。ウェストは頭《かぶり》を振《ふ》ると、九郎、そしてデモンベインへと意識を向けた。二度と戻れなくなりそうだったからである。

（大十字九郎。我輩《わがはい》が受けた恥辱《ちじょく》の数々、百万倍にして返してやるのである！）

ウェストは静かなる闘志《とうし》を燃やすと、パソコンへと向かう。

彼はネットワークに接続を開始すると、覇道財閥《ざいばつ》へのアタックを開始した。

「デモンベインの情報、いただくのである」

＋

九郎は窮地《きゅうち》に立たされていた。破壊《はかい》ロボットを倒《たお》し、格納庫へと戻ってきた九郎を待っていたのは、腰《こし》に手を添《そ》えて仁王立《におうだ》ちする瑠璃と、その斜《なな》め後ろで静かに控《ひか》えるウィンフィールドである。彼女は平静を装《よそお》っていたが、怒《いか》り狂《くる》っているのは目の奥に潜《ひそ》ませた業火《ごうか》で解《わか》る。

(やべえ、カンカンだよ……)

さっそく九郎は肝《きも》を冷やした。

「さて、大十字さん、説明していただきましょうか?」

「も、もちろん」

「納得《なっとく》のいく説明がなかった場合は、解《わか》ってますわね?」

瑠璃は口にこそしなかったが、「社会的に抹殺《まっさつ》してやる」と言ってはばからないような雰囲《ふんい》気《き》を発していた。それだけで九郎は失神寸前である。

「何から説明したらいいのやら」

実際、いろいろなことが起こりすぎたせいか、どれから話したらいいのか九郎は迷った。

(でも、とりあえず……)

九郎は隣《となり》に立つアルへと目を向けた。

「あのような小娘《こむすめ》にヘコヘコしおって。男ならばビシッとせんか」

アルは瑠璃をにらみつけると、ふんと鼻を鳴らした。

すると呼応するかのように瑠璃のこめかみに青筋が浮《う》かび上がる。

九郎は尻尾《しっぽ》を巻いて逃《に》げ出したい気持ちに駆《か》られながらも、必死でその場に踏みとどまった。

「す、すんません。上下関係をまるで把握《はあく》してないガキの戯《ざ》れ言《ごと》なんで、勘弁《かんべん》してやってください」

九郎はヘラヘラと軽薄《けいはく》そうに笑いながらヘコヘコと腰を折った。

「と言うわけで、ご依頼《いらい》の品です」

彼はアルの首根っこを摑《つか》まえると、それを瑠璃の前へと差し出した。

「にゃ？」

アルは奇妙《きみよう》な鳴き声を発すると、九郎と瑠璃の顔を交互《こうご》に眺《なが》めた。

「ちょっと生意気なところはありますが、意外に使える凄《すご》いヤツです」

九郎は一歩、前に進み出ると、瑠璃の目の前へとアルを突《つ》き出した。

「にゃ、にゃにをする。妾《わらわ》は猫ではないぞ」

アルの苦情には耳も貸さず、九郎はジタバタしている彼女を「どうぞ」と言って差し出した。

「……困ったわ。わたくし、馬鹿《ばか》にされているのかしら？」

瑠璃は目の前でジタバタしているアルを眺めながら、にこやかな笑《え》みを九郎へと向けた。もちろん、その笑みの裏には般若《はんにゃ》の面が隠《かく》されている。

「いや、あの……。実はこれ、こう見えても魔導書《まどうしょ》だったりするんですけど……信じます？」

だが、そのようなことは訊《たず》ねるまでもない。瑠璃の引きつった顔が、その答えである。

「まあ、大変。大十字さんは先の戦いで頭を打たれたみたい。ウィンフィールド、救護班を」

「いや、だからですね、これは魔導書で……」

「ウィンフィールド、救護班はまだかしら？」

「ええい、小娘、いいかげんにせんか！」

とうとう堪忍袋《かんにんぶくろ》の緒《お》が切れたのか、アルが大爆発《ばくはつ》を起こした。

た。

「こちらが下手に出ておれば生意気な。人間の小娘よ、とくと見よっ！」

アルの半身が魔導書のページとなって捲《まく》れていく。それは突風《とっぷう》に乗って上空へと舞《ま》い上がった。

「妾はアル・アジフ。アブドゥル・アルハザードにより記された世界最強の魔導書なり！」

アルは半分だけの顔で誇《ほこ》らしく宣言した。

「汝《なれ》のような貧弱《ひんじゃく》な想像力しか持たぬ小娘には理解できぬだろうが、妾ほどの魔導書となれば魂《たましい》を持つものなのだ。汝の狭《せま》い常識に妾を当てはめられては不愉快《ふゆかい》だ」

ばらけた魔導書のページがアルの体へと戻《もど》っていく。

「どうだ小娘、恐《おそ》れ入ったか？ ん？」

アルがふんぞり返った途端《とたん》、瑠璃のこめかみがピクリと反応する。

「たかだか十数年しか生きておらぬ小娘に大人気ないとは思うが、やむを得ぬ。だが、これで小娘にも理解できたであろう。妾がいかに偉大《いだい》であり、汝がいかに矮小《わいしょう》な存在であるかを！」

アルの暴言に、瑠璃のこめかみに青筋が浮かび上がった。

「先ほどから小娘、小娘と……。いったい、どっちが小娘ですか！」

瑠璃は肩《かた》を怒らせながらアルへと詰《つ》め寄った。

「ふんっ。懇切丁寧《こんせつていねい》に説明してやったにもかかわらず、まだ視覚的な情報でしか妾を見ることができぬとは。しょせん、それが限界というものか……。すまぬ、妾の高望みであったか」

胸を傲然《ごうぜん》と反らし、したり顔をするアルに対し、瑠璃の顔は真っ赤になった。

そしてとうとう、二人の間に一触即発《いっしょくそくはつ》の空気が流れ始める。

もはや誰《だれ》にも止めることができないほどヒートアップしていくアルと瑠璃。そしてその側《そば》で、ただオロオロとし続ける九郎。そんな中、ウィンフィールドだけが冷静かつ建設的だった。

「デモンベインが起動したという事実は、彼女の話が事実であることを示しています。大十字様、お話をお聞かせ願えますでしょうか？」

ウィンフィールドの提案に、九郎はうなずいた。

＋

「とりあえず、順番に説明させてもらうわ」

九郎は時間をかけ、それまでの出来事を思い起こしながら一つ一つ丁寧《ていねい》に説明していった。

瑠璃が事務所に訪《おとず》れたところから始まり、古書店での調査、ウェストとの対決、アルとの出会い、そしてデモンベインの発見についてである。覇道の秘密基地への侵入《しんにゅう》は不可抗力《ふかこうりょく》であり、デモンベインを勝手に乗り回したことについては成り行き上であることを付け加えた。

「なるほど。それでは大十字様が魔導書の所有者というわけですか」

ウィンフィールドは、ごく自然に事実を受け止めているようだ。

「九郎と妾は相性《あいしょう》がよいようでな。魔術師としてはからっきしだが、妾は此奴《こやつ》を気に入っておる」

「いっとくが、俺は認めてないからな」

「汝も諦《あきら》めの悪い男よの」

アルは「やれやれ」とつぶやきながら、肩をすくめた。

九郎はムカつきながらも口には出さず、側にたたずむデモンベインを見上げた。破壊《はかい》ロボットの猛攻《もうこう》を受けたにもかかわらず装甲《そうこう》には傷一つなく、ワックスで磨《みが》かれたかのように輝《かがや》いている。

「これがデモンベインだったんだな」

九郎は目を細め、デモンベインの雄姿《ゆうし》を眩《まぶ》しげに見つめた。

「左様《さよう》です。これこそ大旦那《おおだんな》様が開発したブラックロッジに対抗《たいこう》する手段であり、覇道財閥《ざいばつ》の英知を結集させた最強のロボットなのです」

「最強、か……」

まさに最強の名に相応《ふさわ》しいと九郎も思う。だがいかんせん、強力すぎた。デモンベインが放った必滅《ひつめつ》の一撃《いちげき》――レムリア・インパクト。その破壊力は筆舌《ひつぜつ》につくしがたく、その破壊力は考えただけでも震《ふる》えがきてしまうほどである。デモンベインの右手から発生した無限大の熱量は、ウェストが搭乗《とうじょう》した破壊ロボットを跡形《あとかた》もなく焼きつくしてしまったのである。もっとも消え失《う》せたのは破壊ロボットだけではない。爆心地《ばくしんち》を中心に建物は吹《ふ》き飛び、しかも地面には月面を彷彿《ほうふつ》とさせる巨大《きょだい》なクレーターができあがっていたのである。圧倒《あっとう》的な力だった。

（あれはシャレにならん。マジで……）

瑠璃が激怒《げきど》していたのは、デモンベインを無断で持ち出したことだけではない。アーカムシティの一区画を丸ごと吹き飛ばしたことに対する責任の所在である。

しかしアルは、そのことは気にもとめてないようだった。

「鬼械神《デウス・マキナ》と呼ぶには不完全すぎるが、なかなかどうしてたいしたものだ。デモンベインは妾《わらわ》が存分に使ってやるとしよう。光栄に思うがよい」

アルの言葉に、さっそく瑠璃の頰《ほお》が引きつった。

「そこの貴女《あなた》ッ！　勝手に決めてもらっては困ります。そもそもデモンベインはお爺《じい》様の——覇道財閥の所有物。貴女のような魔女《まじょ》に渡《わた》してなるものですかっ！」

一喝《いっかつ》するような瑠璃の声が、格納庫内に響《ひび》き渡る。

だが臆《おく》したのは九郎だけで、アルは平然としていた。

「では小娘《こむすめ》、此奴をどうするつもりだ？」

アルはデモンベインの脚《あし》に手を添《そ》えながら、瑠璃に問いかけた。

「鬼械神は戦うために生まれし存在。ならばデモンベインも最強の魔導書である妾とともに戦いたいと願うはず。解《わか》るか？　デモンベインは汝の玩具《おもちゃ》ではないぞ？」

「あんな乱暴に扱《あつか》っておいて、よくもまあぬけぬけと。壊《こわ》れてしまっては元も子もありませんわ」

「それは九郎が未熟なだけであって、妾の責任ではない」

突然《とつぜん》、話を振《ふ》られた九郎は目をむいた。

「ば、バカヤロウ！　そんなところで話を振るやつがあるかっ！」

そして当然のように瑠璃の目は、彼へと向けられた。

気のせいか彼女の目は血走っており、あからさまな殺意すら感じられた。

「と、とにかく。こうして無事に魔導書が見つかったわけだし、めでたしめでたしと」

「……認めません」

「は、はい？」

「認めないと言っているのです」

瑠璃は恫喝《どうかつ》するかのように声を荒《あ》らげると、九郎へと一歩、詰《つ》め寄った。

「大十字さん！　こんな下品な魔導書ではなく、もっと品の良い魔導書を探してくださいまし」

瑠璃の言葉に、さっそくアルは目くじらを立てた。

「九郎、小娘の我が儘《まま》に付き合う必要はない。デモンベインは汝《なれ》と、そして妾のものだ」

「我が儘って、どっちがですか！」

(確かに)

「この際、汝とはきちんと話をつけておいたほうがよさそうだ」

アルは不敵な笑《え》みを浮《う》かべると、指の骨をバキバキと鳴らした。

「のぞむところですわ。どちらが主で、どちらが従か、身に染《し》みるほど思い知らせてあげましょう」

瑠璃は瑠璃で臨戦態勢である。そして、アルと瑠璃の低レベルな肉弾戦《にくだんせん》が開始された。

九郎は止めようともせず、そっとウィンフィールドの下へと足を運ぶ。

「悪《わり》ぃんだけど、俺、そろっと帰るわ」

「アル様は、よろしいので？」

「ああ、なんか立てこんでるみたいだし」

互《たが》いの髪《かみ》の毛を引っぱりながら罵《のの》り合っている二人を眺《なが》めながら、九郎は溜《た》め息をついた。

「殴《なぐ》り合って理解し合うこともあるだろうし。っていうか疲《つか》れたから帰って寝《ね》る。あの古本娘《むすめ》は返品不要ということでよろしく」

＋

ウェストは研究室でギターを演奏しながら高笑いをしていた。

「HAHAHA！　さすがは大天才ウェスト様であぁるっ！」

ウェストは自分の手際《てぎわ》の良さとギターの音色に酔《よ》いしれていた。

「世紀の大天才であるドクタァァァァァ・ウェストにかかれば、覇道のセキュリティ・システムなどないも同然なのである」

彼が操作していたパソコンのモニターには、覇道財閥の極秘《ごくひ》資料の数々が映し出されていた。

「博士、なにやってるロボ？」

とことこと歩いてきたエルザは、ウェストの横《よこ》っ面《つら》を殴り飛ばした。

「ぐふぅ……。な、なにをするであるか⁉」

鼻血を散らしながらゴミの山へとつっこんでいったウェストは、さっそくエルザに抗議《こうぎ》した。

「博士が邪魔《じゃま》でモニターが見えなかったロボ」

「…………」

ウェストは早急にエルザの改良を決意すると、鼻血を拭《ふ》きながら席に着いた。

「で、これは何ロボ？」

「うむ。デモンベインの秘密である」

モニターにはデモンベインの機密が表示されている。

「これで破壊《はかい》ロボもデモンベインと同等、いや、それ以上の性能となることが約束されたのである」

ウェストは高笑いすると、ギターをかき鳴らした。

「さすが博士ロボ。敵の情報をパクった上に、あたかも自分の手柄《てがら》であるかのようにふるまうつもりロボね？　そしていつしか彼はパクったにもかかわらず自分の発明であると錯覚《さっかく》し始め、関係者を皆殺《みなごろ》しにしていくサイコ野郎《やろう》と化していくのであった……ロボ」

「黙《だま》るのである」

「ロボ〜」

ウェストは端末《たんまつ》を操作し、デモンベインの機密事項《じこう》に次のようなデータを忍《しの》びこませた。

『大十字九郎のばーかばーかばーか』

くそぉ～

「博士、思っていた以上に子供《ガキ》ロボ」

＋

アーカムシティは平和だった。デモンベインと破壊ロボットの戦闘《せんとう》による混乱は特になく、市民はいつもどおりの生活を営んでいる。破壊ロボットによる襲撃《しゅうげき》には慣れっこになっている市民である。強くなければアーカムシティでは生きていけないことを彼らはよく知っていた。

「平和だ……」

繁華街《はんかがい》を練り歩きながら、九郎は幸せをかみしめていた。あれからアルは姿を見せず、瑠璃からの連絡《れんらく》もない。竜虎相搏《りゅうこあいう》つ頂上決戦の結果がどうなったのか、想像するだけでも身震《みぶる》いしてしまう九郎である。このまま平和な日々が続くことを心から祈《いの》らずにはいられなかった。いられなかったのだが——。背後からシャツの袖《そで》を引かれた九郎は、その場で立ち止まった。背筋に感じる鋭《するど》い視線、そして悪寒《おかん》……。振《ふ》り返るには、かなりの勇気と決断力が必要であった。

「汝《なれ》……わ、妾《わらわ》を置き去りにするとは、どういう了見《りょうけん》だ？」

そこには精根《せいこん》つき果てたとでも言いたそうなアルの姿があった。

瑠璃と激しくやり合ったらしく銀髪《ぎんぱつ》はボサボサで、白い肌《はだ》には青あざがいくつかあった。

「汝と妾は一蓮托生《いちれんたくしょう》のはず！　魔導書を置き去りにする術者の話など聞いたこともないわ！」

「残念ながら、ここにいる——っていうか、俺は認めねーって言ってるだろうが」

「だから契約《けいやく》したではないかと申しておるっ！」

九郎とアルはにらみ合う。

(冗談《じょうだん》じゃねー。これ以上、関《かか》わってたまるか！)

心に誓《ちか》った彼は、アルに背を向けて猛然《もうぜん》と駆《か》け出した。

「これしきのことで俺が泣き寝入《ねい》りすると思うなよ！　ちくしょうっ！　っていうか、俺は逃《に》げる。そう、自由に向かって！　そして、あの青空の下へ！」

「あっ、こら九郎！」

「俺が何したってんだ。こんちくしょう！」

九郎は泣きながら走った。走って走って走りまくった。

背後からアルの怒声《どせい》が聞こえてきた。

＋

閑静《かんせい》な住宅街に、その教会はあった。

繁華街の外れにひっそりと建っているその建物は、教会と呼ぶにはあまりにも小さく、そして寂《さび》れていた。神父すら存在せず、日曜の礼拝すら忘れ去られているような場所ではあったが、九郎にとって唯一《ゆいいつ》の避難《ひなん》場所であり、生命線でもあった。ここがなければ九郎など、とうの昔に田舎《いなか》に帰るか餓死《がし》していたはずである。

教会の外観とは異なり、礼拝堂は暖かな空気で満たされていた。数人の子供たちが無邪気《むじゃき》に駆け回っており、それをにこやかな表情で若いシスターが見守っている。

息を弾《はず》ませながら礼拝堂へと入ってきた九郎は、その場でどっかりと腰《こし》をおろした。

「あらあら、九郎ちゃん。また、いつものあれですか？」

昨日の今日ですっかり疲《つか》れ切っていた九郎に声をかけたのは、この教会を任されているシスター・ライカだった。ブロンドの髪《かみ》と瞳《ひとみ》が印象的な美人である。

（ついでに胸もデカイがな）

ごく自然にそちらへと目が向いてしまうが、気づかれる前に目線をライカへと合わせた。彼女のおっとりとした柔和《にゅうわ》な表情は、九郎にとっての癒《いや》しであり、母親が見せるような慈愛《じあい》に満ちている。実際、子供たちはライカの中に理想の母親像を見ているに違《ちが》いない。

「いつものあれというと？」

「シスター、めしー、でしょ？」

ライカは九郎の口調を真似《まね》た。

「俺が毎回メシをたかると思ったら大間違《おおまちが》いだ。つーか、俺ってそんな目で見られてるわけ？」

「九郎ちゃんがここに来る理由なんて、それしか思いつかないし」

ライカは疑惑《ぎわく》の眼差《まなざ》しを九郎へと向けていた。

（まあ、ライカさんの反応も、しごく当然というか――）

思い当たる節があまりにも多すぎて、彼女に同情心すら九郎は覚えていた。

「残念ながら、今の俺は昔の俺とは違う」

白い歯を見せつけるようにして、ニカッと笑いかける九郎。

「ホントかなぁ？」

ライカは腰に手を添《そ》え、いぶかしむ。

(信用ないな……)

自業自得《じごう》だったが、後の祭りである。

「それは置いておくとしてだ。しばらく俺をここに置いてくれ」

「お断りします！」

ライカはにべもなく言った。

「断ったね？　今、全力で断ったね？　理由を訊《き》こうともせずに？」

「穀潰《ごくつぶ》しと知ってて受け入れるわけありません！」

ぴしゃりと言ってのけるライカ。

「い、いや、悪人に追われているのでかくまってほしいだけだが」

「ほう。たとえばそれは、ブラックロッジのような？」

ピクっと、九郎の耳が反応を示す。振り返ると、そこにそれはいた。翡翠《ひすい》色の目を持った彼女は、憤怒《ふんぬ》の表情を浮《う》かべながら仁王立《におうだ》ちしている。

「その子、九郎ちゃんの知り合い？　妹さん？」

状況《じょうきょう》を理解していないライカは、母親が発する包みこむような優《やさ》しい笑顔《えがお》を振りまいている。

「汝、一度ならず二度までも妾を置き去りに……」

「いや、だから俺は認めないと——」

だが九郎の主張はアルには届かなかった。

「天誅《てんちゅう》！」

アルの体が淡《あわ》い光に包まれた次の瞬間《しゅんかん》、九郎は天井《てんじょう》へと向かって吹《ふ》き飛んでいった。

「だぁぁぁぁぁぁっ！　この世に神なんかいねぇ！」

礼拝堂に断末魔《だんまつま》の叫《さけ》びが響《ひび》き渡《わた》った。

＋

「ふぅん。九郎ちゃんも大変だったのねぇ」

ライカは呑気《のんき》にも言い放つが、九郎は洒落《しゃれ》にならないほど甚大《じんだい》なダメージを被《こうむ》っていた。軽く数時間は気を失っていたらしく、そのことは礼拝堂に射《さ》しこむ西日で判《わか》る。体を動かすたびに節々が鈍《にぶ》く痛んだ。それでもライカとお茶を飲む程度には回復していた九郎は、子供たちと一緒《いっしょ》に戯《たわむ》れているアルを眺《なが》めながら息を吐《は》き出した。その姿を見ている限り、魔導書だとは誰《だれ》も思わない。

九郎はライカに、それまでの出来事を語った。デモンベインで破壊《はかい》ロボットとドッキ合いをした挙げ句、街の一部を吹き飛ばしたことは割愛したが、それ以外は包み隠《かく》さず話していた。

「けど九郎ちゃん。あまり邪険《じやけん》にするのも可哀想《かわいそう》だよぉ」

「だから、ライカさん……。俺の話をちゃんと聞いていたのかと。問いたい。問いつめたい……」

「あの年頃《としごろ》の女の子って、何かと微妙《びみよう》だから、ちゃんと見ていてあげないと」

「だからあいつは年頃の女の子でもないし、人間でもねぇんだって」

「私もアルちゃんの年の頃《ころ》には、イロイロ複雑な問題を抱《かか》えてたなぁ」

ふとライカの表情に憂《うれ》いが帯びる。

「そりゃライカさんにもイロイロあったとは思うけど、あいつは特別だ。あいつは女の子とは言わん。ババアだ、ババア。年齢《ねんれい》だけなら」

やれやれとばかりに肩《かた》をすくめた九郎の顔面に、猛烈《もうれつ》な勢いで光の玉がぶつかってきた。九郎は鼻血を流しながら顔面をのけ反らせた。

「……というわけだ。あいつは外見どおりの小娘《こむすめ》とはわけが違う」

だが身を挺《てい》して訴《うった》えた彼の話がライカに届いたかどうかは微妙である。先ほどから彼女は、ぼんやりとした表情でアルと子供たちを見つめていた。それはありふれた日常の光景である。

アルという異分子はいたが、九郎が愛するいつもどおりの光景だった。

——その瞬間までは。

唐突《とうとつ》に教会の扉《とびら》が開き、礼拝堂に夕日が射しこんだ。世界のすべてが黄金色《こがね》に染まり、幻想《げんそう》的とも思えるほどの色彩《しきさい》に彩《いろど》られる。それは目を疑うほどの美しさだった。

九郎の体に悪寒《おかん》が走る。まるで冷や水でも浴びせられたかのような寒気が体を駆《か》け抜《ぬ》け、全身の産毛《うぶげ》が総毛立つ。神経を剔《えぐ》り出して直接冷水に浸《ひた》されたかのような強烈《きょうれつ》で鮮烈《せんれつ》な感覚。そのまま凍死《とうし》しても不思議ではないほどの衝撃《しょうげき》が、九郎の体を冒《おか》していく。その絶望的な感覚は致命傷《ちめいしょう》に近く、その瞬間、九郎は本当に死んでいたのかもしれない。

カツンカツンと、やけに甲高《かんだか》い足音が聞こえてくる。そしてその音は、絶望を伴《ともな》って姿を現した。

黄昏《たそがれ》色をした夕日とともに姿を現したのは、人外じみた美しさを持つ少年である。それは神の寵愛《ちょうあい》を受け、完璧《かんぺき》な黄金比によって造形されたかのような凄絶《せいぜつ》さだった。彼は金色の髪《かみ》を揺《ゆ》らし、穏《おだ》やかな笑みを浮かべながら、ゆっくりとした足取りで九郎の下へと歩いてくる。

九郎は体を震《ふる》わせていた。体を抱《だ》きしめ、震えを強引《ごういん》にねじ伏《ふ》せようとしたが無駄《むだ》だった。体の芯《しん》から溢《あふ》れ出てくるそれは、動物としての本能が発する警鐘《けいしょう》である。意思ではどうにもならない。

誰も彼もが彼を見つめていた。魅入《みい》られていたと言っても過言ではない。逸《そ》らせないのである。

(ヤバイ。こいつはヤバすぎる……)

危険などと言う生半可なものではない。目の前の少年と関《かか》わるくらいなら、死すら安らぎと感じるに違《ちが》いない。少年は人の形をした異形《いぎょう》だった。金の髪、金の瞳《ひとみ》、目を奪《うば》われるほどの美《び》麗《れい》な容姿であるにもかかわらず、華《はな》やかさはない。ただひたすら暗き闇《やみ》が存在するのみである。

そう。彼の瞳は光を宿してはいなかった。ただ金色の闇が——暗黒より深い深淵《しんえん》が広がっていた。

逃《に》げなければと、九郎の本能が警告を発する。だが、体が動かない。動こうともしないのだ。

しかし、そのような異常な状況下《じょうきょうか》にあって、ライカは気丈《きじょう》にも少年の前に立ちはだかった。

子供たちを守らなければという義務感が、彼女を突《つ》き動かしたのだろう。だが無謀《むぼう》でしかなかった。

「ほう。このようなところでムーンチャイルドに出逢《であ》うとはな」

少年は少し意外そうな顔をするが、彼の興味は一瞬《いっしゅん》で失《う》せていた。

「邪魔《じゃま》だ」

少年がつぶやくと同時に、彼の体内から魔力《まりょく》がほとばしった。

それは彼にとっては呼吸をするよりも簡単な魔力でしかなかったが、ライカの目の前で爆《は》ぜたそれは彼女の体を吹き飛ばすだけの威力《いりょく》はあった。ライカは祭壇《さいだん》に激突《げきとつ》し、二、三回、床《ゆか》の上で跳《は》ねて動きを止めた。それっきり、ピクリともしない。すべては一瞬の出来事であり、九郎はただ黙《だま》って見ているより他《ほか》なかった。

「ライカ姉ちゃぁぁぁぁぁぁんっっっっ！」

子供たちの悲鳴が礼拝堂に木霊《こだま》する。

それは凍結《とうけつ》した九郎の心と体を瞬時《しゅんじ》に溶《と》かすだけの威力を持っていた。

九郎はライカを助けねばと思ったが、後回しにした。目前に迫《せま》る脅威《きょうい》を前に、背を向けるなど自殺行為《こうい》である。なけなしの勇気を振《ふ》り絞《しぼ》り、前へと歩を進める。彼の目は少年の闇色の目を見つめていた。あえてそうしたのだ。彼の注意のすべてを自分へと向けるために。

「九郎、其奴《そやつ》はまずい！」

アルの制止の理由は百も承知していたが、今さら退《ひ》くわけにもいかなかった。

「……うぅっ……」

背後からライカの呻《うめ》き声が聞こえてきた。

（よかった。生きてる。だとしたら――）

もう、なにも考える必要はなかった。九郎は目の前の少年に全神経を集中させる。

チリチリと肌《はだ》に焦《こ》げるような痛みを九郎は感じていた。少年が魔力を行使したわけではない。その存在自体が発する狂気《きょうき》に、九郎の肉体が耐《た》えられないのだ。額に浮《う》かんだ汗《あせ》が頬《ほお》を伝い、脚《あし》が小刻みに震える。喉《のど》はカラカラに渇《かわ》き、水分が失せたザラつく口内の感触《かんしょく》が不快だった。

「ははっ！」

九郎の姿があまりにも滑稽《こっけい》だったのか、金髪《きんぱつ》の少年は乾いた笑い声を発した。

たったそれだけにもかかわらず、毒気にやられたかのように全身から力が抜け落ちていく。

しかし、九郎は倒《たお》れなかった。胸の奥で燃え上がる業火《ごうか》が彼を支えていたからだ。

「てめぇ……」

九郎は歯ぎしりをする。奥歯がミシリと音を立てた。

「九郎ッ！　まずい、まずいのだ！」

悲鳴にも似たアルの叫《さけ》びが耳の中で反響《はんきょう》する。

(解《わか》ってるさ。だけど——ここは俺がなんとかしないと)

逃げ出したとしても助かる可能性は皆無《かいむ》に等しい。だとしたら後味の悪い思いをするより、正々堂々と真っ向勝負を挑《いど》むべきだと九郎は考えた。

(俺がこいつをなんとかしないと……。俺しかいないんだ、俺しか)

ライカと子供たちの命は、九郎に委《ゆだ》ねられていた。一歩たりとも退けなかったし、退くつもりもない。そんな悲壮《ひそう》なる九郎の決意をよそに、少年は微笑《ほほえ》むような、それでいて嘲《あざけ》るような表情で彼を見据《みす》える。

「はじめまして、になるかな？　大十字九郎。もっとも余は貴公のことを、おそらくは貴公以上に知っているが」

少年とも少女とも取れる中性的な声。

魂《たましい》に舌を這《は》わせられたようなおぞましい感覚が、紫電《しでん》のごとく九郎の体を通り抜《ぬ》けていく。

「てめぇ、なんで俺の名前を⁉」

敵意むき出しの九郎の問いには応《こた》えず、少年は彼に手をかざした。

少年の掌《てのひら》に凶暴《きょうぼう》な光が浮かび上がる。そこにはビッシリと魔術《まじゅつ》文字が描《えが》かれていた。

「ちぃっ！」

舌打ちしたアルが駆《か》け出す。

「不公平なので名乗っておこう。余はマスターテリオン。魔術の心理を求道する者なり」

少年の掌に浮かび上がった光の球が、九郎へと向かって解き放たれる。

九郎は顔の前で腕《うで》を交差させ、来《きた》るべき衝撃《しょうげき》に備えた。

白い光の闇《やみ》が世界を覆《おお》い始める。衝撃は音もなく訪《おとず》れた。九郎の体を突き抜ける鈍《にぶ》い衝撃。

巨大《きょだい》な鉄球が体の中を通り抜けていくかのような重い衝撃が、彼の体と内臓を痛めつける。

だが、それだけだった。死には至らない。いや、実際には死んでもおかしくはなかったが、九郎の体を包みこんだボディースーツと、黒き翼《つばさ》が緩衝材《かんしょうざい》となって威力を緩和《かんわ》していたのである。

「間に合ったな」

肩《かた》に目を向けると、デフォルメ化したアルが立っていた。

九郎は改めて少年――マスターテリオンへと向き直る。

「ヤツが、あいつがマスターテリオンなのか？」

「左様《さよう》。そして彼奴《きゃつ》こそが妾《わらわ》の怨敵《おんてき》だ！」

アルが吠《ほ》えた。

「以後、お見知りおきを。マスター・オブ・ネクロノミコン」

金色の前髪《まえがみ》をかき上げながら、マスターテリオンは大仰《おおぎょう》な仕草で一礼した。

「てめぇ……。ブラックロッジの大将が俺になんの用だっ！」

「アル・アジフが今回、選んだ新たな術者を見てみたくなってね」

「だったら直接、俺のところに会いに来い。関係ないヤツを巻きこむな！」

「はて、巻きこむとは――」

そこまで口にしたマスターテリオンは、はたと気づいたらしくうなずいた。

「あれはあの程度で死なぬだろうし、現に生きている。怒《おこ》るほどのことでもあるまい？」

「てめぇ……」

「すまなかった、とでも言えば気がすむとでも？　では訊《き》こう。貴公は地を這う虫けらに気をつかいながら道を歩くわけか？」

九郎は体の芯《しん》が熱くなっていくのを感じた。それは一瞬《いっしゅん》にして沸点《ふってん》に達し、体を突《つ》き動かす。

「待て、九郎っ！　其奴は汝《なれ》がどうこうできる相手ではないっ！」

悲鳴にも似たアルの声を耳にしながらも、九郎の体は止まらない。絶対的な怒《いか》りの感情に支配されている今の彼に、意思など存在してはいなかった。ただ目の前の男を叩《たた》きのめすだけである。

九郎の右手に魔力《まりょく》が宿る。それは純粋《じゅんすい》な怒りの結晶《けっしょう》だった。右手を振《ふ》りかざし、マスターテリオンの顔面にそれを叩きつける。九郎の拳《こぶし》は彼の前に出現した障壁《しょうへき》を砕《くだ》き、その先にある彼の横《よこ》っ面《つら》を殴打《おうだ》した。マスターテリオンの華奢《きゃしゃ》な体が後方へと向かって弾《はじ》け飛び、教会の壁《かべ》に叩きつけられる。壁は勢いを吸収しきれずに崩《くず》れ、彼は外へと投げ出された。

「汝に、そのような力があるわけ……」

アルの声には耳も貸さず、九郎はマスターテリオンの後を追いかけた。

マスターテリオンは沈《しず》みかけた夕日を背景に、凄絶《せいぜつ》な笑《え》みを浮かべている。

「余の防御陣《ぼうぎょじん》を打ち破るとは、なかなかどうして……。なるほど、アル・アジフが主と認めただけのことはある」

マスターテリオンは口の端《はし》から伝う鮮血《せんけつ》を手で拭《ぬぐ》い、そしてそれを舌で嘗《な》め取った。

九郎は舌打ちすると、優雅《ゆうが》に微笑むマスターテリオンに向かって突撃《とつげき》していく。

「九郎っ、熱くなるな！」

九郎の動きは止まらない。再び右手に魔力を集め、それをマスターテリオンへと向ける。

「だが、闘争《とうそう》本能をまるで制御《せいぎょ》できていない」

「その俺にぶん殴《なぐ》られたのは、どこのどいつだ！」

九郎の拳が再びマスターテリオンの顔面を捕《と》らえた……はずだった。だが拳はマスターテリオンの体をすり抜け、空を切る。

「魔術とは感情を理性で制御し、たかぶる魂を魔力と融合《ゆうごう》させ、精錬《せいれん》、精製するものなのだ」

「後ろだッ、九郎ッ！」

振り向く間すら与《あた》えられなかった。九郎の全身に、致命的《ちめいてき》とも言える衝撃が走り抜ける。

「ガハッ！」

内側から内臓を引っかき回されるようなおぞましい感覚。胃の内容物がせり上がり、血液混じりの吐瀉物《としゃぶつ》が口から溢《あふ》れ出た。脳髄《のうずい》が冒《おか》されていく。全身から力が抜け、掛《か》け金《がね》の外れたオモチャのように両膝《りょうひざ》から地面へと崩れ落ちる。九郎は自らの汚物《おぶつ》の中へと沈んだ。

「九郎ッ！　九郎ッ！　大丈夫《だいじょうぶ》か!?」

アルが小さな掌《てのひら》で九郎の頬《ほお》を叩く。

（やべえ……意識が飛びそうだ……）

九郎は意識をつなぎ止めておくのが精一杯《せいいっぱい》だった。

それでもなお、マスターテリオンの声は鮮明《せんめい》に届く。

「今の貴公では話にならぬ」

マスターテリオンは息を吐《は》き出した。

「よろしい。アル・アジフ、例の新しい鬼械神《デウス・マキナ》を喚《よ》びたまえ」

「……なに⁉」

「あれならば、少しは勝負にもなろう」

「て、てめぇ、ふざけやがって……」

九郎は意思の力だけで強引《ごういん》に体を引き起こすと、そう毒づいた。

「早くしたまえ。余興が台無しになってしまわぬうちに」

マスターテリオンの体が、上空へと舞《ま》い上がっていく。

「余は生身で十分だ」

（デモンベイン相手に、素手《すで》で殴り合うつもりか？）

「九郎。やるぞッ！」

「お、おい。マジかよ⁉」

「このままではなぶり殺しにされるだけだ」

「けど、いくらなんでも生身のヤッとやるってのは……」

「今の汝では彼奴《きやつ》には勝てぬ。それほどまでに絶望的な力の差なのだ」

アルの声音には、焦《あせ》りの色がにじみ出ていた。

「汝が殺《や》られれば、あの女も死ぬことになるのだぞ」

「!!」

床《ゆか》に崩れ落ちるライカと、彼女の側《そば》で泣き叫《さけ》ぶ子供たちの姿が浮《う》かんでくる。

「話はまとまったかな？」

「ちくしょーッ。やってやらぁぁぁ！」

「いくぞ、九郎ッ！」

アルの覇気《はき》に九郎は「おう！」と応じる。

そして、その聖なる言葉は浮かんできた。

憎悪《ぞうお》の空より来《きた》りて
正しき怒りを胸に
我等は魔《ま》を断つ剣《けん》を執《と》る
汝、無垢《むく》なる刃《やいば》――デモンベイン！

九郎を中心にして、地表に巨大《きよだい》な魔《ま》法陣《ほうじん》が現出する。

空に黒く分厚い雲がたれこめ、雷鳴《らいめい》が轟《とどろ》いた。空間が爆破《ばくは》する。

現れたのは威風《いふう》堂々とした鋼《はがね》の巨人《きょじん》。

機械仕掛《じか》けの神。

魔を断つ剣。デモンベインである。

九郎の体が光を発し、崩れていく。その光の闇《やみ》が消え去ったとき、彼は再びデモンベインのコックピットの中にいた。

「九郎、言っておくが情けは無用だ」

前方のシートに腰掛《こしか》けているアルは、振《ふ》り返りもせずに言った。

だが肝心《かんじん》の九郎はデモンベインに搭乗《とうじょう》した途端《とたん》、迷っていた。デモンベインの圧倒《あっとう》的な破壊《はかい》力《りょく》を承知している彼である。その力を生身の人間に使うことに、九郎はためらいを感じた。

「これでようやく、愉《たの》しめそうだ」

マスターテリオンはデモンベインの真正面に浮かんでいた。その表情は涼《すず》しげであり、そんな彼の姿に九郎は戸惑《とまど》っていた。デモンベインの力はマスターテリオンも知っているはずであり、彼の行動は無謀《むぼう》でしかなかった。

「なぁ、アル。やっぱデモンベインでどつくってのは……」

「この、うつけ者がっ！　まだ、そのようなことを！」

アルは激昂《げっこう》するが、それでもなお九郎はためらった。

「では、余からまいるぞ」

言うが早いか、マスターテリオンは空間を蹴《け》ってデモンベインとの距離《きょり》を一気に詰《つ》めてくる。

そしてデモンベインの顎《あご》を目がけて下から拳《こぶし》を振り上げた。アッパーカットである。

「なっ！」

九郎は目の前で起きた出来事が理解できなかった。

デモンベインの巨体《きょたい》はアーカムシティが一望できる高度まで吹《ふ》き飛ばされていたのである。

「な、なんなんだ、あいつはっ！」

「だから言ったのだ。情けは無用だと！」

九郎はデモンベインの姿勢を制御《せいぎょ》する。

意識を地上へと向けると、光り輝《かがや》く無数の球体が迫《せま》っていることが判《わか》った。それは次々とデモンベインに直撃《ちょくげき》していく。コックピット内に走る衝撃《しょうげき》に、九郎は呻《うめ》き声を上げた。周囲の計器類が次々と火を噴《ふ》き、モニターはエラーで埋《う》めつくされる。

「魔導書ッ！　なんとかなんねーのかっ！」

九郎が叫ぶと同時に、デモンベインの巨体が落下を始める。

「探しておるっ！　それより衝撃に備えよ！」

猛烈《もうれつ》な勢いで地上が迫っていた。

幸い、教会から少し離《はな》れた位置に落ちそうだが、それでもかなりの建物が潰《つぶ》れるのは確実である。

(覇道の姫《ひめ》さんに、また大目玉を食《く》らいそうだ)

だが多くを考える前にデモンベインは地上に着地する。

「魔導書ッ、武器を！」

「すぐに使用可能なのは、これしかない」

アルが検索《けんさく》して見つけ出したと思われる情報が、九郎の情報と共有される。

さっそく九郎は、デモンベインの頭部に備えられたバルカン砲《ほう》を掃射する。

「余を相手に玩具《おもちゃ》を使うか……」

「うるせー。くたばりやがれっ！」

九郎はありったけの砲弾《ほうだん》をマスターテリオンへと撃《う》ちこんでいく。何百発もの弾《たま》が一瞬《いっしゅん》にして消費され、爆煙《ばくえん》で彼の姿がかき消される。あっという間に弾切《たまぎ》れとなった。しかし風で爆煙が流されていくと、そこには同じ姿勢で浮かぶマスターテリオンの姿があった。

「バケモノか……」

「そのとおり。彼奴は人ではない。人外の獣《けもの》なのだ」

「貴公には期待していたのだが、どうやら見込み違《ちが》いのようだ……。興醒《きょうざ》めさせてくれたな」

マスターテリオンは冷ややかな目でデモンベインを見据《みす》えていた。

彼は手をかざし、そこに強大すぎる魔力《まりょく》が集まり始める。

九郎は速《すみ》やかに回避《かいひ》行動に移った——はずだった。だが先ほど受けた攻撃《こうげき》の影響《えいきょう》か、デモンベインの各機関は悲鳴を上げており、意図したように動かない。

「今回は、ここまでか——期待はずれもいいところだ」

面白《おもしろ》くもなさそうに言ったマスターテリオンだが、ふと得心したような顔をした。

彼はデモンベインへと向けていた手を、真横へと持っていく。

「彼奴《きやつ》、いったいなんのつもりだ？」

九郎は首をかしげつつ、マスターテリオンがかざした腕《うで》の先にあるものへと目を向けた。

「なっ‼」

九郎は思わず身を乗り出した。心臓の鼓動《こどう》が早鐘《はやがね》のごとく鳴り響《ひび》く。あまりの速さに、機能を停止してしまいそうだ。九郎は息苦しさを感じていた。息苦しいのではない。呼吸すら忘れるほどの衝撃が、目の前で起きていた。マスターテリオンがかざした腕の先には、教会があったのである。

「て、てめえっ‼」

「ふふふっ……ははははははははっ、あはははははははっっっ！」

マスターテリオンは笑っていた。

腹を抱《かか》え、くの字に体を曲げながら、よく透る澄《す》んだ声で笑い続けていた。

「あはっ、あはははははっ！　あははははははははは！」

彼は狂《くる》ったように笑い続ける。それはいつまでも終わりを告げることはない。

「どうした、大十字九郎？　ははっ、驚《おどろ》いたか？　あはははははは！　さぁ、どうする？　死ぬぞ？　死んでしまうぞ？　貴公が身を挺《てい》し、守ろうとした虫けらどもが死んでしまうぞ？」

「やめろっ！」

九郎の心の奥底で、怒《いか》りの導火線に火がついていた。

「てめぇは……てめぇは、俺がぶっとばすっ！」

その言葉を発した瞬間《しゅんかん》、九郎の中でなにかが弾《はじ》け飛んだ。

意識が急速に拡大し、それは全方向へ向けて拡散していく。先日、体感した感覚が再び蘇《よみがえ》ってくる。言葉にするならば、それは『魔術師《まじゅつし》としての覚醒《かくせい》』になるだろうか。体は燃えるほど熱い。だが心の中は澄み渡《わた》り、冴《さ》え渡っていた。

「うぉぉぉぉぉぉぉぉぉぉぉっっっ！」

九郎は雄叫《おたけ》びを上げると、デモンベインを疾駆《しっく》させる。枷《かせ》を外された獣《けもの》のような勢いで、マスターテリオンへと接近していく。もはや迷いはなかった。

「消えてなくなれ、この外道《げどう》がっ！」

デモンベインの豪腕《ごうわん》が、マスターテリオンを捕《と》らえる。

「やったか？」

「いや、まだだ」

デモンベインの拳は、マスターテリオンの目前で止まっていた。

いや、受け止められていた。

(腕？)

なにもない空間から突如《とつじょ》、出現したその腕が、デモンベインの拳を受け止めていたのである。

それは巨大《きょだい》な鋼鉄の腕である。紅《あか》い装甲《そうこう》に覆《おお》われたそれは、デモンベインと同程度の大きさがあった。

「なんなんだよ、あれは……」

「鬼械神だ。彼奴の鬼械神・リベル・レギス」

「マスターテリオンの鬼械神……!?」

「妾《わらわ》本来の鬼械神・アイオーンが大破したことは、前に話したと思うが……」

「まさか!」

「そのまさかだ。あれがアイオーンを葬《ほうむ》ったのだ」

九郎の体から血の気が引いていく。

「あんなヤツを相手に……」

彼の言葉は、それ以上、続かなかった。

「貴公を期待はずれと言ったが、訂正《ていせい》する。よくぞ余に魔導書を使わせた!」

マスターテリオンは静かに告げる。

「紹介《しょうかい》しよう。我が魔導書『ナコト写本』だ」

彼の側《そば》には、黒く暗い瞳《ひとみ》を持つ一人の少女が従っていた。

その少女は深い闇《やみ》色をした豪奢《ごうしゃ》なドレスと、墨《すみ》を流したかのような艶《つや》やかな長髪《ちょうはつ》が印象的である。肌《はだ》は透《す》き通るように白く、しなやかで可憐《かれん》だ。ただ感情が欠落しているのか顔には表情がなく、まるでよく作られた人形のようにも見える。彼女はデモンベインへと向かって右手を突《つ》き出していたが、肘《ひじ》から先は別の空間にでもあるかのように消え失《う》せていた。リベル・レギストとリンクしているのだろう。

（あいつ、どっかで見たような……）

見覚えがあると感じた九郎は、すぐさまその理由に行き着いた。

（アルそっくりだ）

姉妹《しまい》ではないかと思うほど、アルと黒の少女の姿は酷似《こくじ》していた。

「ちっ。出てきおったか」

アルは忌々《いまいま》しそうにつぶやいた。

「あいつ、おまえと同じなのか？」

「妾をナコト写本などと一緒《いっしょ》にするでない！」

「いや、そうじゃなくて……。あいつも意思を持った魔導書なのか？」

だが、アルの答えを待つまでもなかった。

「エセルドレーダ、返礼してやれ」

「イエス。マイ・マスター。――ABRAHADABRA《アブラハダブラ》」

エセルドレーダが告げた途端《とたん》、リベル・レギスの掌《てのひら》に光が集まってくる。それは収束し、昂《たか》ぶり、やがて自由を求めるかのように解放されていく。

デモンベインは白い闇の中に閉《と》ざされ――九郎の意識もまた、その中へと沈《しず》んでいった。

気を失っていたのは一瞬《いっしゅん》だった。コックピット内で仰向《あおむ》けに倒《たお》れていた九郎は、モニターに映し出されたアーカムシティの夜空を呆然《ぼうぜん》と見上げていた。夜空が赤黒く燃えている。仰向けに倒れたデモンベインを中心に周囲の建物が炎上《えんじょう》していた。マスターテリオンの姿は、すでになかった。

教会こそ無事だったが、どうにもならないくらいの絶望感が、九郎の心と体を支配していた。全身、いたるところが悲鳴を上げているが、そのようなことは些細《ささい》な問題としか感じられなくなっている。

九郎はマスターテリオンに歯が立たなかった。いや、歯が立つとか立たないとか、そのようなレベルの話ではない。同じ土俵にすら立っていなかった。戯《たわむ》れで九郎の前に現れ、圧倒的《あっとう》な力の差を見せつけて去っただけである。深い絶望感だけを残して……。

「ちくしょう、ちくしょう……」

「これが今の我らの限界なのだ」

シートから投げ出され、九郎の隣《となり》でひっくり返っているアルがつぶやく。

九郎は苦痛に顔を歪《ゆが》めた。

最強の魔導書とデモンベイン。それをもってしてもマスターテリオンに一撃《いちげき》すら加えられず、魔導書を使わせたにとどまったという現実は、九郎を底知れぬ恐怖《きょうふ》におとしいれていた。

マスターテリオンの笑《え》みが、九郎の目に焼きついて離《はな》れない。心に罅《ひび》を入れ、脳髄《のうずい》を冒《おか》していくような嬌笑《きょうしょう》が耳について離れない。刻印でも押されたかのように、それらは深く刻みこまれていた。

九郎は震《ふる》えていた、どうしようもないくらい、震えていた。

目を閉じることができない。閉じればそこに、マスターテリオンの姿が映し出されるからだ。

「なんで俺なんだよ……。もっと優秀《ゆうしゅう》なヤツを選べばいいじゃないか……」

「妾と波長が合う人間は、そうはいない。それに、他を探している時間的な余裕《よゆう》もない」

「だからって、こんなザマの俺に何ができるっていうんだ」

「彼奴《きゃつ》を野放しにしておけば、今日のようなことがどこかで起こる。いや、今もどこかで泣いている者もおろう」

「……………」

「邪悪《じゃあく》を知り、それと戦う力を得、それでも汝《なれ》は見て見ぬふりをするのか？　その瞳を閉《と》ざしたままでいられるのか？」

アルの言葉が九郎の胸に染《し》みこんでくる。

(そう。俺は見てしまった)

あれを目撃《もくげき》した以上、もはや見て見ぬふりなどできはしなかった。ブラックロッジから——マスターテリオンから目を背《そむ》け、なおかつ安穏《あんのん》と生きていくことなど九郎にはできはしない。

許せなかった。自分のすべてを賭《と》してマスターテリオンを全否定し、倒さなければならなかった。

そうしなければならなかったし、そうする必要があった。

このままでは部屋の隅《すみ》にできた小さな物陰《ものかげ》にまで彼の姿を見つけ、脅《おび》えることになる。

「……くそっ！　くそくそくそくそくそーっ!!」

九郎は拳《こぶし》を握《にぎ》りしめると、声の限りに叫《さけ》んでいた。

そうすることで、なけなしの勇気を振《ふ》り絞《しぼ》ることができるような気がしたのだ。

「強くなることだ、大十字九郎」

九郎が少し落ち着いたのを見計らって、アルが声をかけた。

(そうだ、強くなれ、大十字九郎！　誰《だれ》よりも強く。マスターテリオンより強く!!)

九郎は覚悟《かくご》を決めた。

(許さない、絶対に。あんなのは存在しちゃいけない。マスターテリオン、そしてブラックロッジ……。二度と笑えないようにしてやる！)

「うぉぉぉぉぉぉぉぉぉぉっ！」

宣言する代わりに、九郎は吠《ほ》えた。

+

　幸い、ライカは軽い打撲《だぼく》だけですんでいた。どちらかと言えば壊《こわ》れた教会の壁《かべ》のほうが問題だったが、これも幸いなことに致命的《ちめい》なダメージには至ってない。気になる修繕費《しゅうぜんひ》も九郎が先に得ていた依頼料《いらいりょう》を充《あ》てることでなんとかなりそうだった。

「さて、大十字さん。申し開きはありますか？」

　ライカの件を片づけたあとで九郎を待っていたのは瑠璃とウィンフィールドである。

　彼女は言葉こそ丁寧《ていねい》だったが、その目は怒《いか》りのあまりに血走っている。

　九郎は一言、「ない」とだけ答えた。

「デモンベインを勝手に持ち出した上に、街をこのようにしたことを認めるわけですね？」

「ああ」

「九郎。謝ることはない。あれは汝と妾《わらわ》の鬼械神《デウス・マキナ》だ」

「貴女《あなた》に訊《き》いているのではありません」

　瑠璃はピシャリと言ってのけると、九郎へと目を向ける。

「デモンベインを無断で持ち出した件は不問にするとして、結果がアレでは話になりません」

「ああ、そうだな」

「そうだなって、弁解すらしないのですか？」

「過程がどうであれ、結果はコレだ。デモンベインを使って負けた事実は変わらない」

　覇道財閥《ざいばつ》の最終兵器。その存在理由を考えれば、瑠璃の怒りはもっともだった。

　不意に九郎は、頬《ほお》に裂《さ》けるような鋭《するど》い痛みを感じた。ひっぱたかれたのだと気づくのに、時間はかからなかった。

「馬鹿《ばか》な！　我等は当然のことをしたまで。なにゆえ、そのような辱《はずかし》めを受けねばならぬ」

アルが吠える。

「──アル、よせっ！」

九郎は今にも飛びかかろうとしていたアルを腕《うで》で制した。

「戦う術《すべ》として鬼械神を喚《よ》んでなにが悪い？　相手はマスターテリオンだったのだぞ？　この程度の被害《ひがい》ですんだことを喜ぶべきであって、責められる道理などないではないか！」

「アルっ！」

九郎は猛然《もうぜん》と瑠璃へとつっかかっていくアルの体を抑《おさ》えこんだ。

「放さんかっ！　世間知らずの小娘《こむすめ》に思いしらせてやるのだ。自分の過《あやま》ちと愚《おろ》かさについてな！」

九郎の腕の中で、アルはジタバタともがいている。

再び取っ組み合いの争いが起きるのではないかと危惧《きぐ》した九郎だが、そうはならなかった。

瑠璃とウィンフィールドは表情を凍《こお》らせ、その場で固まっていた。

「大十字様。対していたのは、あのマスターテリオンだったのですか!?」

信じられないとでも言いたげな表情のウィンフィールドに、九郎はうなずいてみせる。

「私は架空《かくう》の人物だとばかり。間違《まちが》いないのですか？」

「あんな人間、他《ほか》にいないだろうよ」

「金の髪《かみ》、金の目……」

瑠璃がつぶやく。

「ああ、そうだ。暗い目をした、すかした野郎《やろう》だった」

「お爺《じい》様が話していたとおりです。マスターテリオン。やはり実在したのですね」

「左様。いかに汝《なれ》の頭がポンコツでも、これで我等が鬼械神を動かした理由も理解できよう」

「ええ、理解できましたとも」

瑠璃はうなずくと、冷めた目でアルを見据《みす》える。

「ネクロノミコンではブラックロッジには対抗《たいこう》できない。つまりは、そういうことです。別の魔導書の探索《たんさく》を依頼したわたくしの判断に誤りはなかった」

「な、なんだと！　妾以上の魔導書が、この世にあると思うてか！」

「だとしても結果は惨敗《ざんぱい》です。ブラックロッジを倒《たお》せない魔導書に用はない」

「おのれ小娘、言わせておけば好き放題……」

さらに暴れるアルを、九郎は必死に抑えこむ。

「事情は解《わか》りました。デモンベインの件は不問にします。そして、貴方《あなた》への依頼も取り下げます」

九郎は言い返すこともできず、黙《もく》しているより他に方法はなかった。

「先に渡《わた》した前金は、どうぞお収めください。あれは貴方の仕事に対する正当な報酬《ほうしゅう》ですから」

「それって、つまり……」

「貴方がブラックロッジのことで気に病《や》む必要はなくなったということです。これから先は覇道の問題。すべてを忘れて、普段《ふだん》どおりの生活にお戻《もど》りください。お世話になりました」

瑠璃は畳《たた》みかけるように話すと、ウィンフィールドに目配せをして背を向けた。

「勝手なことをぬかしおって！　術者と魔導書を欠いた汝に、何ができるというのだ？　魔道の魔の字も知らぬ小娘が偉《えら》そうに」

一瞬《いっしゅん》、瑠璃の肩《かた》が震《ふる》えるが、彼女が怒り出すことはなかった。

「大十字さん、解《わか》っているとは思いますが、今後、デモンベインに触《ふ》れることは許しません。ではウィンフィールド、戻ります」

瑠璃は有無《うむ》を言わさぬ強い口調で言い放つと、足早にその場から姿を消した。ウィンフィールドはなにか言いたげな表情をしていたが口にはせず、軽く会釈《えしゃく》をしてから主《あるじ》のあとを追いかけていく。

「なあ、これからどうしたらいい？」

ブラックロッジ、そしてマスターテリオンと戦う決意をした矢先である。デモンベインを失っては、勝ち負け以前の問題だった。

「小娘の話に耳を貸す必要はない」

アルは断言するが、そんなわけにはいかなかった。瑠璃の発言はアーカムシティに住む者には絶対だ。もちろん、そのようなことは口にはしない。言えばアルが目くじらを立てるのは明らかだ。

「小娘がいかに頑張《がんば》ろうと無意味なことだ」

「汝と妾《わらわ》の物だって主張するわけか？」

「もちろん、それもある。だが望もうが望むまいが、我等は再びデモンベインと出逢《であ》うだろう」

「運命だとでも？」

「そうとも言うな。だがそれ以前に、戦いが見逃《みのが》しはせぬだろう。そして、そのとき小娘も気づくはずだ。ブラックロッジを相手に戦うという、真の意味を」

アルの説明は突拍子《とっぴょうし》もなかったが、なぜか九郎はしっくりきていた。

デモンベインを駆《か》り、ブラックロッジと対峙《たいじ》する日がくる。

そんな確信めいたものを感じていたのである。

第二章 天才と何とかは紙一重というか むしろ完全に向こう岸

皇餓

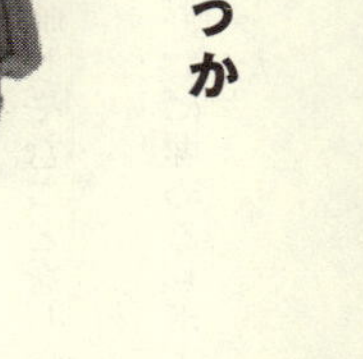
ティトゥス

ドクター・ウェストの朝は無意味に早い。一番鶏《いちばんどり》が朝を告げる前に目を覚まし、覚醒《かくせい》しきってない頭のままで研究室に明かりをつける。もっとも様々な計器類が発する華美《かび》なランプ類のおかげで室内はそれなりに明るいが、ようするに気持ちの問題である。

ウェストは椅子《いす》に腰《こし》を下ろすと、つけっぱなしになっているモニターへと目を向けた。九郎とデモンベインに手痛い敗北をきっした彼は、覇道からかっぱらった資料を元に研究を重ね、新たな破壊《はかい》ロボットの製作に全精力を傾《かたむ》けていた。寝《ね》る間も惜《お》しんで作業に当たっていたせいか頬《ほお》はこけ、目の下には浅黒いクマができている。今にも倒《たお》れそうなほど憔悴《しょうすい》しきっているウェストだが、やる気は一向に衰《おとろ》えない。充血《じゅうけつ》しきった目は爛々《らんらん》と輝《かがや》き、生命力に満ちていた。

「さすが大天才・ドクタァァァァァァァァァァァァッ、ウェストなのであーる。嗚呼《ああ》、耳を澄《す》ませばそこに、我輩《わがはい》の偉業《いぎょう》を讃《たた》える人々の声、そして鳴りやむことをしらない拍手《はくしゅ》、さらには——」

「朝っぱらから喧《やかま》しいロボ。しまいにはブッ殺して『焼野』に埋《う》めるロボよ？」

エルザの話に肝《きも》を冷やしたウェストは、それっきり黙《だま》った。

＋

椅子に深々と腰かけ、エルザの様子をうかがっていたウェストは、自分の最高傑作《エルザ》に疑問を抱《いだ》いていた。性能には何一つ問題はなかったが、性格にはかなりの問題を抱《かか》えていそうである。

「そんなに見つめられると照れるロボ。博士、エルザに気があるロボ？」

「なっ!! なにを言い出すのである！」

「その粘着《ねんちゃく》性の強いストーカーもビックリな薄汚《うすぎたな》い視線がすべてを物語っているロボ」

「やはり設計にミスがあったと考えるべきであるな……」

ウェストは肩を落とすと、いつもの日課であるボストン・グローブの朝刊へと目を向けた。

「おぉうッ!?」

新聞の一面に目を向けたウェストは、素《す》っ頓狂《とんきょう》な声を発した。一面を飾《かざ》っていたのは、巨大《きょだい》ロボットが仰向《あおむ》けに倒れている姿だった。見出しには『謎《なぞ》の巨大ロボット出現』と書かれていたが、それがデモンベインなのは一目瞭然《いちもくりょうぜん》である。瓦礫《がれき》と化した街の中で沈《しず》むデモンベインの巨躯《きょく》からは薄煙《うすけむり》、そして火花が上がっており、装甲《そうこう》に入った無数の罅《ひび》が見るも無惨《むざん》な有様だった。

「デモンベインが、やられたのであるか!? いったい、誰《だれ》に……」

口にするまでもなく、ウェストは気がついた。

（大導師《グランドマスター》の仕業《しわざ》であるな。大導師がデモンベインを！）

ウェストは慌《あわ》てて紙面に目を通すが、搭乗者《とうじょうしゃ》については一言も触《ふ》れてはいなかった。

（大十字九郎……。我輩の許可なく勝手に死んでもらっては困るのである！）

九郎とデモンベインについては、マスターテリオンにすら譲《ゆず》るつもりはないウェストである。

新聞を持つ手が震《ふる》えていた。両腕《りょううで》に力が入り、ついに新聞は中央から二つに裂《さ》けてしまう。

「博士、ただでさえ狭《せま》くて汚《きたね》ェ部屋をゴミで散らかさないでほしいロボ」

ぼやきながらウェストの下へと歩いてきたエルザは、床《ゆか》に落ちた新聞紙を拾い上げた。

「それは必要な計器が絶妙《ぜつみょう》な間隔《かんかく》で配置されているからであって、狭いわけではないのである」

「結果が出せない博士には、この程度のスペースで十分ロボ」

「エルザよ、いつから人の心を土足で踏《ふ》みにじるようなハイブローなツッコミをするように？」

ウェストは涙目《なみだめ》で訴《うった》えると、最大級の悲しみを表現するためにギターを掻《か》き鳴らした。

そんな彼を気にもとめず、エルザは新聞に目を落としながら「フムフム」とつぶやいている。

「エルザも大十字九郎の生死が気になるのであるか？」

「ぜんぜん気にならないロボ。大十字九郎なら魔導書と一緒《いっしょ》にここに写ってるロボよ？」

ウェストは新聞を覗《のぞ》きこみ、エルザが指さしたところへと目を向けるが、そこには薄《うす》ぼんやりとした影《かげ》しか見えなかった。目を擦《こす》って凝視《ぎょうし》するが、言われてみれば、というレベルである。

「博士のちんけな目では無理ロボ」

「ち、ちんけ……この大天才がちんけ扱《あつか》い……。しかも自分が作ったロボットに言われてる？」

「細かいことに囚《とら》われてるからダメなんだロボ。だから、うだつが上がらないって言われるロボよ？」

エルザでなければ破壊しているところだが、そんなことはできそうになかった。

そのときだ。デモンベインの記事に気を取られて気づかなかった一つの記事がウェストの目にとまった。それはあまりにも小さな記事だったが、彼の目を釘付けにするには十分すぎた。

そこにはデモンベインが暴れたおかげで被害《ひがい》を被《こうむ》った病院のことが掲載《けいさい》されていたのだが、彼が注目していたのはそれではない。病院から脱走《だっそう》した患者《かんじゃ》の名前に注目していたのである。

記事にはこう書かれていた。『エルザ』。

＋

ウェストがエルザに出逢《であ》ったのは、彼がまだミスカトニック大学の医学部に在籍《ざいせき》していたときだった。学生のころから変わり者として有名だったウェストだが、そんな彼の悪名が広く構内に知れ渡《わた》る研究レポートがあった。『死者の蘇生《そせい》』についてである。ウェストは死を克服《こくふく》するための研究をしており、相当数の犬や猫《ねこ》、天竺鼠《モルモット》などを研究の名の下《もと》に殺害していたのである。もっとも理論だけで肝心《かんじん》の蘇生液は完成せず、研究自体も医学部の部長であるアラン・ホールシィ博士に止められてしまったのだが……。その程度の制約などウェストのやる気に火を注ぐだけであり、実際、彼は密《ひそ》かに実験を続けていたのである。そして、そのときの相棒だったのがウェストと同期のエルザだった。医学部一の才女である彼女と、ある意味、医学部の超《ちょう》有名人であるウェストのコンビは、他者からはまるで理解されない不可解なものだったが、不思議と二人の相性《あいしょう》は良かった。

二人が惹《ひ》かれ合ったのには、もちろん理由がある。ウェストとエルザは『孤独《こどく》』という点で共通していたのだ。ウェストはその性格と研究のため、エルザは天才であるがゆえに――。そんな彼らは出逢うべくして出逢い、いつしか共同で研究を行うまでになっていたのである。

二人が研究していたのは、ウェストの蘇生液についてだった。卓上《たくじょう》の理論は完璧《かんぺき》に近く、それさえ立証できれば大学内でのウェストの評価は格段に上がる。もっとも彼自身は研究の成功がすべてであり、評判など気にもしなかったのだが……。気にしていたのはエルザだった。

「それで、新鮮《しんせん》な死体は手に入りそうなの？」

薄汚い廃屋《はいおく》の一室で、白衣を着たエルザは試薬が入った試験管を眺《なが》めていた。

「死体だけならいくらでも手に入るのであるが、実験に適した死体となると難しいのである」

エルザと同じ白衣を身につけ、別の試験管に薬剤《やくざい》を加えながらウェストがつぶやく。

ミスカトニック大学では研究ができなかったため、二人はアーカムシティ西部にある丘陵地《メドウ・ヒル》にその場を求めていた。幸い、その奥にあるチャップマン牧場には使われなくなった廃屋があり、そこを実験室として改築したのである。実験の内容が内容だったので、誰にも知られないようにしなければならなかったのだが、ある意味、立地条件は最高だった。と言うのも丘陵地には名状しがたい化け物が出るとの噂《うわさ》が絶えない場所だったからである。実際、作家のランドルフ・カーターがそれを著書で発表したこともあり、アーカムシティの住人が近づくのは稀《まれ》だった。

「なんにせよ、死体が手に入らないんじゃ先に進まないね」

エルザの手の中で踊《おど》る試験管から、鼻を突《つ》く激しい刺激臭《しげきしゅう》が発生する。

「ここは隠《かく》れ蓑《みの》にはちょうど良いのであるが、死体を運ぶ手間とリスクは問題であるな」

「確かにね。ちょっと危険かもしれないけど、墓地の近くにでも家を借りたほうが早いのかも」

「うむ、我輩《わがはい》もそう思う。すぐに見つかるとも思えんが、実験が滞《とどこお》るよりはマシなのである」

ウェストとエルザはうなずき合うと、それぞれの実験に没頭《ぼっとう》した。

＋

二人が新しい死体の噂を聞きつけたのは数日後のことだった。

それは若い作業員のもので、外的損傷が極《きわ》めて少ないという良質な死体だった。喧嘩《けんか》で軽く頭を打っただけだったが打ち所が悪かったらしく、帰らぬ人となってしまったのである。

その情報を入手したウェストとエルザは、さっそくスコップと台車を持ち出して墓地へと繰《く》り出し、墓掘り人《マンダーティカー》よろしくせっせと墓を掘《ほ》り起こしていた。

「ほとんど食屍鬼《グール》ね」

額に汗《あせ》しながら土を掘り起こすエルザは、そう言って苦笑《くしょう》する。

「未来ある若者を我輩たちの手で救うのであって、食屍鬼と一緒《いっしょ》にされては困るのである！」

「はいはい。解《わか》ったから、口より先に手を動かす！」

「……ところで、なんで我輩は命令されているのであるか？」

ウェストは疑問に思いながらも黙々《もくもく》と土を掘り返すのであった。

＋

作業員の遺体を手術台に載《の》せたとき、時刻は午前二時を少し回っていた。

二人はアセチレン・ランプで手術台を照らし、死体のチェックを始める。防腐剤《ぼうふざい》が使われているのではないかと危惧《きぐ》していたウェストだが、金銭的な都合からか、死体には特になにも処理は施《ほどこ》されてはいなかった。防腐剤が使われていると蘇生液《そせいえき》がうまく働かないのは、これまでの実験で確認《かくにん》ずみであった。

「それでは、始めるのである」

ウェストの宣言に、エルザは神妙《しんみょう》にうなずき返す。それを確認した彼は、手にした注射器へと目を向ける。注射器の中には透明《とうめい》な液体が入っており、それこそがウェストとエルザの研究の成果である蘇生液だった。ウェストは作業員の右腕《みぎうで》に注射器の針を刺《さ》し、蘇生液をゆっくりと注ぎこむ。

反応は、ほどなく訪《おとず》れた。びくんと、作業員の体が手術台の上で波打つかのように跳《は》ねる。

それは二度、三度と立て続けに起こり、やがては静まったが、胸の奥では心臓が暴れており、異様な拍動《はくどう》を繰り返していた。

『ギッ、ギャァァァァアッッ!!』

いきなり作業員は目を見開くと、この世のものとは思えぬ激しい叫《さけ》び声を上げた。

ウェストとエルザは思わず後ずさるが、それでも作業員の姿から目を離《はな》そうとはしない。

『……よせっ……俺を……俺を呼び戻《もど》すなァァァァ!!』

作業員は激しく身をよじりながら、なにかに耐《た》えるかのように顔を歪《ゆが》める。

「成功……なの？」

「一応、向こうの世界からは戻ってきたようであるが」

これを成功のうちに入れるかどうかは、かなり疑問が残るウェストである。

『シャアァァァァァッッ!!』

作業員は蛇《へび》のような叫び声を上げると、体を海老《えび》のように反らせてから事切れた。

「……うまくはいかないものであるな」

「原因はなにかしら？　鮮度《せんど》がイマイチだったから？」

エルザは作業員の遺体を確認しながら深い溜《た》め息をついた。

「死体の鮮度も大切であるが、他《ほか》の可能性についても調べてみるのである」

だが、それをするにはいささか疲《つか》れていた。

（もっと簡単に死体が手に入ればいいのであるが……）

アーカムシティにある無縁《むえん》墓地の周辺で物件を探してはいたが、実験室として使える物件となると話は別である。だが、このまま無駄《むだ》に時間を費《つい》やすわけにもいかなかった。

「なんにせよ、我輩は疲れたので寝《ね》るのである」

言うが早いか、ウェストは床《ゆか》に寝転がった。

「ベッドで眠《ねむ》れば？」

「寝てしまえば場所なんか関係ないのである」

「あっそ。じゃ、私はもうちょっと調べてから寝るから」

「好きにするのである」

興味も抱《いだ》かぬまま眠りに就《つ》いたウェストだが、それが永遠に続く彼の後悔《こうかい》の始まりとなる。

＋

「博士、なんだか顔色が悪いロボ」

新聞の切れ端《はし》を凝視《ぎょうし》しながら物思いにふけっていたウェストは、エルザの声で我に返った。

「夢見る乙女《おとめ》みたいな顔をしてるロボ」

そう言って顔を覗《のぞ》きこんでくるエルザの姿に動揺《どうよう》しながら、ウェストは椅子《いす》から腰《こし》を上げる。

「エルザ、出かけるのである」

「どこに行くロボ？　大十字九郎をボコるロボ⁉」

「それは後回しなのである。それよりも重要であるからして、十分に装備を調えるのである」

首をかしげ、解らないとでも言いたげな顔をするエルザに、ウェストは告げた。

「過去の清算である」

＋

九郎とアルの前には戦場さながらの焼け野原が広がっていた。

マスターテリオンと戦った結果がこれである。

「時化《しけ》た面《つら》をしておるな」

「そりゃそうだ。こんなの見たら誰《だれ》だってそうなるさ」

デモンベインを使ったことに間違《まちが》いはなかったと信じていたが、現場を前に気持ちは揺《ゆ》らぐ。たとえ正しいことでも結果がこれでは誰も納得《なっとく》はしない。自責の念が無限のループを繰り返していた。

（覇道の姫《ひめ》さんが怒《おこ》るのも無理ないな……）

出し抜《ぬ》けに頬《ほお》が痛んだ——ような気がした。

九郎は頬に手を添《そ》えると、瓦礫《がれき》の撤去《てっきょ》作業を続ける覇道財閥《ざいばつ》の作業員へと目を向ける。

「ふん。汝《なれ》、まだ小娘《こむすめ》のことを気にしておるのか？」

「気にしないでいられるほど図太い神経じゃなくてね」

「そんなことでは、この先が思いやられるぞ」

「俺は現状でいっぱいいっぱいいっぱいなんだよ」

九郎は吐《は》き捨てると、アルを置き去りにして歩き始めた。

「だから汝は、なぜ妾《わらわ》を置き去りにする？　言っておくが、遊んでいる暇《ひま》などないぞ。汝には死より恐《おそ》ろしい地獄《じごく》の特訓が待っているのだからな」

「勝手にしろ」

つっけんどんな彼の言葉にもアルはめげず、黙々《もくもく》と歩いていく彼の周りを衛星のように巡《めぐ》りながら魔術《まじゅつ》の理論について話し続けた。そのどれもが外道《げどう》の知識であり、食欲を萎《な》えさせ、陰《いん》鬱《うつ》な気持ちにさせるだけの力を秘《ひ》めていた。

九郎が向かった先は教会である。街が焦土《しょうど》と化す中、奇跡《きせき》的に破壊《はかい》を免《まぬが》れた教会は九郎が壊《こわ》した壁《かべ》の修復作業中だった。陣頭《じんとう》指揮にあたっていたのはライカで、怪我《けが》をものともせず精力的に働いている。骨が二、三本は折れてもおかしくはない状況《じょうきょう》だったが、彼女は不思議と元気だった。シスターらしく、神の加護があったのかもしれない。

「あ、九郎ちゃん！」

九郎の姿を見つけたらしく、ライカは彼に向かって手を振《ふ》ってきた。

「元気そうでよかった」

「私はいつでも元気だよぉ。九郎ちゃんは元気ないみたいだけど？」

ライカは小首をかしげる。

アルは「ふんっ」と鼻を鳴らし、露骨《ろこつ》に不快感をあらわにした。

「アルちゃんとケンカでもした、とか？」

「違《ちが》うけど、ちょっとワケありでね……」

アルは頬を盛大に膨《ふく》らませると、足下《あしもと》に転がる石を蹴《け》り飛ばして教会の中へと入っていった。

九郎とライカは顔を見合わせ、そして肩《かた》をすくめた。

「あらあら、ご機嫌斜《きげんなな》め」

「ずっとあんな感じだけどな」

「う〜ん、でも別のことでイライラしてるみたいだけどぉ？」

（意外に鋭《するど》い？）

九郎は思わずたじろいだ。そしてその反応を、ライカは見逃《みのが》さなかった。

「で、九郎ちゃんは、なにを悩《なや》んでいるのかな？」

「いや、俺は特に……」

「ダメダメ。お姉さんはお見通しですよ。それに九郎ちゃんだって、そのつもりで来たんでしょ？」

九郎は二の句が継《つ》げなかった。図星だったからである。

九郎は瑠璃の件を切り出した。

「悔《く》い改める一人の罪人については、悔い改める必要のない九十九人の正しい人についてよりも大きな喜びが天にある」

「キリストさんの殺し文句か」

「反省する気持ちが大切ってことです」

人差し指を立て、諭《さと》すような口ぶりでライカは話す。

「というわけで、悪いことをしたと思うなら謝っちゃえば？」

「簡単に言ってくれるじゃないか……」

「落ちこんじゃうくらい気にしてるくせに。謝っちゃえばスッキリするよ？」

ライカの言うとおりだと九郎も思う。だが事は、そう簡単ではなかった。

九郎は瑠璃がどのような想《おも》いでいるのか考えたこともなかった。自分のことで精一杯《せいいっぱい》だったというのは言い訳かもしれないが、状況をのみこめないまま強大な相手と対峙《たいじ》するハメになり、その対処だけで手一杯だったというのは事実だ。だから瑠璃がデモンベインに託《たく》した想いなど考える余裕《よゆう》もなかった。デモンベインは彼女の祖父・覇道鋼造の形見であり、希望だった。それはまた瑠璃の希望だとも言える。そのデモンベインが倒《たお》されたとなれば彼女が怒るのは当然だった。しかも搭乗者《とうじようしや》は、どこの馬の骨とも知れない三流探偵《たんてい》と、やたらと口の悪い魔導書である。瑠璃が怒り狂《いかくる》うのは当然だった。

「けどさ、これだけのことをやらかして許してくれるもんかな？」

九郎は焼け野原に目を向け、息を吐き出した。

「九郎ちゃん。当たって砕《くだ》けろ！」

「い、いや、砕けちゃマズイんだけど」

だが、九郎の決意は固まっていた。ようするに背中を押してもらいたかっただけなのだ。

九郎が行動に移ろうとした、そのときだ。遠方から聞き覚えのある排気音《エグゾーストノート》が聞こえてきたのは。

(嫌《いや》な予感がする)

だが、その予感は現実だった。爆弾《ばくだん》が炸裂《さくれつ》し続けるかのようなエンジン音は徐々《じょじょ》に大きくなり、それに加えて狂乱《きょうらん》のギター音が聞こえてきた。

「やべえ……。ヤツだ、ヤツがくる」

などと口にしている間にも、ウェストとエルザを乗せたバイクは猛烈《もうれつ》な勢いで接近してくる。

だが、それを上回る勢いで近づいてくる者がいた。

それは人だった。だが九郎は、すぐにその考えを否定する。バイクより速く走る人間などいるわけがない。よく見ると、それは人の形をした怪異《かいい》だった。だが人の姿に限りなく近く、かつて人だったと言うべきかもしれない。体には紫斑《しはん》のようなものが浮《う》かび、まったくと言っていいほど血の気がない。それにもかかわらず目は血走り、血液の流れさえ確認《かくにん》できそうなほどである。だらしなく開け放たれた口から流れ出す粘着《ねんちゃく》性のある唾液《だえき》が、人間性のなさを物語っていた。

『シャアァァァァァァッッッ!!』

その化け物は獣《けもの》のごとく駆《か》けてくると、九郎から十メートルほど離《はな》れた位置で腰《こし》を落とし、一気に跳躍《ちょうやく》する。それは九郎の頭上を軽く飛び越《こ》え、猛烈な勢いで走り去っていった。

「何事だ、騒々《そうぞう》しい」

舎弟にでもしたのか、子供たちを率《ひき》いて現れたアルは眉《まゆ》をひそめた。

「魔物《まもの》の気配がするようだが？」

アルはクンクンと犬のように鼻をひくつかせている。

「説明している暇《ひま》はなさそうだ」

九郎が言い終わるやいなや、遠方からミサイルが飛んでくるのが見えた。もちろん、発射したのはウェストであり、彼は爆走《ばくそう》するバイクの上でギターケースを担《かつ》ぎながら高笑いしていた。後部座席ではエルザが歓声《かんせい》を上げている。

「て、てめえ！　なんてことしやがるっ！」

弾道《だんどう》を計算するまでもなく、ミサイルは一直線に教会へと向かっていた。

「アルっ！」

叫《さけ》ぶと同時に九郎は魔術師《マギウス》へと変わると、猛然《もうぜん》と駆け出していた。

幸い、ミサイルは直進しかしないので対処がたやすい。彼はミサイルを鷲《わし》づかみにすると、それをウェストへと投げ返した。前方で盛大なキノコ雲が上がった。

「死んだか？」

「勝手に殺すなであるっ！」

舞《ま》い上がった土煙《つちけむり》の中から一台のバイクが飛び出してくる。それは真っ直《す》ぐ九郎たちの下へとやってくると、後輪を滑《すべ》らせながら横付けした。

「ニグラス亭《てい》のジンギスカン定食なみにこんがり焼けるところだったのである……」

やれやれとばかりに、ウェストは額の汗《あせ》を手で拭《ぬぐ》う素振《そぶ》りをした。

「いや、俺的には逝《い》ってよしだったんだが……っていうか、先に撃《う》ってきたのはおまえだろうが！」

「博士、こんなところで油を売ってても平気ロボ？」

「し、しまったのである」

ウェストは下唇《したくちびる》を噛《か》みしめながら恨《うら》めしげな目で九郎をにらんだ。

「貴様のせいで倒し損《そこ》なった挙げ句に見失ったのである！　大十字九郎、米粒《こめつぶ》ほどでも罪の意識を感じるならば、一緒《いっしょ》に追いかけるのである。それが貴様の責任であり義務でもある」

「見失ったって、あの化け物のことか？」

「そうである。貴様も正義の味方を名乗るのであれば、倒さずにはいられまい？　さぁ、我輩《わがはい》と一緒に死出の旅へ。というわけで、エルザッ。大十字九郎を捕獲《ほかく》せよ」

「ラジャーロボ！」

エルザは敬礼すると、九郎の首根っこをつかんだ。

「では、いくのであるっ！　よい旅をっ！」

ウェストはアクセルを全開にすると、周囲の迷惑《めいわく》を顧《かえり》みずにバイクを走らせ始めた。

「は、はいぃぃぃぃぃぃぃぃぃぃっ！」

「にゃ、にゃぁぁぁぁぁぁぁぁぁぁっ！」

九郎とアルは、長く尾《お》を引く悲鳴を上げながら連れ去られていく。

「あらあら。ケガをしないようにね〜」

ライカの声は、二人には届かなかった。

＋

ウェストが操《あやつ》るバイクは、アーカムシティの市街地を疾走《しっそう》していた。

信号無視は当たり前。交通法規もなんのその。走る狂気《きょうき》と化したバイクは、何十台ものパトカーを従えて道路を疾駆《しっく》していた。

「く、九郎……妾《わらわ》はもう駄目《だめ》かもしれぬ……短い付き合いであったにゃ〜」

翡翠《ひすい》色の瞳《ひとみ》をグルグルと回転させているアルが、九郎の肩《かた》から転がり落ちていく。九郎は彼女が吹《ふ》き飛ばされる寸前で体を受け止め、ボディースーツの中に押しこんだ。

(俺もヤバイんだけど……)

エルザに首根っこを掴《つか》まれたままなので、設計が不十分なジェットコースターにでも乗っているような感じだった。何度となく繰《く》り返し天地がひっくり返るせい《せ》か、自分がどちらを向いているのかさえ判《わか》らない有様である。九郎は迫り上がる胃の内容物を抑《おさ》えこむのに必死だった。

「見つけたであるっ！　エルザ、スタンバイっ！」

「了解《りょうかい》ロボ」

敬礼するエルザ。だがその際、九郎をつかんでいた手は放されてしまう。

「てめえ、覚えてろーっ！」

放《ほう》り出された九郎は翼《つばさ》を広げて体勢を整えると、なんとかその場で静止する。すでにバイクの姿は消えており、エンジン音とギターの旋律《せんりつ》、そしてウェストの高笑いが遠ざかっていくのが解《わか》った。

「しばく。いや、むしろコロス……っていうか俺、浮かんでる？」

九郎の体は、地面から三十センチほど離れたところで静止していた。

「どうやら汝《なれ》は、逆境に立たされると予想外の力を発現するようだな」

ボディースーツの中からアルが這《は》い出てくる。

「ふむ。汝、ミスカトニック大学の時計塔《とう》から落ちてみぬか？　意外に早く魔術師として一人前になるやもしれん。ふむ。それがよい。手っとり早く育てるには、それが一番であろう」

「命がいくつあっても足りんわ！」

九郎が反論したときだ。けたたましいブレーキ音が背後から響《ひび》いてきた。

振《ふ》り向くと、そこには十数台のパトカーと、九郎に向かって拳銃《けんじゅう》を構える警察官たちの姿が。

「最悪だ……」

九郎は泣きそうな顔をすると、銃弾《じゅうだん》の雨霰《あめあられ》の中、羽ばたきを覚えた雛鳥《ひなどり》のように翼をばたつかせながら上空へと昇《のぼ》っていった。

「なんか俺、ものすごくかっこ悪くないか？」

九郎が警官たちに追われているころ、ウェストとエルザは怪異《かいい》を射程圏内《けんない》に捉《とら》えていた。

バイクの数メートルほど先を獣《けもの》のように四つ足で走っているその怪異は、顔だけをくるりと一八〇度回転させる。血走った眼《め》が、ウェストの目を捉えた。

（……エルザよ、今、楽にしてやるのである）

様々な感情が去来し、ウェストの魂《たましい》を激しく揺《ゆ》さぶるが、それを振り払《はら》うかのように宣言する。

「エルザ。やるのである！」

「了解ロボ。『我、埋葬にあたわず《Dig Me No Grave》』射出！」

エルザの声に反応し、上空から飛来する黒い影《かげ》。彼女の下へと飛来し、バイクと併走《へいそう》し始めたそれは棺《ひつぎ》だった。エルザは躊躇《ちゅうちょ》なくそれを開くと、そこにしまわれていた大砲《たいほう》を手にする。

彼女は自分の体より巨大《きょだい》な大砲を片手で持ち上げると、肩に担《かつ》いで砲身《ほうしん》を怪異へと向けた。

「術式魔砲《まほう》『我、埋葬にあたわず』——ファイア！」

砲身から光が溢《あふ》れ出す。それは凝縮《ぎょうしゅく》し、野太いレーザーとして怪異へと向かって伸《の》びていく。

首だけ後ろに向けたまま走り続ける怪異は、慣性の法則を無視して横っ飛びをした。レーザーは空を切り、前方のビルに巨大な風穴を空けた。

「ちっ。はずしたロボ」

「もういっちょいくのである」

「了解ロボ。たーまやー」

術式魔砲は火を噴《ふ》くのと同時に、四散し、散弾《さんだん》のように散っていく。だが怪異は驚異的《きょうい》な脚力《きゃくりょく》で飛び上がると、上空で胎児《たいじ》のように体を抱《かか》えながらウェスト目がけて降ってきた。

「のわぁぁぁぁぁぁぁぁぁっっ！　ぶつかってしまうのである！」

ウェストは運転を放棄《ほうき》し、両手を放して頭を抱える。その途端《とたん》、バイクは制御《せいぎょ》不能におちいった。

「ロ、ロボ〜〜〜っ！」

エルザはエルザで体勢を崩《くず》し、大砲を投げ出している。

衝撃《しょうげき》は、ほどなく起きた。天と地が激しく入れ替《か》わり、自分が宙を舞《ま》っているのだと認識《にんしき》した直後、ウェストは地面に叩《たた》きつけられた。全身の骨が砕《くだ》けるかのような激しい衝撃に意識が遠退《とおの》く。

「ぐふぅ……」

ウェストは呻《うめ》くが、すぐに目を見開いた。馬乗りになってきた怪異が手刀を振り上げていたからである。怪異の爪《つめ》は鋭《するど》く尖《とが》っており、振り下ろされでもしたら致命傷《ちめいしょう》は確実だった。その瞬間《しゅんかん》、ウェストは死を覚悟《かくご》したが、それでもいいのかもしれないと、彼は思う。

（我輩《わがはい》がエルザに与《あた》えた苦しみに比べれば……）

ウェストは、静かに目を閉じる。

「博士、逃《に》げるロボ！」

（しかし、我輩が死んだところでエルザは……）

ウェストは、自分が楽な方向に逃げようとしている事実に気がついた。

（そもそも我輩は、エルザを救うために出てきたのである）

彼は目を開き叫《さけ》んだ。

「エルザ、やめるのである！」

怪異の手刀がピタリと静止する。

ウェストの目が怪異を捉えた。その顔はひどく醜《みにく》い。頬骨《ほおぼね》の位置が左右で異なるせいか、顔は奇妙《きみよう》なほど左右非対称《ひたいしよう》だ。それは壁《かべ》に頭を打ち据《す》えた結果である。病院に隔離《かくり》されたエルザが病室で行ったのは自傷だった。何度も何度も頭で壁を打ち、その結果、今のような顔になったのである。病院のネットワークに侵入《しんにゆう》し、密《ひそ》かに病院のカルテを覗《のぞ》いていたウェストは、そのことを知っていた。

「我、埋葬にあたわず！」

エルザが叫ぶと同時に、術式魔砲の砲口が光り輝《かがや》いた。怪異を滅《めつ》するべく解き放たれたその凶暴《きようぼう》な光は、一筋の帯と化して突《つ》き進んでくる。強烈《きようれつ》な光がウェストの視界を白く染め上げ、怪異の姿がかき消されていく。

そのときウェストは、ふと怪異と目が合った。怪異の頬《ほお》が緩《ゆる》んだ——ように見えた。

（……笑った？　笑ったのであるか、エルザ？）

確認する間もなく、ウェストの視界は白一色に染まる。暴風と爆音《ばくおん》、そして怪異の絶叫《ぜっきょう》を耳にしながら、彼の意識は暗転した。

＋

なんとか警察を撒《ま》き、それなりに飛べるようにもなっていた九郎は、大砲を担《かつ》いでトボトボと歩いているエルザを発見した。大砲を担いでいるせいか、人々は自然と彼女を避《さ》けて通っている。

「なにやってんだ、あいつ？」

上空をフラフラと飛んでいた九郎は、エルザの下に降り立った。

「あの○○○はどうした？」

「博士なら傷心旅行中《センチメンタルジャーニー》ロボ」

「あやつに色恋沙汰《いろこいざた》は似合わぬが」

九郎の前で浮《う》かぶアルは、自分の発言に深くうなずいていた。九郎も特に反論はない。

「エルザは捨てられるかもしれないロボ――」

エルザはつぶやくと、担いだ大砲を何発もぶっ放した。その被害《ひがい》にあったのは近くにあるビルで、何棟《なんむね》かが倒壊《とうかい》し始めている。通行人は悲鳴を上げながら、蜘蛛《くも》の子を散らすように逃げていった。

「ところで、エルザになにか用ロボ？」

「人を巻きこんでおいて、その言い草はなにかと」

「なるほど、解《わか》ったロボ！」

突然《とつぜん》、エルザは警戒《けいかい》し、九郎をにらんだ。

「傷心のヒロインに声をかけ、心の隙《すき》に付け入るつもりロボね。そして見事に騙《だま》されたエルザは身も心も大十字九郎に捧《ささ》げてしまい、気がつけば九郎なしには生きられない体に？」

「なぜそうなる？　っていうか、誰《だれ》がヒロインだ⁉」

さっそく九郎は途方《とほう》に暮れた。

「そして逆らえないのをいいことに、筆舌《ひつぜつ》につくしがたい辱《はずかし》めを受けるエルザ。極度の人間不信におちいりながらも、それでもなお大十字九郎のことを想《おも》い続けるロボ」

「……いい感じで向こうの世界へとトリップしているようだ」

「九郎、あの手のおなごは厄介《やっかい》だぞ」

言われるまでもない。九郎は自分の世界へと迷いこんでいるエルザを放置して逃走《とうそう》を開始した。

「ロボ？　ダーリン、どこ行くロボ⁉」

背後から非難するような声と術式魔砲《まほう》が吠《ほ》える音が聞こえてきた。

＋

研究室へと戻《もど》ってきたウェストは、物思いにふけっていた。

「エルザ……笑っていたである」

それはただの願望かもしれなかったが、あの瞬間、エルザは理性を取り戻したように見えた。

あのときの笑《え》みをウェストは忘れない。それはかつてエルザが見せた笑みと同じだったからである。

ウェストがエルザと作業員の死体を使って実験を行ったあの日、事件は起きた。一度は動かなくなった作業員が活動を再開し、調査に当たっていたエルザの首を絞《し》めたのである。人外の力を発揮した作業員によりエルザの首の骨は折られ、ウェストが助けに入ったときには虫の息だった。

ウェストは絶望したが、そんな彼にエルザは言ったのだ。「新鮮《しんせん》な死体が手に入ったね」と。

彼女に対して蘇《そ》生液《せいえき》を使用することなどウェストにはできなかったが、それしかないことも知っていた。ウェストは、まだ温かい彼女の体に蘇生液を注入し――そして、彼女は蘇《よみがえ》った。心をなくした怪異《かいい》となって。その後の記憶《きおく》は綺麗《きれい》さっぱり抜《ぬ》け落ちていた。ただ後日、エルザと思われる人間が捕《つか》まり、病院に隔離されたことを彼は知った。

エルザの事件以降、ウェストは実験を止《や》め、そして大学を去った。

だが、彼は再び研究を開始することになる。人造人間の開発を——。

「エルザよ、安らかに眠《ねむ》るのである」

ウェストはギターの弦《げん》を指先で弾《ひ》いた。

第四章 殺意の牙。憎悪の爪。我は漆黒の狂嵐

カリグラ

クラーケン

マスターテリオンは玉座に腰掛《こしか》け、気だるそうな表情で遠くを見つめていた。

彼の瞳《ひとみ》は目の前にある空間を見てはおらず、時間と空間を超越《ちょうえつ》した別の次元を眺《なが》めているかのようだ。

辺りは静かで、いつも付き従っているアウグストゥスの姿もない。時折、松明《たいまつ》の炎《ほのお》が怪《あや》しく揺《ゆ》らめき、それが作り出す影《かげ》の中で怪異《かいい》が蠢《うごめ》いているだけである。玉座には限りのない静寂《せいじゃく》と、無限とも思えるほどの時が横たわっているかのようだ。

マスターテリオンの足下《あしもと》には、忠犬のように従う少女・エセルドレーダの姿があった。彼女はマスターテリオンの膝《ひざ》に顔を預け、恍惚《こうこつ》の表情を浮《う》かべながら微睡《まどろ》んでいる。人前では見せることのない狂気《きょうき》と紙一重《かみひとえ》の微笑《びしょう》を浮《う》かべながら、エセルドレーダは頰《ほお》をすり寄せていく。

「マスター。大十字九郎とアル・アジフ、今回も順調のようですね」

「それは、そうであろうな。そうでなくてはつまらぬ」

マスターテリオンは嫣然《えんぜん》とした笑《え》みを浮かべると、エセルドレーダの頭をなでた。

「そろそろ彼らを動かしてもよいころかもしれぬ。大十字九郎。彼を目覚めさせるには、生死の狭間《はざま》に立たせるのが一番だ」

「マスター、愉《たの》しそう」

「そうさな。余は愉しいぞ。あやつの存在だけは、この無限の退廃《たいはい》の中にあって、唯一《ゆいいつ》、余を愉しませてくれる」

マスターテリオンは体を駆《か》けめぐる熱き血潮を感じ、愉悦《ゆえつ》の表情を浮かべた。

＋

九郎は巨大《きょだい》な門を前に、途方《とほう》に暮れていた。そこはアーカムシティの中心部から少し離《はな》れた市街地の一角で、九郎の背丈《せたけ》の三倍は高いであろう巨大《きょだい》な門は、覇道邸《てい》の正門である。

（しかし、デカイな……）

ポカンと口を真ん丸に開けながら、九郎は惚《ほう》けていた。

覇道邸の巨大さは普通《ふつう》ではない。そこを取り囲むかのようにそびえ立つ塀《へい》は数キロにも及《およ》び、ジョギングコースに使われるほどである。だがそれは覇道財閥《ざいばつ》の凄《すご》さの一端《いったん》でしかない。名を名乗り、中に入ることを許された九郎を待ち受けていたのは、ゴルフコースがいくつか入りそうなほど広大な敷地《しきち》である。肝心《かんじん》の覇道の邸宅は彼の視界には入ってこなかった。

「ふむ。これだけ広いと逆に不便ではないか？　これなら妾《わらわ》の部屋のほうが機能的ではある」

「アルよ、それは貧乏人《びんぼうにん》のひがみというものだ」

「なにを言う。妾が貧乏なのではなく、妾の主《あるじ》が貧乏だっただけのこと」

「一蓮托生《いちれんたくしょう》なら、おまえにも貧乏属性が追加されたわけだ。ざまあみろ」

などと二人が言い争っているうちに、目の前にリムジンが横付けされた。

(車に乗らなきゃいかんほど距離《きょり》があるってわけか)

貧富《ひんぷ》の差にげんなりした九郎だが、それでも気を取り直してリムジンに乗った。

＋

ドライブは五分ほどで終了《しゅうりょう》した。覇道邸の前には黒いスーツを着た見覚えのある青年が立っており、九郎とアルが座る後部座席のドアを開けて彼らを出迎《でむか》えた。ウィンフィールドである。

「突然《とつぜん》、すんません」

九郎はウィンフィールドの前に立つなり、そう言って謝罪した。

「どうか、お気になさらずに。私ならいつでも——とまでは言いませんが、歓迎《かんげい》いたしますよ」

「つまり覇道の姫《ひめ》さんは、現在進行形でご機嫌斜《きげんなな》めだと?」

「それもありますが、なにぶんにも忙《いそが》しい身ですので……。立ち話もなんです。続きは中で、ということにいたしましょう」

彼の提案に九郎とアルはうなずくと、覇道邸の中へと案内された。邸内も驚《おどろ》くほど広い。なにからなにまで規模が大きく、廊下《ろうか》など突《つ》き当たりが確認《かくにん》できないほどである。床《ゆか》には刺繍《ししゅう》が施《ほどこ》された絨毯《じゅうたん》が敷《し》き詰《つ》められており、その場で大の字になってくつろぎたくなるほどだ。等間隔《とうかんかく》で置かれた調度品の数々も、それ一つで何人かを一生養えるだけの価値がある物かもしれない。

九郎は劣等感《れっとうかん》を感じながら、永遠とも思える長さの廊下を黙々《もくもく》と歩いていた。

ウィンフィールドが案内したのは応接間だった。とは言え、そこが応接間かどうかの判断は難しい。豪奢《ごうしゃ》すぎて応接間とは思えなかったからだ。ソファーやテーブルなどの応接セットはおさえてあるが、そのどれもが光り輝《かがや》いており、一片の陰《かげ》りもない。

九郎とアルはフカフカすぎて居心地《いごこち》の悪いソファーに体を沈《しず》めた。

「それで、ご用というのは例の件でしょうか？」

ウィンフィールドは九郎とアルの前にコーヒーカップとソーサーを差し出した。コーヒーの香《こう》ばしい匂《にお》いが九郎の鼻孔《びこう》をつく。

「うん、まぁ、その、なんだ。やっぱ後味悪《わり》ぃしさ、それで姫さんが許してくれるとは思えないけど……なんていうか、自己満足みたいなものかな？」

しどろもどろで話す九郎に、アルは冷ややかな目を向けた。

「言っておくが、我らに非はない。当然のことをしたまでであって、謝るのは小娘《こむすめ》の……」

アルが暴言を吐《は》き終わる前に、九郎は彼女にヘッドロックをかけながら手で口をふさいだ。

「今のは聞かなかったことにしてもらってですね、ぜひ姫さんとの対面を実現できたらなぁと」

九郎の話に、ウィンフィールドはにこやかな笑《え》みを浮かべながらうなずき返した。

「少々お待ちいただけますか？」

ウィンフィールドは軽く会釈《えしゃく》をすると、応接間から出て行く。

九郎は溜《た》め息をつくと、腕《うで》の中でグッタリしているアルの体を解放した。

「お、おのれ……。なぜ妾が犠牲《ぎせい》に……」

アルの非難には耳も貸さず、九郎は一人、緊張《きんちょう》していた。ライカに励《はげ》まされて覇道邸まで乗りこんできた彼だが、そのプレッシャーたるやかなりのものだ。

（やっぱ勢いだけじゃ、無理があったか……）

などと後悔《こうかい》しても後の祭りだった。

＋

瑠璃は静かに溜め息をついた。

二十畳《じょう》ほどの広さがある私室で、彼女はキングサイズのベッドの端《はし》に腰《こし》を下ろしている。瑠璃の手にはフォトフレームが握《にぎ》られており、彼女の目はその中で微笑《ほほえ》む人たちへと向けられていた。瑠璃が四、五歳のころの写真である。そこでは瑠璃を中心に、彼女の両親、そして敬愛する祖父・覇道鋼造が幼い彼女へと微笑みかけている。

まだ理不尽《りふじん》のなんたるか知らぬ少女の無垢《むく》な笑顔。そして彼女へと向けられた優《やさ》しい眼差《まなざ》し。

（わたくしは知らなかった）

このときすでに、いや、瑠璃が産まれるずっと以前から彼らは理不尽と戦っていたのである。

人知れず、ずっと——。

（わたくしは戦い続けることができるだろうか？　お爺様《じい》たちのような強さがあるだろうか？

理不尽に屈《くっ》せず正義を貫《つらぬ》き続けることができるだろうか？）

答えが出ぬまま瑠璃はフォトフレームをサイドテーブルへと戻《もど》し、立ち上がった。いつの間にか部屋は茜色《あかねいろ》に染まっている。かなりの時間、物思いにふけっていたらしい。

瑠璃は重い腰を上げると、窓際《まどぎわ》へと歩を進めた。赤い、燃えるような夕日がそこにはあった。

（いつからだろう、黄昏時《たそがれどき》が嫌《きら》いになったのは……）

考え始めた瑠璃だが、すぐにそれは中断されてしまう。

「お嬢様《じょうさま》、よろしいですか？」

寝室《しんしつ》の扉《とびら》をノックする音とともに、ウィンフィールドの声が聞こえてくる。

「大十字様とアル・アジフ様が面会を求めておられますが、いかがいたしましょう？」

「大十字さんが？　この件には関《かか》わらないようにと念を押したはずですが」

「私には判《わか》りかねますが……。大十字様の話を聴《き》いてさしあげてはいかがかと」

「わたくしが？　なぜです？」

ウィンフィールドがなにを言わんとしているか理解できない瑠璃ではない。だが、素直《すなお》になれそうもなかった。少なくとも、今は。

「わたくしは疲《つか》れています。今日はお引き取り願って」

「かしこまりました。そのように伝えます」

ウィンフィールドは忠実で優秀《ゆうしゅう》だ。相手の気分を害することなく、任務を遂行《すいこう》するだろう。

瑠璃は窓から目を逸《そ》らすと、静かに目を閉じた。

九郎の胸郭《きょうかく》で心臓が暴れ回っていた。鼓動《こどう》は速く、止まりかねない勢いで拍動《はくどう》し続けている。

座っているにもかかわらず九郎の息は荒《あら》く、鼻息はまるで馬のそれだった。

「少しは落ち着かんか」

アルはコーヒーをすすると、九郎に冷ややかな目を向けてくる。

だが今の彼にとって、そのようなことは些末《さまつ》な問題でしかなかった。

(執事《しつじ》さんが姫《ひめ》さんを呼びに言ってから、はや数分。そろっとご対面か?)

瑠璃の顔を思い浮《う》かべただけで、九郎の顔は自然に引きつってしまう。いまだに彼は頬《ほお》に受けた鮮烈《せんれつ》な痛みを覚えていた。そしてそれは、しばらく消えそうにない。

コンコンと、扉をノックする音が聞こえてきた。その途端《とたん》、彼の緊張はピークへと達する。

「汝《なれ》も哀《あわ》れよの」

アルは肩《かた》をすくめている。

「失礼します」

そう言って応接間に入ってきたのは、ウィンフィールドだけだった。

「申し訳ありません。お嬢様はお休みになられるとのことで、日を改めさせていただければと」

ウィンフィールドは頭を下げた。その途端、九郎は大きく息をつき、ソファーからずり落ちた。全身から力が根こそぎ抜《ぬ》け落ちていく。

（けど、なんかあからさまに避《さ》けられてるよな……。当然だけど）

それ以前に、覇道財閥《ざいばつ》の総帥《そうすい》にアポイントメントもなく会おうとすること自体、無理無茶無謀《むぼう》の三拍子《さんびょうし》である。印象が悪くなっただけのような気がして、九郎は大いに後悔した。

「今日は突然《とつぜん》すんませんでした。日を改めますんで、姫さんによろしく伝えてください」

「大十字様、どうかお気に病《や》まないでください」

頭を下げ、立ち上がろうとする九郎の機先を制して、ウィンフィールドは告げた。

「大旦那《おおだんな》様のことになると神経質になるきらいがございまして。私は大十字様をそれなりに評価しております」

「それなりに、ねぇ」

「アーカムシティを見守ってきた覇道といたしましては、デモンベインによって街が破壊《はかい》されてしまうというのはいささか都合が悪いのでございます」

「ああ、解《わか》るよ」

「あれはやむを得ないことだったと理解しております。幸い、被害《ひがい》も最小限ですみましたし、その点について……」

「従者よ。なにが言いたいのだ？」

「いいえ、たいしたことではございません。せっかくいらっしゃったことですし、私の無駄話《むだばなし》に付き合っていただければと。もちろん、お時間があれば、ですが」

ウィンフィールドの意図することが理解できず、九郎は首をかしげるが、断る理由などなかった。

「こちとら時間だけは山ほどある三流探偵《たんてい》なんで。なぁ？」

九郎は茶請《ちゃう》けを口いっぱいに頰ばっているアルに声をかける。彼女は「フゴフゴ」と人外の言葉を発しながら首を縦に振《ふ》っていた。了解《りょうかい》した、ということらしい。

ウィンフィールドは九郎とアルのためにコーヒーを煎れ直し、そして自分用のコーヒーを用意してから椅子《いす》に腰《こし》かけた。そして、おもむろに口火を切った。

「お嬢様にとって、大旦那様は特別な存在でした」

「だろうね。でも執事さん、あんたにとっても特別な存在だったんだろう？」

九郎の話が意外だったのだろう。ウィンフィールドは少し驚《おどろ》いた表情で彼を見返していた。

「さすがは探偵、と申し上げておきましょう」

「あのような小娘《こむすめ》に従っているのも、先々代の主《あるじ》に恩があるゆえ。どうだ？　妾《わらわ》の推理は」

アルはウィンフィールドには目もくれず、ひたすら茶請けを頰ばりながらつぶやいた。

「――しかしこの菓子《かし》、うまいのぉ」

千年も生きているとは思えないほどの子供っぽさを披露《ひろう》するアルの姿を、ウィンフィールドは包みこむような慈愛《じあい》に満ちた目で見つめている。

（へぇ。そんな顔もできるんだ）

執事としての責務を完璧《かんぺき》にこなすということは、必然的に感情を表には出さなくなる。あくまでも主役は主であり、それをさしおくことは従者としては許されぬからだ。

（つまり、今は業務外ってことか）

「大旦那様に恩義を感じているのは確かですが、その延長線上でお嬢様《じょうさま》にお仕えしているわけではございません」

「なんにせよ、執事さんの仕事っぷりは見事だと思うぜ」

「恐縮《きょうしゅく》です」

まんざらでもなさそうな表情のウィンフィールド。

「私の話は後回しにさせていただくとして――。お嬢様が大旦那様に対して特別な想《おも》いを抱《いだ》かれるのは無理からぬことなのです」

「偉大《いだい》な祖父を持つと、その孫も大変よの。小娘のひねくれた性格からも、劣等感《れっとうかん》にさいなまれ続けてきたことがよく解《わか》るというもの」

「おまえ、なんかいちいち攻撃的《こうげき》だな」

「千年も生きておると、物事を斜《なな》めから見るようになるものだ」

「ひねくれてるだけだろ？」

九郎は呆《あき》れるが、アルは鼻を鳴らすだけで弁解しようともしなかった。

「お嬢様が大旦那様に近づくべく努力しているのは事実です。かなわないという劣等感にさいなまれているのも、また事実。ですが大旦那様は特別なのです。あの方は人間という枠《わく》でくくれない存在でしたから。陳腐《ちんぷ》な表現ではありますが、まさに超人《ちょうじん》と呼ぶに相応《ふさわ》しいお方でした」

それについては九郎もうなずけた。

一代で覇道財閥を世界屈指《くっし》の企業《きぎょう》へと築き上げたことからも、覇道鋼造の希有《けう》な力の一端《いったん》を知ることができる。一時期、覇道鋼造の魔術師《まじゅつし》説がまことしやかに流れたことがあったが、それほど彼の先見の明は確かなものだった。それは予知の域にまで達しており、実際、経済恐慌《きょう》《こう》を幾度《いくど》となく乗り切り、愚行《ぐこう》とも思える投資もすべて成功を収めていたのである。

「うむ？　やはり妾の推理どおり『小娘劣等感説』の方向ではないか」

「お嬢様が大旦那様を特別視されているのには、もう一つ大きな理由があるのです。お嬢様が、なぜあの若さにして覇道の総帥の座に就《つ》いているのか。大十字様ならピンとくるのではと」

名指しで指名された九郎は慌《あわ》てるが、その理由についてはすぐに思い至った。

「どうやら知らぬのは妾だけのようだな」

「案外、世間知らずだな」

「黙《だま》れ、ぼんくら探偵。妾は怪異《かいい》やら魔術師やらとの戦いで忙《いそが》しかったのだ。いちいち人間の生活なんぞに干渉《かんしょう》していられるか」

「その魔術師に、先代と奥様は殺されたのです」

それが瑠璃が若くして覇道の総帥になった理由であり、ブラックロッジの悪名を全世界に轟《とどろ》かせた大事件でもあった。

「つまり初代の総帥が唯一《ゆいいつ》の肉親だったわけだ」

「そのとおりでございます」

さすがのアルも毒づかず、居心地の悪そうな顔をしている。

「ですから、お嬢様がムキになられるのも無理はないのです。大十字様、アル・アジフ様、どうか許してはいただけないでしょうか？　そして可能であれば助けていただきたいのです」

頭を下げるウィンフィールドに対し、九郎とアルは顔を見合わせた。

「謝りに来た俺たちが言うのもなんだけど、やれるだけのことはやるよ」

「感謝いたします」

「妾は謝るつもりなど毛ほどもなかったがな」

アルはそっぽを向いて鼻を鳴らした。

＋

あのときと同じだと瑠璃は思った。

燃えさかる炎《ほのお》を連想させる赤い夕日。血を想起させる赤い空。眼下に海を臨める見晴らしの良い高台。広大な土地に整然と並べられた墓石。喪服《もふく》に身を包み、すすり泣く人々。強く拳《こぶし》を握《にぎ》りしめ、沈痛《ちんつう》な面持《おもも》ちで打ち震《ふる》えている祖父。両親の墓を前に、立ちつくす自分。

瑠璃の心に深く刻まれた理不尽《りふじん》な光景である。

それは何一つ疑問を抱くことなく、ただひたすら幸せだった日々に、前触《まえぶ》れもなくやってきた理不尽だった。両親の死。今もそのときの光景が瑠璃の瞼《まぶた》に焼きついている。

(そうだ。あの日以来、夕日が好きではなくなった)

夕日は父母の死を想起させる。だから彼女は意識的に失念するように努めてきたのだった。

「調子が狂《くる》ってしまいますわね」

大十字九郎、そしてアル・アジフ。

彼らと関《かか》わり合いになってから、瑠璃は著《いちじる》しくペースを乱されていた。九郎たちを前にすると、なぜか覇道財閥《ざいばつ》総帥としての威厳《いげん》が保てなくなり、感情がストレートに出てしまう。そのようなことがあってはならなかったのだが、どうにも抑《おさ》えきれなくなってしまうのである。

(なぜだろう?)

デモンベインをぞんざいに扱《あつか》った九郎に対して純粋《じゅんすい》な怒《いか》りを覚えた瑠璃だが、それ以上に、もっと違《ちが》ったなにかを感じていた。そう。初めて九郎と対面したあの瞬間《しゅんかん》から、因縁《いんねん》めいたものを彼女は感じていたのである。そしてアルだ。小姑《こじゅうと》のような粘着《ねんちゃく》性の強い嫌味《いやみ》を吐《は》きまくる彼女に対して苛《いら》つく自分に、瑠璃は戸惑《とまど》っていた。嫌味に反応しているわけではない。もっと別な感情が働いているような気がするのだ。

(お爺《じい》様、彼らはデモンベインを扱うに相応しい者たちなのでしょうか?)

＋

ウィンフィールドの話は自分自身の過去へと変わりつつあった。

「ほう。それでは小娘《こむすめ》が子供のころから世話をしておったと？」

「乳母《うば》係とまではいきませんが、お嬢様《じょうさま》の成長を見守ってきたつもりではおります」

「ふむ。汝《なれ》も苦労の連続であったことだろう。同情するぞ」

あいかわらず口の中に許容量以上の菓子《かし》を押しこみつつ、アルはつぶやいた。

「しかし、なんでまた覇道の執事《しつじ》に？」

「一言で説明するなら、街でスカウトされた、ということになるのでしょうか？」

「覇道財閥って街にスカウトマンでも放っているのか？」

「いえ、私は大旦那様《おおだんなさま》に見出《みいだ》されたのでございます」

ウィンフィールドは誇《ほこ》らしげに胸を張ると、「十年ほど前のことです」と付け加えた。

「十年も小娘の面倒《めんどう》を見続けるとは、汝もなかなかのものよの」

「けど総帥《そうすい》直々ってことは、執事さん、有名だったんだろうな」

「あ、いえ……。有名と言えば、その筋の方々の間では有名だったのかもしれませんね」

ウィンフィールドにしては珍《めずら》しく歯切れが悪かった。

だからこそ余計に目立ち、九郎とアルの関心を引くこととなる。

「それはぜひ聴《き》きたいところだな。のう、九郎？」

「そうだな」

二人の好奇《こうき》な眼差《まなざ》しにさらされたウィンフィールドは、「まいりましたね」と言いながらも、まんざらでもなさそうだ。

「では僭越《せんえつ》ながら、私めの武勇伝について少々――」

と、ウィンフィールドが身を乗り出し、目を輝《かがや》かせたときだ。爆音《ばくおん》とともに邸内《ていない》が激しく揺《ゆ》れた。地震《じしん》とは明らかに違《ちが》う、爆弾《ばくだん》でも撃《う》ちこまれたかのような激しい振動《しんどう》である。テーブルに載《の》せられたコーヒーカップが床《ゆか》に落ちて砕《くだ》け散り、調度品の数々が追従していく。

揺れはすぐに止《や》み、代わりに銃声《じゅうせい》が聞こえてきた。九郎の背筋に悪寒《おかん》が走る。嫌《いや》な予感がした。それを確信へと変えさせたのは、アルの目が戦士のそれへと変わっていたからである。

アルの動きは早かったが、ウィンフィールドの動きは彼女を上回っていた。

「どうしました？　なんの騒《さわ》ぎです！」

ウィンフィールドは備えつけられている電話機の前に立つと、受話器を手にして叫《さけ》んでいた。

彼は何度かうなずくと、受話器を置いて九郎へと向き直った。その表情は、かなり険しい。

「信じられないことではありますが、この屋敷《やしき》は襲撃《しゅうげき》を受けているようです」

「そうらしいな。しかも、かなりヤバイ連中だ」

「闇《やみ》の臭《にお》いがしおる。魔術師《まじゅつし》が来ているやもしれぬな」

マスターテリオンが発する絶望的な気配とは異なるが、同じ種類の気配を九郎は感じ取っていた。

九郎は舌打ちすると、アルに目配せをして魔術師《マギウス》の形態を取る。

「最悪なことに、お嬢様と連絡《れんらく》が取れない状況《じょうきょう》です」

「となると、考えられることは一つしかあるまい？」

アルは九郎の肩《かた》の上に立った。

「執事さん、姫《ひめ》さんのところへ案内してくれっ！」

九郎は扉《とびら》を蹴破《けやぶ》ると、廊下《ろうか》へと飛び出した。

＋

瑠璃は困惑《こんわく》しながらも状況の把握《はあく》に追われていた。

屋敷の中は騒然《そうぜん》となっており、ただならぬ事件が起きているのは疑いようもない。銃声が聞こえることからも、それと判《わか》る。内線は不通で、頼《たよ》りのウィンフィールドは姿を現さない。いかに彼に頼り切っていたかが解《わか》ったが、そのようなことを冷静に考えている場合ではなかった。

だが行動しようにも体が動かない。得体の知れない恐怖《きょうふ》を感じているのか、体が言うことを聞かないのである。どのような状況でも毅然《きぜん》と対応できると確信していた瑠璃だが、それは単なる思いこみでしかなかった。それでも護身用の拳銃《けんじゅう》を手にすると、油断なく身構えた。

銃声と爆音が近づいてくる。警備員の悲鳴、呻《うめ》き、断末魔《だんまつま》の叫びが瑠璃の恐怖心を際限なく煽《あお》っていく。その音は確実に部屋へと迫《せま》り、その前でピタリと止《や》んだ。

部屋の扉が音もなく開かれた。その途端《とたん》、むせ返るほどの血の臭《にお》いが押し寄せてくる。吐き気《け》をもよおすほどの臭気《しゅうき》は瑠璃の気を遠くさせるが、失神には至らない。

ぴちゃんぴちゃんと、水たまりの上を歩くかのような音が聞こえてくる。

カタカタと瑠璃の体は壊《こわ》れそうなほど震《ふる》え、それが最高潮に達したとき、それは姿を現した。

「うふふっ。おこんばんは〜、瑠璃お嬢《じよう》ちゃま〜ん♪」

入り口に立っていたのは道化師だった。だが、その姿を見ても瑠璃は笑えない。その道化師が滴《したた》るほどの返り血を浴びていたからである。道化師の顔は仮面で覆《おお》われてはいたが、その奥に潜《ひそ》む狂気《きようき》にも似た表情を瑠璃は想像することができた。彼は丸く肥えた巨体《きよたい》をゆっさゆっさと揺らしながら、彼女の下へと近づいていく。

「な、何者ですっ！」

泣きたくなるのを堪《こら》えながら、それでも瑠璃は覇道の総師としてあり続けようとしていた。

「イイわねぇ、イイわぁぁぁ。瑠璃ちゃんたら、ホント健気《けなげ》なんだからぁ☆」

道化師が口を開くたびに、汚物《おぶつ》のような臭気が吐《は》き出される。それは糞尿《ふんによう》にも似た強烈《きようれつ》な臭気であり、瑠璃は即座《そくざ》に吐き気をもよおした。

「はじめまして♪　アタシはティベリウス。ブラックロッジのアンチクロス・ティベリウスちゃんよん。ヨロシクね☆」

「アンチクロス！」

「今日は大導師のご命令で瑠璃ちゃんの命をもらいにきたんだけどぉ……こんな可愛《かわい》い子を殺すだなんてもったいないじゃない？　だからね、大導師にお願いしたのよん」

じゅるっと、ティベリウスがツバを啜《すす》り上げる。

「ねっ、聞いて聞いて！　そしたらね、なぁんと、お許しが出たの。瑠璃ちゃんをアタシの玩《おも》具《ちゃ》にしてもいいって！　嬉《うれ》しいわぁ。こぉんなに可愛い娘《むすめ》を好きにしちゃってもいいなんて！」

瑠璃はティベリウスが向けてきた嘗《な》めるような視線に身を固くする。慰《なぐさ》み者にしようとしているのは明らかで、瑠璃の無垢《むく》な心はティベリウスの視線で嬲《なぶ》られ、犯《おか》されていた。

瑠璃は未知の感覚に呻《うめ》き声を上げながらも、護身用の銃をティベリウスへと向けた。

「立派に育ったわねぇ。体つきも女らしくなっちゃって、ゾクゾクしちゃう！　でも女としては、まだまだね」

ティベリウスは人差し指を左右に振《ふ》りながら、「チッチッチ」と口を鳴らす。

「アタシがオトコを教えてア・ゲ・ル☆」

瑠璃は身を固くすると、銃口をティベリウスの顔面へと向ける。

震える体を意思の力でなんとかねじ伏《ふ》せると、右手の人差し指を強引《ごういん》に引き金へともっていく。覚悟《かくご》を決め、引き金を引こうとしたときだった。

「アナタのママの体も、けっこう良かったわヨ？」

「……い、今、なんと？」

「ちょっと歳《とし》は食ってたけどネ。食べ物が良かったのかしら、お肌《はだ》もピチピチで、食べ頃《ごろ》だったわぁ。もっとも、舌を嚙《か》み切っちゃったから犯《や》るころには昇天《しょうてん》してたけどネ？　アタシのモノで昇天させてあげたかったんだけどぉ、屍姦《しかん》になっちゃった。てへ☆」

ティベリウスの話は瑠璃の意識を遠ざけるのに十分すぎた。それでも気を失わなかったのは、彼への猛烈《もうれつ》な憎《にく》しみが胸中を支配していたからである。

「あ、そうそう。その様子はネ、瑠璃ちゃんのパパにも見てもらったのヨ。下半身が吹《ふ》き飛んでたから、一緒《いっしょ》に愉《たの》しめなかったけどぉ♪」

「お、おのれ……」

「あらぁ？　その様子だと、アタシがママを犯しまくった事実は聞かされてなかったみたいネ。情操教育上、よくなかったのかしら？　でも、最近の子って進んでるって言うし、どっちみちアタシが教えてあげるわけだから問題ないわよネ⁉」

ティベリウスが一歩、近づく。

「おやぁ？　手が震えてるわよぉん？」

「だ、黙《だま》りなさい！　これ以上、近づくと……撃《う》ちますわよ」

そう言いながらも、瑠璃は一歩、後退する。

「イイ！　イイわぁん！　撃って！　アタシを撃ってぇ！」

ティベリウスは両手を左右に広げると「撃ってぇ撃ってぇ」と笑いながら叫《さけ》ぶ。

「ば、馬鹿《ばか》にして……」

瑠璃は引き金に指を添《そ》える。だが、人を殺《あや》めることへのためらいが瑠璃にはあった。

「どうしたのぉ？　撃たないの？　撃たないと、アタシに犯されちゃうわよ？」

「あ……あああああ……」

瑠璃は目を閉じ、指先に神経を集中させる。

だが銃が火を噴《ふ》く前に、それは叩《たた》き落とされてしまった。

「目をつむってどうするのよ。殺せるときに殺さないなんて、甘ちゃんなんだからぁ☆」

瞼《まぶた》を開けると、目の前にはティベリウスがいた。

「まぁいいわ。これから時間をかけて、たっぷりといろんなことを教えてあげる♪」

ティベリウスは瑠璃の胸ぐらに手をかけ、それを引きちぎった。下着と白い肌があらわになる。

「いやぁぁぁぁぁぁぁぁ！」

絹を裂《さ》くような悲鳴を上げながらしゃがみこむ瑠璃に対し、ティベリウスはその体を彼女へと覆い被《かぶ》せていく。彼女は死にものぐるいで暴れるが、その体を押しのけることができない。それどころか両手を押さえつけられ、抵抗《ていこう》すらできなくなっていた。

ティベリウスの顔が近づいてくる。ポタポタと、小さな何かが瑠璃の頬《ほお》に落ちてきた。それは蠢《うごめ》き、のたうち、そして頬から転がり落ちていく。よく見ると、仮面には何匹《なんびき》もの蛆《うじ》が付着し、はいずっていた。もはや正気ではいられない。瑠璃が死にものぐるいで作り上げてきた覇道財閥総帥《ざいばつそうすい》という虚像《きょぞう》は粉微塵《こなみじん》に砕《くだ》け散り、あとに残されたのは抵抗すらできぬ乙女《おとめ》である。

瑠璃は大粒《おおつぶ》の涙《なみだ》をボロボロとこぼしながら、なけなしの力を振り絞《しぼ》って悲鳴を上げていた。

＋

九郎とアル、そしてウィンフィールドの三人は、廊下《ろうか》を猛然《もうぜん》と疾走《しっそう》していた。

周囲には警備員の屍《しかばね》が累々《るいるい》と横たわっている。しかもその死体のすべてが鋭利《えいり》な刃物《はもの》で斬《き》られたかのように両断されていた。まっぷたつになっていたのは、それだけではない。床《ゆか》に散らばっている銃弾《じゆうだん》までもが縦に分断されていた。

「こいつは、ただごとじゃねえぞ」

「急ぎましょう！」

魔術師《マギウス》となった九郎はともかく、全速力で駆《か》けているにもかかわらずウィンフィールドの息はまったく乱れてはいない。そのことから、かなり体を鍛《きた》えていることが判《わか》った。

九郎の中で、不快な感覚が急激に強まっている。五感、そして第六感までもが鋭敏《えいびん》となり、様々な情報を彼へと伝えてきた。そのどれもが緊急《きんきゆう》事態であることを告げている。

「九郎、来るぞっ！」

アルが叫ぶのと同時に、その男は姿を現した。

九郎とウィンフィールドは前足をつっぱらせて急制動をかけると、油断なく身構える。

二人の前に立ちふさがったのは、黒装束に身を包んだ浪人《ろうにん》ふうの男だった。腰《こし》に差した二本の刀は、彼が武人であることを示している。肌、髪《かみ》、体型などから九郎と同じアジアの血を引くものであり、そのことから彼が武士であると推察できた。

彼が発する気配は人間のそれでない。全身から発せられている気は鋭利な刃《やいば》を彷彿《ほうふつ》とさせ、氷のように冷たい瞳《ひとみ》には狂気という名の炎が満ちている。だがその炎は赤く燃えさかる業火《ごうか》ではない。極限にまで高められた炎は青白く、波紋《はもん》一つできない湖面のごとき静けさである。

プレッシャーも尋常《じんじょう》ではなかった。少しでも隙《すき》を見せようものなら、刀で一刀両断にされてしまうだろう。存在感においてはマスターテリオンには及《およ》ばないが、闘争《とうそう》本能はそれに匹敵《ひってき》する。

「お主だな？　『死霊秘法《しりょう》』に選ばれた妖術師《ようじゅつし》は」

「そういうてめぇは、ブラックロッジのクソ野郎《やろう》か」

「クソ野郎とはご挨拶《あいさつ》だが――。拙者《せっしゃ》はティトゥス。『黒き聖域《ブラックロッジ》』の信徒にして『逆十字《アンチクロス》』の末席に名を連ねる者なり」

ティトゥスの話にウィンフィールドの表情が険しくなる。

アンチクロスの名称《めいしょう》は九郎も知っていた。ブラックロッジの幹部にして最悪の魔術師。マスターテリオンに従う『七つの頭』の総称《そうしょう》である。

「大幹部様が出ばってくるとはご苦労なこった。で、他の連中はどこに行った⁉」

「手勢などおらぬ。我等は単独での作戦遂行《すいこう》が可能ゆえ」

「つまり、貴方《あなた》一人で彼らを皆殺《みなごろ》しにしたと？」

ウィンフィールドの口調は静かだが、その実、怒《いか》りに打ち震《ふる》えていた。

そんな馬鹿なとは思った九郎だが、魔術師の力とはそういうものだとも理解していた。なまじ魔術《まじゅつ》など扱《あつか》えるようになったせいか、彼にはそのことがよく解《わか》る。

「連れが一人いるが、今ごろは覇道瑠璃を押さえているところだろう」

「クッ……」

ウィンフィールドの顔が悲痛なまでに歪《ゆが》む。

（だとしたら、こんなところで油を売ってる場合じゃねぇ）

「このような児戯《じぎ》に等しい任務など、拙者が出ばるまでもなかったが――」

ティトゥスは腰を落とすと、刀の柄《つか》に手を添《そ》えた。間合いに入れば、いつでも抜刀《ばっとう》できる体勢――すなわち居合いである。

「さぁ、相手をしてもらうぞ。死霊秘法の主よ。我が身を蝕《むしば》む渇望《かつぼう》を満たし、究極の決闘《けっとう》の先にある至高の輝《かがや》きを見せてみろ」

ティトゥスの目が、猛禽類《もうきんるい》のそれに変わっていく。

「チッ！　やるしかねぇのか」

九郎が身構え、覚悟《かくご》を決めたときだ。ウィンフィールドが一歩前に進み出た。

「時間がございません。この場は私に任せて、大十字様はお嬢様《じょうさま》の下へ」

「馬鹿《ばか》なこと言ってんじゃねぇ！　悪《わり》ぃけど、あんたがどうこうできる相手じゃない」

「左様。弱者の血で決闘を穢《けが》したくはない。無用な殺生《せっしょう》は好まぬ。去《い》ぬがよい」

ティトゥスは常人ならば身動きできなくなるほどの殺気を放つが、ウィンフィールドは動じることなくネクタイを弛《ゆる》めている。しかもその顔には不敵なまでの笑《え》みさえ浮《う》かべていた。

「……執事《しつじ》さん？」

「大十字様。お嬢様にSPがついてない理由をお考えになったことはありますか？」

「えっ？」

「超人《ちょうじん》に至る道は、魔術師だけではないということです」

そう言うと、ウィンフィールドは九郎に目配せをする。

「芸術の域にまで鍛え上げた戦闘《せんとう》技術――この自惚《うぬぼ》れ屋に教授してみせましょう」

「しかし……」

ためらう九郎の耳を、アルが引っぱった。

「九郎、時間がない。ここは従者に任せるとしよう。それにこの男、意外にやるかもしれぬ」

「またそんな無責任なことを」

九郎は呆《あき》れるが、ウィンフィールドは満足げにうなずいていた。

「お嬢様の部屋は、この先をまっすぐ行ったところでございます」

「解った。死ぬなよ、執事さん！」

迷いがないわけではない。だが九郎は決断した。

ウィンフィールドの決意を無駄《むだ》にはできなかったのである。

九郎は猛然《もうぜん》と駆《か》け出した。

身構えるティトゥスの脇《わき》を一瞬《いっしゅん》にして通り抜《ぬ》け、疾駆《しっく》する。

ワンテンポ遅《おく》れてティトゥスの制止する声が聞こえてくるが、九郎が振《ふ》り向くことはない。

（――待ってろ、姫《ひめ》さん！）

＋

目だけで九郎を見送ったウィンフィールドは、息を静かに吐《は》き出した。

呼吸は少しも乱れていない。迷いもない。心は澄《す》み渡《わた》り、限りなく透明《とうめい》へと近づいていく。

眼前の敵の一挙手一投足――いや、筋肉のわずかな動きですらも感じられるまでに集中力は高まっている。ウィンフィールドはティトゥスの力を侮《あなど》っているわけではなかった。むしろ畏《い》怖《ふ》にも似た感情すら抱《いだ》いている。

（しかし――。大旦那《おおだんな》様ほどではない）

覇道に仕える以前のウィンフィールドは血気盛《さか》んで、アーカムシティでも有名な荒《あら》くれだった。ボクシングで鍛《きた》えた体から繰《く》り出される神速の拳《こぶし》は銃《じゅう》より凶悪《きょうあく》であり、一晩で街の猛者《もさ》を百名のした話は伝説になったほどである。そんな彼の辞書に『敗北』の二文字は書かれてなかったのだが……。どこからともなくやってきた老人に、その二文字を刻みこまれてしまったのである。彼の拳は老人にかすりもせず、気がついたときにはベッドの上だった。そのときの老人こそ後の主人となる覇道鋼造であり、ウィンフィールドの師ともなる人物である。

ティトゥスは舌打ちすると、ウィンフィールドに背を向けた。

「お待ちなさい。貴方《あなた》の相手は、この私だと申し上げたはず」

ウィンフィールドの動きは、ティトゥスのさらに上を行っていた。

彼は神業《かみわざ》としか思えぬほどの素早《すばや》さで先回りし、ティトゥスの前に立ちはだかる。

「――ふん」

ティトゥスは一喝《いっかつ》と同時に抜刀し、刃《やいば》が光の軌跡《きせき》を描《えが》いていく。だがそれは空を切った。ウインフィールドは必要最小限の動きでそれをかわすと、口元に笑みを浮かべる。

「それが抜刀術というものですか。確かに恐《おそ》るべき速度です。ですが、見切れぬほどでもない」

「お主……」

ティトゥスは後ろへ飛び退《の》き、刀を鞘《さや》へと収める。

「久々に熱くなれそうですね」

ウィンフィールドは上着を脱《ぬ》ぎ捨てた。

＋

九郎は猛烈《もうれつ》な勢いで飛んでいた。

血の臭《にお》いが濃《こ》くなっていく。肌《はだ》にまとわりつくような高密度の臭いが、九郎の感覚を麻痺《まひ》させていた。それは吐き気すら失《う》せてしまうほどである。血の臭いはいよいよ濃くなり、やがてそれに酷《ひど》い汚物《おぶつ》の臭いが加わった。不快指数は極限にまで高まっている。

廊下《ろうか》は血の海だった。絨毯《じゅうたん》は赤黒く染まり、吸収しきれなかった血液が血だまりとなって点在している。壁《かべ》と天井《てんじょう》はペンキで塗《ぬ》ったかのように赤一色で彩《いろど》られ、しかもあちらこちらにミンチ状の肉片が飛び散っていた。まるで巨大《きょだい》なミキサーで人間を粉砕《ふんさい》したかのような凄惨《せいさん》な状《じょう》況《きょう》である。窓から射しこんでくる夕日が、その血肉をより生々しく見せていた。

距離《きょり》にして百メートルほど飛んだとき、九郎の聴覚《ちょうかく》が女性の悲鳴を捉《とら》えた。それはようやく見えてきた廊下の突《つ》き当たりから聞こえてくる。そこが瑠璃の部屋に違《ちが》いなかった。

九郎はさらに速度を上げ、突き当たりにある開け放たれた扉《とびら》を潜《くぐ》り抜けていく。

そこには瑠璃がいた。彼女はピエロのような衣装《いしょう》をまとった道化師に組み敷《し》かれ、泣き叫《さけ》んでいる。豪奢《ごうしゃ》なドレスは袖《そで》を残してはがされており、ほぼ全裸《ぜんら》に近い状態だった。

九郎は入ってきた勢いそのままに、その道化師に蹴《け》りを入れる。それは軽々と吹《ふ》き飛び、反対側にある壁へと向かって突撃《とつげき》していく。道化師は壁に激突《げきとつ》し、めりこんでいた。

九郎は涙《なみだ》で顔をクシャクシャにした瑠璃の体を引き起こした。

「ギリギリセーフ、ってとこか」

九郎は瑠璃の目線に合わせるように片膝《かたひざ》をついた。

「大丈夫《だいじょうぶ》か、姫さん？」

いまだ茫然《ぼうぜん》自失でいる瑠璃の肩《かた》を揺《ゆ》さぶり、声をかける九郎。二、三回、体を揺すり、軽く掌《てのひら》で頬《ほお》を叩《たた》くと、ようやく彼女の目に生気が戻《もど》り始めた。瑠璃の目が、九郎へと向けられる。

「これから、あいつをぶっ潰《つぶ》す。危ないから、姫さんは後ろに下がってな」

九郎は瑠璃にうなずいてみせると、その頭をなでた。

「あっ……」

ぴくんと、瑠璃の体が反応を示す。

九郎は今一度、瑠璃の頭をなで、後ろに下がるように命じて立ち上がった。

「あ～ら、誰《だれ》かと思えば九郎ちゃんじゃない☆」

道化師は壁にめりこんだ体を引きはがす。

「てめぇもアンチクロスか」

「あらぁ？　アタシのこと知ってるのねん？　ってことは、ティトゥスに会ったのかしらぁ？」

道化師は五体の機能を確かめるかのように、首と腕《うで》をグルグルと回し、屈伸《くっしん》運動を始める。

まるで緊張《きんちょう》を感じさせない行動だったが、九郎は油断することなく身構えていた。

「まったく、敵を取り逃《に》がすなんて厳罰《げんばつ》ものよぉ！　大導師にチクらないといけないわね」

道化師は腰《こし》に手を添《そ》え、「ぷんぷん」とつぶやいている。

「そうよぉ。アタシはアンチクロスの一人・ティベリウス。よろしくね、九郎ちゃん☆」

ティベリウスは親しげに話しかけてくるが、そこに親愛の情など欠片《かけら》もない。悪意と狂気《きょうき》に満ちた強烈《きょうれつ》な殺意を九郎へと放っていた。

「瑠璃ちゃんを女にしてあげるところだったのに、とんだオジャマ虫さんねっ！」

ティベリウスの両手に、かぎ爪《づめ》が出現する。それが体に触《ふ》れたらどうなるのか、想像するのは難しくはない。廊下に散らばっていた肉片が、そのことを雄弁《ゆうべん》に物語っていた。

「九郎、くるぞっ！」

「ああ、わかってる」

だが、具体的にどう対処するべきかまでは考えてはいなかった。

「九郎、これを使え」

問うまでもなく、それは九郎の手の中に現れた。

それは一振《ひとふ》りの大刀だった。弓を張ったような月形の刃で、一メートルはあろうかという大きさにもかかわらず、重さはほとんど感じない。

「これは……!?」

「バルザイの偃月刀《えんげつとう》だ。賢人《けんじん》・バルザイがハテグ＝クラ山頂にて鍛《きた》え上げたとされる刀だ。今の汝《なれ》であれば、使いこなせるだろう」

「よくわかんねーけど、やってやらーっ！」

九郎はバルザイの偃月刀の感触《かんしょく》を確かめるかのように、それを数回、振《ふ》るった。バルザイの偃月刀は空気抵抗《ていこう》をものともせず、むしろそれすらも切り裂《さ》くほどの切れ味である。

ティベリウスは長く伸《の》びた鋭《するど》いかぎ爪を見せつけると、体を回転させ始める。それは刃物《はもの》がついた巨大な独楽《こま》のようなもので、不規則な軌道《きどう》を取りながらも確実に九郎との距離を詰《つ》めてくる。だがそれは捉えどころがなく、九郎の目を幻惑《げんわく》させた。

不意にティベリウスとの距離が縮まる。九郎は即座《そくざ》に翼《つばさ》で守ったが、ティベリウスのかぎ爪によってその一部は引き裂かれてしまう。魔導書のページが宙へと舞《ま》い、体勢を崩《くず》された九郎は尻餅《しりもち》をつく。しまったと思ったときには、ティベリウスは彼の目の前にいた。

「さよなら、九郎ちゃん☆」

かぎ爪が九郎の心臓へと向けられ、そして突き出される。それは寸分違《たが》わぬ正確さで心臓を剔《えぐ》りにくるが、九郎は冷静に翼を復元させ、側面からティベリウスの顔面を打ちすえた。

「ぎっ、ギャアぁぁぁっ！　顔がぁ、アタシの美しぃ顔がぁぁ!!」

ティベリウスはひび割れた仮面を両手で押さえつけながら悲鳴を上げる。

九郎は手にしたバルザイの偃月刀を横に一閃《いっせん》した。それは一瞬《いっしゅん》の出来事である。九郎の意を汲《く》み、刃《やいば》が煌《きら》めいたときには事は終わっていた。

「なっ？　なんですってっ⁉」

ティベリウスの体は横にスライドし、上下に分かれた。

「意外にあっけなかったけど……どうにかなったな」

床《ゆか》に沈《しず》むティベリウスの亡骸《なきがら》を眺《なが》めながら、九郎はホッと息をつく。

「うむ。汝もなかなかやるようになったではないか。この調子なら、何十年後かにはマスターテリオンにも勝てるやもしれぬな。うむうむ」

アルはしきりに感心していたが、こんな調子で何十年後まで生きていられるか疑問を感じずにはいられなかった。九郎は溜《た》め息をつきながらティベリウスに背を向けると、部屋の隅《すみ》で呆《ぼう》然《ぜん》としている瑠璃の下へと歩み寄った。

「大丈夫か、姫《ひめ》さん？」

などと口にしてみた九郎だが、ひどい有様だった。

目は泣き腫《は》らして赤くなり、手入れされた髪《かみ》は血と埃《ほこり》とよく判《わか》らない液体で汚《よご》されている。露出《ろしゅつ》した白い肌《はだ》には、いくつか青アザも見受けられた。今の瑠璃には覇道財閥総帥《ざいばつそうすい》としての威《い》厳《げん》はまるでない。それらはドレスと一緒《いっしょ》に引きはがされてしまったかのようだ。

「怖《こわ》い思いをさせちまったけど、終わったぜ」

九郎が努めて明るい口調で勝利宣言をした、そのときだ。瑠璃の表情が崩れた。ヤバイと思ったときには手遅《ておく》れで、瑠璃は信じられないくらい大粒《おおつぶ》の涙をボロボロとこぼし始めた。

九郎はティベリウスを相手にしたときより慌《あわ》て、助けを求めてアルへと目を向ける。

「こっちを見るな。妾《わらわ》の知ったことか」

アルは無責任にもそっぽを向いた。

「まいったな」

九郎は大いに困惑《こんわく》し、それでもなんとかしようと瑠璃の頭に手をのせた。そして子供でもあやすかのように、頭を何度も何度もなでつける。それが功を奏したのか、瑠璃は少しずつ落ち着き始めた。九郎は溜め息をつき、安堵《あんど》する。

不意に九郎は瑠璃と目が合った。純粋《じゅんすい》で、まっすぐな瞳《ひとみ》で見据《みす》えられた彼は、くすぐったいような気まずいような不可思議な気持ちになって視線を外したのだが……。そこには、もっと気まずい光景が展開されていた。意識せずにいたのが不思議なくらいなのだが、瑠璃は裸《はだか》同然だったのである。九郎は激しく動揺《どうよう》し、手足をバタバタさせながら目を逸《そ》らしたが、それがいけなかった。瑠璃はハッとした表情をすると、自分の姿を眺め見た。その途端《とたん》、彼女の顔は熟した果実のように真っ赤になった。

「のんびりしている場合か。敵は一人ではないぞ。従者のことを忘れるな」

「そうだ、執事《しつじ》さんを助けに行かないと」

九郎が和《なご》んでいる間にも、ウィンフィールドはティトゥスと戦っているのだ。一刻も早く彼の下へと駆《か》けつける必要があった。再び九郎の思考は臨戦モードへと切り替《か》わっていく。

偃月刀の柄《つか》を握《にぎ》り、気を引き締《し》めたときだった。

「……だ、大十字さん！」

瑠璃の目が驚愕《きょうがく》の色に染まる。頬《ほお》は引きつり、声と体は無惨《むざん》なほど震《ふる》えていた。

九郎の全身に悪寒《おかん》が走り抜《ぬ》ける。それと同時に、突《つ》き刺《さ》さるような殺気と狂気《きょうき》に満ちたどす黒い気配が辺りに垂れこめた。ハッキリと判《わか》る死の気配。その理由を悟《さと》り、振り向こうとした九郎だが、すでに手遅れだった。

「ガハッ！」

背中を貫《つらぬ》く焼けるような感覚。なにかが突き刺さったのは理解できたが、不思議と痛みは感じない。ただそこは焼きごてでも当てられたかのように熱かった。胃の中に溜まった鮮血《せんけつ》が、食道を伝って九郎の口から吐《は》き出される。それは瑠璃の体に降りそそぎ、彼女の体を汚した。

「九郎ちゃん、やってくれたじゃな〜い？」

振り向くと、ティベリウスは分断された下半身に上半身を載《の》せている最中《さなか》だった。まるでマジックでも観ているような感じだったが、そこにはタネも仕掛《しか》けもない。体からはみ出した無数の腸管は触手《しょくしゅ》のようにのたうちまわり、やがてそれは上半身と下半身を絡《から》めて融合《ゆうごう》、全身を固定していく。

「おっとっと、それ、返してちょうだいね。それがないと、体が引き締まらなくてね」

ティベリウスが指をパチンと鳴らすと、九郎の背に突き刺さっていた白く細長い棒が体から引き抜かれ、ティベリウスの手へと戻《もど》っていく。それは肋骨《ろっこつ》だった。

九郎の口から大量の血液が吐き出される。確認《かくにん》するまでもなく出血量は普通《ふつう》ではない。体からは力が抜け落ち、意識が遠のいていく。目には白い霞《かすみ》がかかり、死ぬとはこういうことかと変に納得《なっとく》してしまうほどだ。九郎の体が前へと傾《かたむ》いていく。足で踏《ふ》ん張ろうとするのだが力が入らず、彼は自分が流した血の海に沈んだ。

「く、九郎っ！」

アルが頬を叩《たた》くのが判る。

九郎は床に手をついて力をこめるが、血で手が滑《ぬめ》り、したたかに顔面をぶつけてしまう。

「大十字さん！　大十字さんっ、しっかりしてくださいましっ！」

瑠璃は血まみれになるのもいとわずに、九郎の側《そば》にしゃがみこむと、彼の体を揺《ゆ》さぶった。

「あらやだ、無様ねぇ。そんなんじゃ、女の子にモテないわヨ☆」

ティベリウスは手にした肋骨を体の中に戻した。

「そうか、汝《なれ》、死んでおったのだな」

アルは口惜《くちお》しげにティベリウスをにらみつける。

ティベリウスの仮面の奥に隠《かく》されていた素顔《すがお》。それは人間のそれではなかった。腐敗《ふはい》し、半ば白骨化したそこには、何十匹《びき》もの蛆《うじ》が残された肉を求めて蠢《うごめ》いている。くぼんだ眼窩《がんか》は、奴《やつ》らの格好の棲処《すみか》となっていた。

「そのとーりヨ。アタシはね、不死を手に入れたの。【妖蛆の秘密《デ・ウエルミス・ミステリイス》】の力でね」

ティベリウスは体の中に手をつっこむと、そこに隠していた一冊の本を誇《ほこ》らしげに掲《かか》げた。

鉄の表装がついた黒い大冊は蛆でまみれていたが、それが魔導書であるのは一目瞭然《りょうぜん》である。

「おしゃべりはおしまいネ。そろそろ、さっきの続きでも始めましょっか☆」

ティベリウスは体の中から触手にも似た腸管を伸《の》ばすと、瑠璃の体を絡《から》め取って引き寄せた。

「いやぁぁぁぁぁぁっ！」

瑠璃は絶望的な悲鳴を上げながら、ティベリウスの魔の手から逃《のが》れようと懸命《けんめい》に暴れまくる。

だが彼にとってはそれも楽しみの一つなのか、ケタケタと半ば削《そ》げ落ちた頬の肉を緩《ゆる》めながら耳障《みみざわ》りな笑い声を発した。

ティベリウスは腸で瑠璃の両手首を縛《しば》り上げると、彼女の首筋に長く伸びた舌を這《は》わせる。

「いやぁ！　気持ち悪い！」

ティベリウスの舌は瑠璃の首筋から胸へと移動していく。

（クソッ！　こんなところで眠《ねむ》ってる場合じゃねぇ……）

九郎の意識は途切《とぎ》れてはいなかった。かすむ目で瑠璃が嬲《なぶ》られている姿を見つめていた九郎は、悔《くや》しさで頭がどうにかなってしまいそうだった。

「おのれ、下衆《げす》めが！」

アルは小さな肩《かた》を怒《いか》らせると、ティベリウスへと突撃《とつげき》していく。

「おやおや、アルちゃんもアタシに犯《や》られたいのかしらぁ？　ちょっと待っててね。アタシってば、すぐ終わっちゃうから、お待たせしないと思うわよ☆」

ティベリウスは特攻《とっこう》してくるアルの体を指先で弾《はじ》いた。たったそれだけのことだが、今のアルには十分である。彼女は空中でクルクルと回転しながら九郎の体に落ちてきた。

（ちくしょう……ちくしょうっ！　動きやがれっ！　動けっっ!!）

九郎は全身に力をこめていく。だが彼の意に反して、力は思うように筋肉へと伝わらない。だが意識が薄《うす》れゆく中で精神だけは鋭敏化《えいびんか》し、意志の力は増大していく。

（執事《しつじ》さんは……俺を信じた。応《こた》えなくちゃならねぇ、その想《おも》いに！　その俺が、こんなところで——こんなところで、のんびり眠ってるわけには……いかねぇんだよっ！）

九郎は歯を食いしばり、バルザイの偃月刀《えんげつとう》を杖《つえ》の代わりにして立ち上がった。その姿は、さながら幽鬼《ゆうき》である。満身創痍《そうい》の彼の体からは血の気が失《う》せ、漂《ただよ》う気配は死の臭《にお》いばかり。棺桶《かんおけ》に片足を入れているような状況《じょうきょう》である。だが、その目は死んではいない。今にも途切れそうになる意識を必死につなぎ止めながらも、その瞳《ひとみ》だけは強烈《きょうれつ》な光を放っている。

「いいかげんに……いいかげんにしやがれ、この腐《ふ》乱死体野郎《やろう》っ！」

九郎は叫《さけ》ぶと同時にバルザイの偃月刀をティベリウスへと投げつけた。それはブーメランのように激しく回転しながらティベリウスへと向かって飛んでいく。

「アンタもしつこいわねぇ。しつこいオトコはモテないわョ？」

ティベリウスはバルザイの偃月刀を避《よ》けたが、瑠璃の体を捕《とら》えていた腸の回収までには至らなかった。最初からそれに的を絞《しぼ》っていたかのように偃月刀は腸を切断し、再び九郎の下へと戻ってくる。寸断された腸が、ちぎれたトカゲのシッポのように床《ゆか》で跳《は》ねた。

「小娘《こむすめ》、走れっ！」

アルの叫びに瑠璃は「はい」と応《こた》え、恥《はじ》も外聞もかなぐり捨てて走り出した。

「あぁん、瑠璃ちゃん、待ってぇ〜♪」

ティベリウスの胴体《どうたい》から消化器官が排出《はいしゅつ》され、瑠璃を捕《と》らえようと伸びてくる。だがそれが瑠璃へと届く直前、九郎は偃月刀で消化器官を斬《き》り捨て、瑠璃を自分の背後へと隠した。

「だ、大十字さん、大丈夫《だいじょうぶ》ですか⁉」

「自分でも立っているのが不思議なくらいだけど……あんなクソ野郎、ほっとけるかよっ！」

九郎は偃月刀の切っ先をティベリウスへと突《つ》きつける。

「姫《ひめ》さん、すまなかったな。怖《こわ》い思いをさせちまって」

「大十字さん？　今は、それどころじゃ……」

「俺さ、自分のことだけで精一杯《せいいっぱい》でさ——。姫さんの想《おも》いにまで頭が回らなかった。デモンベイン、あんなにしちまって悪かったな。許してくれだなんて図々《ずうずう》しくて言えやしねえが……。とにかく俺もケジメだけはつけさせてもらうぜ。このクソ野郎をブッ殺す！」

バルザイの偃月刀を握《にぎ》る手に力がこもる。

「ずいぶんと威勢《いせい》がイイじゃない？　死にかけの分際で」

「黙《だま》れ！　肥溜《こえだ》めの汚物野郎《おぶつやろう》！」

九郎はバルザイの偃月刀を片手にティベリウスとの間合いを一気に詰《つ》める。

「おバカさん♪　そんな体でアタシを殺《や》れると思って？」

ティベリウスは両手のかぎ爪《づめ》で九郎の体を引き裂《さ》いた――はずだった。だが九郎の動きは、それよりも速い。ティベリウスが裂いたのは彼が残した虚像《きよぞう》だった。九郎はティベリウスの体を斬った。何度も何度も。ティベリウスの体が分断される前に次の一太刀《ひとたち》を、そしてさらに次の一太刀を加えていく。何十回、何百回と繰《く》り返し、やがてティベリウスの体は意味のないモノへと変わっていく。そう。腐《くさ》ったミンチのように。

「が、があああああああああっっっ！　嘗《ナ》メルナァァァァァ餓鬼《ガキ》ィィィィィィ！」

断末魔《だんまつま》とも取れるティベリウスの叫びが響《ひび》いたかと思った途端《とたん》、巨大《きよだい》な質量を持ったなにかが部屋の一部を押し潰《つぶ》した。それが鋼鉄の腕《うで》であると気づくのに、そう時間はかからなかった。

「鬼械神・ベルゼビュート！　暴食せよ！」

＋

ウィンフィールドとティトゥスの戦いは激化の一途《いっと》をたどっていた。

二人に無駄《むだ》な動きはまるでなく、あまりにも完璧《かんぺき》すぎるがゆえに、その光景は完成度の高い殺陣《たて》のようでもある。互《たが》いに必殺の一撃《いちげき》を繰り出し続け、それを紙一重《かみひとえ》で見切ってかわしていく。命の駆《か》け引きをしているにもかかわらず、それはまるで芸術作品のようだ。

ウィンフィールドは小刻みなフットワークを駆使《くし》してティトゥスを翻弄《ほんろう》しつつ、様々な角度から拳《こぶし》を繰り出していく。対するティトゥスは二刀流でそれに応じる。互いに一歩も退《ひ》かず、命という名の火花を散らしながらぶつかり合う。ウィンフィールドのアッパーカットを避けたティトゥスは、初めて後ろへと飛び跳ねて間合いを取った。

「お主、ウィンフィールドと申したな」

「それが、なにか？」

「認めよう。そして、謝罪しよう。お主を侮《あなど》っていたとを……。まさか、これほどの猛者《もさ》と巡《めぐ》り逢《あ》えるとはな。これならば拙者《せっしゃ》は闘《たたか》いに身を灼《や》くことができる。感謝する、戦士よ」

「礼には及《およ》びません。私は私の職務を忠実に果たすのみ。この拳のすべてはお嬢様《じょうさま》のために」

「その精神、我が故郷では『忠』と呼ぶ。なるほど、信念が支える肉体のなんと強靭《きょうじん》なことか……」

会話はそこで途切《とぎ》れたが、二人に言葉は必要ない。拳と刀があれば会話は成立する。

再び二人が相まみえようとした、その瞬間《しゅんかん》。邸内《ていない》が激しく揺《ゆ》れ、二人の動きが止まった。

「これは……いったい!?」

窓から垣間《かいま》見《み》えたその光景に、ウィンフィールドは戦慄《せんりつ》した。

そこに巨大なロボットの姿を見たからである。しかもそのフォルムはブラックロッジの破壊《はかい》ロボットのものではない。人形《ひとがた》の巨人《きょじん》である。だがデモンベインが発するような神々《こうごう》しさはまるでなく、埴輪《はにわ》を連想させるようなずんぐりとしたその体型は、一見、滑稽《こっけい》にも見えた。だが全身から発せられる邪《よこしま》な気配は、思わず目を背《そむ》けたくなってしまうような醜悪《しゅうあく》さである。

「ティベリウスめ、鬼械神を召喚《しょうかん》しおったか。存外に苦戦しているではないか」

ティトゥスは鼻で笑う。

だがウィンフィールドは笑ってなどいられない。鬼械神は最高位の魔導書が召喚する造られし神である。破壊ロボットとは格が違《ちが》いすぎた。しかも最悪なことに、鬼械神が降り立った場所は瑠璃の部屋である。ティトゥスの相手をしている場合ではなかった。

「お嬢様！」

ウィンフィールドは駆け出そうとするが、ティトゥスがそれを許さない。

「拙者を相手に背を向ける愚《ぐ》を、理解できぬお主でもあるまい？」

「……貴様！」

「他《ほか》がどうなろうと知ったことではない。あるのはただ、お主と向かい合うという事実のみ」

そこにいたのは、修羅道《しゆらどう》に足を踏《ふ》み入れた者の姿である。

「あの美しい戦場を前にして、それ以外のなにを求めるというのか。お主も戦士なら戦いの価値を正しく理解せよ」

「話し合いというわけには、いかないようですね」

ウィンフィールドが覚悟《かくご》を決めて身構えた、そのときだ。彼の背後から、ロボットにも似た機械的な声が聞こえてきた。

《誰《だれ》もがおまえと同じ価値観を持っているとは思わぬことだ。大罪人よ》

ウィンフィールドは振《ふ》り返るまでもなく理解した。背後に感じる力強い存在感は、アーカムシティの守護天使・メタトロンである。

「拙者を大罪人と呼ぶのであれば、お主もよほどの大罪人よ。それが天使王とは片腹痛い」

不意の珍客《ちんきゃく》に対しても、ティトゥスの表情に変化はない。油断なく身構えたその姿には、隙《すき》などなかった。

《現世に蠢《うごめ》く悪鬼《あっき》亡者《もうじゃ》を狩《か》りたてるのは天使の役目。天使の名は、自らに課した誓《ちか》いだ》

メタトロンの腕から白いビームセイバーが現出する。

《それよりも、どうする？　戦いを続けるのであれば、私も相手をするが？》

「同時に相手するほど自惚《うぬぼ》れてはおらぬ」

ティトゥスは二本の刀を鞘《さや》に収めると、ウィンフィールドとメタトロンに背を向け、悠然《ゆうぜん》と歩き始めた。だが数歩と進まぬうちに足を止め、振り向いた。

「戦士・ウィンフィールド。決着は次の機会に」

ティトゥスはそれだけを言い残し、姿を消した。

「メタトロン様、助かりました」

ウィンフィールドはメタトロンへと向き直り、頭を下げる。

「きちんとしたお礼は、また後ほど」

《ああ。急げ》

ウィンフィールドはメタトロンがうなずくのを確認《かくにん》するやいなや、駆け出していた。

＋

　瑠璃は九郎の背に隠《かく》れ、ただひたすら縮こまっていた。

　現実離《ばな》れした出来事の連続に、頭は麻痺《まひ》するかのように痺《しび》れている。今も目の前では非現実的なことが起こり続けており、瑠璃を恐怖《きょうふ》と狂気《きょうき》の世界へ引きずりこもうとしていた。

　バルザイの偃月刀《えんげつとう》で肉塊《にっかい》と化していたティベリウスは早くも修復し始め、様々な触手《しょくしゅ》が複雑に絡《から》み合いながら元の姿を形作り始めている。不死を手に入れたというティベリウスの話に、嘘《うそ》はなかったのだ。それだけでも正気を保てなくなるほどの由々《ゆゆ》しき事実だったが、それに加えて鬼械神まで現れていた。いっそのこと絶望し、心が砕《くだ》け散ったほうが楽なほどである。

　足がすくんでいた。先ほどから体の震《ふる》えが止まらず、意識を集中しないと全身がバラバラに崩《くず》れてしまいそうだった。そんな状況下《じょうきょうか》にもかかわらず、九郎は立っていた。死んでもおかしくないほどの怪我《けが》を負いながらも、ティベリウスに立ち向かおうとしていた。最強の魔導書を得て魔術師《まじゅつし》になったとはいえ、つい先日までただの三流探偵《たんてい》でしかない彼が、である。

　瑠璃は思い知った。自分がいかに安全なところで吠《ほ》えていたかを。九郎が体験したであろう狂気の数々を。そして、デモンベインなくして立ち向かうことなどできない事実を——。今ならアルの話も理解できる。デモンベインは戦うために生まれてきた存在であり、戦うからには傷つきもするし壊《こわ》れもする。ブラックロッジの魔術師を相手にするとなれば、なおさらである。

「痛かったわよ、大十字九郎！　アナタにはおしおきが必要ね！」

ティベリウスは腐敗《ふはい》した顔に憤怒《ふんぬ》の表情を浮《う》かべると、鬼械神・ベルゼビュートへと吸いこまれていく。ベルゼビュートの巨大《きょだい》な手が、振り上げられた。

「チッ……。もう、メチャクチャだっ」

九郎は叫《さけ》ぶと、瑠璃を抱きかかえて空へと舞《ま》い上がる。ベルゼビュートが部屋に大穴を空けたおかげで、逃《に》げ出《だ》すのは容易だった。

腕《うで》で支えられているので落ちる心配はなかったが、空など飛んだことがない瑠璃は反射的に九郎の体にしがみつく。そのとき、瑠璃は妙《みょう》に懐《なつ》かしい気持ちになっていた。生死に関《かか》わる緊《きん》急時《きゅうじ》の中にあって、包まれるような安心感……。だが、それも一瞬《いっしゅん》のことだった。

九郎が呻《うめ》いたかと思うと、急激に高度が落ちていく。翼《つばさ》が何度も羽ばたいていたが、その速度は緩《ゆる》まることなく、地面が急速に近づいていた。翼の羽ばたきは激しさを増し、生み出された突風《とっぷう》で落下速度は落ちていくが、それでも激突《げきとつ》は免《まぬが》れそうもなく、瑠璃は九郎に抱きかかえられたまま地面へと落ちていた。激しい衝撃《しょうげき》が彼女の体に襲《おそ》いかかってはきたが、九郎がクッションの代わりになってくれたせいか外傷はなかった。

「悪《わり》ぃな。ちょっとしくじった」

九郎は真っ青な顔に自嘲《じちょう》の笑《え》みを浮かべると、瑠璃と一緒《いっしょ》に自分の体を引き起こした。

瑠璃が九郎の体に回していた手を外したときだ。彼女はぬめるような感覚と、自分の手が真っ赤に染まっていることに気がついた。

「傷口が開きおったか！　だから無茶はできんと言うたのに！」

「ああ、さすがに意識が遠のいたぜ。もう少しで姫《ひめ》さんと一緒にあの世行きだったな」

「呑気《のんき》なことを！　これ以上の出血は、いかに魔術師とて死に至る」

「そうは言っても、向こうは許しちゃくれねえだろ？」

ベルゼビュートへと目を向けながら、九郎は吐《は》き捨てる。

「ま、まだ戦おうとしているのですか？　大十字さん！」

「すまねぇな……。またデモンベインを貸してもらう」

「そ、そんなことを言ってる場合ではありません！　この場は逃げるのですっ！」

瑠璃が訴《うった》えるが、九郎は首を縦に振《ふ》ろうとはしなかった。

「このままじゃ、俺の気がすまねぇ」

「そんなくだらん理由で無茶をするな。小娘《こむすめ》の言うとおり、ここは退《ひ》くのだ」

「冗談《じょうだん》じゃねえ。あんなイカれた野郎《やろう》を放置しておけるかっ！」

そう言うと、九郎は瑠璃の頭に手をのせた。

「それに、ここで逃げ出したら後味悪ぃじゃねーか。もう、後悔《こうかい》するのは嫌《いや》なんだ」

「そ、そんな。駄目《だめ》です！　だって、血がっ！　こんなに血が出ているのですよっ！」

「死なねぇよ」

九郎は瑠璃の頭をなでると、バルザイの偃月刀を杖《つえ》の代わりにして立ち上がった。

そのとき瑠璃は、なぜ自分が懐かしい気持ちになったのかを正しく理解した。九郎の手は、祖父・鋼造の手の温《ぬく》もりと似ているのだ。喜び、怒《いか》り、悲《かな》しみ……そのすべてを受け止めるような、そんな温もりに満ちた手をしていた。

両親の葬儀《そうぎ》の日。すべてが終わったあとで、瑠璃は祖父に訊《たず》ねていた。

『なんで……こんな酷《ひど》いことが許されるのですか⁉ 神様は、この世にいないのですか⁉』

それは無力だった瑠璃がありったけの力でぶつけた、無垢《むく》で、痛切で、ちっぽけな憎悪《ぞうお》の言葉。鋼造は、その憎悪も受け止めていた。そして黙《だま》って瑠璃の頭をなでたのだ。節くれだった、だけれども大きく、暖かな掌《てのひら》で。九郎の掌の温もりは、そんな祖父と似ているのだ。

あのとき鋼造が言った言葉を、今も瑠璃は鮮明《せんめい》に思い出せる。

『瑠璃……確かに世界は邪悪《じゃあく》に犯されているのかもしれない。けれど、その邪悪を憎《にく》む正義もまた、確実に存在するのだよ』

だがそれは、人の心の奥で眠《ねむ》る、小さく、無力な正義に過ぎないことも彼は知っていた。

しかしその正義が目覚める日が、誰《だれ》かがその手に穢《けが》れなき剣《けん》を執《と》り、邪悪を討《う》ち滅《ほろ》ぼす日がやってくるに違《ちが》いないとも信じていたのだ。だからこそその願いをこめ、鋼造は鋼《はがね》の巨人《きょじん》にあの名をつけたのである。『デモンベイン』と。

『大十字九郎。アンタだけは許さないわよ。もう、ケチョンケチョンにしてやるんだから☆』

ベルゼビュートが巨体《きょたい》を揺《ゆ》らしながら近づいてくる。

「アル！　やるしかねぇ」

だが決意に反して肉体がついていかないらしく、九郎は片膝《かたひざ》をつき、忌々《いまいま》しげにベルゼビュートの姿を見上げていた。

『そこでジッとしてなさいよ。今、ペチャンコにしてあげるワ♪』

ベルゼビュートの両腕《りょううで》が高々と振り上げられる。

「九郎。まずい、逃げろっ！」

「く、くそ……」

「だ、大十字さんっ！　早くっ！」

瑠璃は悲鳴に近い叫びを上げるが、なぜかベルゼビュートの腕が振り下ろされる気配はない。

九郎とアルも、その異変に気がついた。戦ってもいないのに、なぜかベルゼビュートはもがき苦しむような動きを見せていたのである。

『大導師様⁉　ふざけないでよ！　ここまでされて黙って引き下がれと……！　この餓鬼《がき》はアタシがこの手で……』

怒気《どき》をはらんだティベリウスの声。だが、それも長くは続かない。

『はははははハイィィィィィ！　も、申し訳ございませんっ！　お許しを！　お許しをっ！』

ティベリウスの声は懇願《こんがん》へと変わり、それに呼応するかのようにベルゼビュートの影《かげ》が円形に拡大していく。機体は速《すみ》やかに影にのみこまれ、その姿を消し去った。あっという間の出来事で、この場にいる全員、まるで状況《じょうきょう》を理解できない。

「なにがどうなっておる⁉」

アルは困惑《こんわく》していた。それは瑠璃と九郎とて同じである。

「大導師がどうのこうのと言ってましたが、それと関係あるのでしょうか？」

「よくわかんねーけど、とりあえずの脅威《きょうい》は去ったわけだ……」

九郎がホッとした顔をしたときだ。彼の体はゆっくりと前に傾《かたむ》き、地面へと沈《しず》んだ。

「大十字さん！　しっかりしてくださいまし！」

瑠璃の悲痛な叫《さけ》びが周囲に木霊《こだま》した。

＋

九郎は深い深い深淵《しんえん》のごとき夢の淵《ふち》にいた。

体は質量をなくしたかのように軽く、夢見心地《ごこち》という言葉がしっくりくるような居心地の良さである。心身ともに傷が深く、あまりにも疲《つか》れていたせいか、よけいにそう感じるのかもしれない。死んでいるのかもしれないと思うほど、あらゆるしがらみから彼は解放されていた。

そんな中で九郎は夢を見ていた。久しく見ることがなかった夢である。

アーカムシティに隣接《りんせつ》する片田舎《かたいなか》に住んでいた九郎にその手紙が届いたのは、彼が十八歳の時だった。両親を失い、頼《たよ》れる親類もなく、天涯孤独《てんがいこどく》の身となった彼が途方《とほう》に暮れていた時のことである。手紙の差出人はミスカトニック大学の学長で、大学が提示する条件を受け入れるなら奨学生として迎え入れようという内容だった。さらには奨学金《しょうがくきん》として学費の免除《めんじょ》はもちろん、最低限の生活費も支給するとも書かれていた。絶望しかけていた彼にとっては破格の好条件であり、断る理由などどこにも見当たらなかったが、疑問が残ったのも事実である。

なぜ天下のミスカトニック大学が片田舎に住む自分を好待遇《こうたいぐう》で迎《むか》え入れるのか、九郎はまるで理解できずにいた。両親がミスカトニック大学と縁《えん》があったわけではなく、しいて言うなら大学が提示した条件だけである。それは『学科は陰秘学科であること。ただし登録上の専攻《せんこう》は考古学とし、陰秘学科に関するあらゆることは他言無用』というものだった。

九郎はオカルトかぶれの父親の影響《えいきょう》で、幼い頃《ころ》から神話や黒魔術《くろまじゅつ》に関する本に慣れ親しんでいたのである。とは言え、それは趣味《しゅみ》の域を出ず、母親が呆《あき》れる類《たぐい》のものでしかなかったのだが――。

多少なりともオカルトに通じていることをミスカトニックの関係者が聞きつけたのかどうかは定かではなかったが、九郎に断る理由は何一つなかった。あとで知った話だが、この一件はミスカトニック大学の関係者によるものではなく、ある人物の支援《しえん》によるものだった。だがその『あしながおじさん』の正体については、誰も教えてはくれなかった。九郎は九郎で挫折《ざせつ》し、たった二年で『あしながおじさん』の期待に背《そむ》いていたのだが……。

(俺、うぬぼれてたからなぁ)

夢の中にありながら、九郎は苦笑《くしょう》を禁じ得なかった。

陰秘学科で教えるのは魔術《まじゅつ》である。世界の真理に到達《とうたつ》するための、世界を手中に収めるための、森羅万象《しんらばんしょう》の法則を暴《あば》き、神の領域に立つための理論である。

あのとき九郎は神にでもなった気分でいた。ミスカトニック大学に入学してからの九郎は、順風満帆《じゅんぷうまんぱん》だった。オカルトの知識があったせいか講義は意外にすんなりと理解でき、実際、筋も良かったのである。あらゆる外道《げどう》の知識を吸収し続けた彼の位階《クラス》は順調に上がり、秘密図書館の利用も間近に迫《せま》っていた。秘密図書館。世界中の、ありとあらゆる魔導書が収められた禁断の間。図書館の利用が認められれば『書』に触《ふ》れることができる。そして、いずれは自らの『書』を手に入れ、九郎は本物の魔術師《まじゅつし》となるはずだった。本人も、そして彼の恩師・アーミティッジもそれを願い、そしてそれを疑うこともしなかった。だが九郎が抱《いだ》いたなんの根拠《こんきょ》もないエリート意識は、決定的な悲劇を生み出してしまう。

初めて秘密図書館で魔導書の閲覧《えつらん》を許された日。九郎は出会ってしまったのだ。あの怪異《かいい》に。それは秘密図書館に忍《しの》びこんでいたウィルバー・ウェイトリイであり、後に『ダンウィッチの怪』として世間を震撼《しんかん》させる事件の一部である。ウィルバー・ウェイトリイはアーカムシティの北部にある閉《と》ざされた村・ダンウィッチに住むウェイトリイ家の人間であり、魔導書《ネクロノミコン》の閲覧を求めてアーミティッジの下を何度となく訪《おとず》れていた。彼が魔導書でなにを行おうとしていたのかまでは判《わか》らなかったが、アーミティッジの断固とした拒否《きょひ》の姿勢から、良からぬことが行われるのだろうという予想はできた。だがまさか、ウィルバーが怪異となって自分の目の前に現れるとは想像もしなかった九郎である。

あの瞬間《しゅんかん》、九郎の心は砕《くだ》け散った。無邪気《むじゃき》に憧《あこが》れていた神の領域。その正体を知った九郎は、自分がいかに自惚《うぬぼ》れていたかを思い知らされたのだ。その後、自分がどうなったのか記憶《きおく》には残ってないが、ただ一つだけ強く心に刻みこまれたことがある。ウィルバーに襲《おそ》われたあのとき、九郎は別の怪異にも遭遇《そうぐう》していた。気を失う間際《まぎわ》にあって、彼は確かに目に、そして耳にしていた。竜巻《たつまき》のように魔導書の紙片が舞《ま》う中、その声は間違《まちが》いなく聞こえてきたのである。

『……まだ早い。まだ出逢《であ》うには早い。時が来れば、我等は必ず巡り逢う。

だが、今はまだだ！　まだなのだ！

今はまだ外道の知識を操《あやつ》る術が、理不尽《りふじん》どもと戦う力が、来《きた》るべき運命に抗《あらが》う意志がないのだ、九郎！』

九郎が病院で目を覚ましたとき、すべては終わっていた。彼が大学を辞《や》める決意をしたのは、それからすぐの話である。当然、アーミティッジは思い止《とど》まるように説得したが、彼の決意は変わらなかった。あのような理不尽な世界では生きていけなかったし、知識を身につける気にもならなかったのである。九郎の訴《うった》えをアーミティッジは神妙《しんみょう》な面持《おもも》ちで受け入れた。

だが大学を去る彼に、アーミティッジはこう言ったのである。

『おまえのような人間は、いつか必ずこういうものに立ち向かう時が来ると思うのだ。自分でも気づいていないかもしれんがね』

今にして思えば、それは予言だったのかもしれない。

『おまえは見てしまったものを見て見ぬふりをしてやり過ごせるほど器用な人間ではないよ』

九郎は思わず苦笑してしまう。

(不吉《ふきつ》なことを言ってくれるじゃないか……。もう、あんな世界はご免《めん》だったんだけどなぁ)

だが九郎は戻《もど》ってきた。予言どおり、見て見ぬふりができなかったからだ。マスターテリオン、そしてブラックロッジの暴挙は止めなければならない。そう、九郎は見てしまった。マスターテリオンの、あの笑《え》みを。魂《たましい》に焼きついてしまったのだ。あの狂《くる》った嘲笑《ちょうしょう》が。

それにこれ以上、後味の悪い思いをするのも嫌《いや》だった。すべてを放棄《ほうき》して大学から逃《に》げ出した弱い自分と決別するために、そして、心に住み着いた忌《い》まわしき過去と決別するために——。

(だから、こんなところで眠《ねむ》っている場合じゃない)

九郎の意識は、緩《ゆる》やかに回復していった。

＋

九郎は見知らぬ部屋で寝《ね》かされていた。

白い壁《かべ》、白い天井《てんじょう》、白いシーツと、白一色で埋《う》め尽《つ》くされたその部屋が病室であると気づくまで、そう長くはかからなかった。

「気がついたか？」

ふと横を見ると、そこにはアルの姿があった。いつも小生意気な態度で挑《いど》んでくる彼女にしては珍《めずら》しく、不安げな表情である。

「いたのか……」

「魔導書が術者と離《はな》れるわけにはいくまいて。魔導書を置き去りにする術者はいるがな」

アルは苦笑し、つられるように九郎も苦笑いをする。

九郎は上半身を起こした。体の節々が鈍《にぶ》く痛む。まるで油が切れてしまったかのように、関節が軋《きし》むような音を立てていた。かなり長い間、同じ体勢を維持《いじ》していたのだろう。

そのとき九郎は気がついた。彼のベッドにつっぷして眠っている瑠璃の姿に。

九郎が目でアルに問うと、彼女は肩《かた》をすくめた。

「どういうつもりかは知らぬがな。ずっと汝《なれ》の看病をしていたぞ」

「どれくらい寝てた？」

「丸二日ほどか。一時は本当に危険だったのだぞ？　簡単には死なせてもらえぬというわけだ」

「不吉なことを言うなよ」

九郎とアルの会話で目を覚ましたのか、瑠璃が身動《みじろ》ぎをする。彼女は緩慢《かんまん》な仕草で上体を起こすと、赤く腫《は》れぼったい目を手の甲《こう》でこすりながら九郎へと目を向けた。しばらく瑠璃は彼の姿をボーっと見つめていたのだが、不意に目を瞬《しばた》かせた。

「だ、大十字さん。気がついたのですか？　体は？　体は大丈夫《だいじょうぶ》ですか⁉」

矢継《やつ》ぎ早《ばや》に質問をぶつけてくる瑠璃に対し、九郎は苦笑《くしょう》しながら「大丈夫だ」と応《こた》えた。放《ほう》っておくと、つかみかかってくる勢いだったからだ。

「あの……ありがとうございました。貴方《あなた》に助けていただかなければ、今ごろわたくしは――」

ティベリウスに襲《おそ》われたときのことを思い出したのだろう。瑠璃は自分の体を抱《だ》きしめながら身震《みぶる》いをした。九郎も助けることができて良かったと思う。彼女がティベリウスに嬲《なぶ》られたかもしれないと思うだけで、ひどい不快感を覚えるし、怒《いか》りは沸点《ふってん》に達する。

「わたくし、あれからいろいろと考えました。大十字さんのこと、ブラックロッジのこと、デモンベインのこと……。そして、一つの結論に至ったのです」

神妙な顔で見つめられた九郎は、思わず気を引き締《し》めてしまう。

「大十字さん。デモンベインは、まだしばらく貴方に預けておきたいなと」

九郎は思わず「えっ⁉」とつぶやいた。

「貴方のような人を、お爺《じい》様は求めていたのかもしれない。小さな、だけど確かにある正義を信じて魔《ま》を断つ剣《けん》を振《ふ》るう者——それが貴方なのかもしれないと」

「そりゃちょっと買いかぶりすぎのような気も」

だが瑠璃は確信しているのか、首を横に振った。

「大十字さん、デモンベインをよろしくお願いいたします」

困惑《こんわく》した九郎はアルへと目を向けるが、アルはアルで珍しいモノでも見つめるかのような目をしていた。だが、せっかくの申し出である。九郎の返事は決まっていた。

「不肖《ふしょう》、大十字九郎！　全力をつくさせてもらいますッ！」

「ふん。最初から謙虚《けんきょ》な態度でいれば良かったのだ。目先しか見えない、人間の小娘《こむすめ》が」

アルの挑発《ちょうはつ》に、さっそく瑠璃のこめかみに青筋が浮《う》かび上がる。

「貴女《あなた》は本当に不愉快《ふゆかい》な女ですわね！」

「汝ほどではないがな」

彼女たちは視殺戦に入り、互《たが》いに指の骨を鳴らしている。この場で白黒つける気でいるのか、二人はやる気満々だった。だが彼女たちは失念していた。ここが病室であることを……。
その後、低レベルな肉弾戦《にくだんせん》が始まり、結局は両者ノックアウトで決着はつかなかったのだが、
それによって九郎の退院日が一日ずれたのは語られることのない歴史の一つである。

＋

アウグストゥスは玉座に座るマスターテリオンに詰《つ》め寄っていた。

彼は気だるい表情で前髪《まえがみ》をもてあそびながら、どこかを見つめている。足下《あしもと》には彼の魔導書・ナコト写本の精であるエセルドレーダがかしずき、足に頰《ほお》を擦《す》り寄せている。一見、か弱い少女のようにしか見えないエセルドレーダだが、魔導書としての力はアル・アジフと同程度である。

「大導師。私の話、聞いておられますか？」

「ん？　なにがだ？」

アウグストゥスに目も向けず、退屈《たいくつ》げに彼は口を開いた。

「ティベリウスの件です！　何故、引き上げさせたのです？　大十字九郎と覇道瑠璃を抹殺《まっさつ》し、アル・アジフを手に入れる絶好の好機だったはず。何故です⁉」

「大きな声を出さずとも聞こえている」

「では、今一度お訊きします。何故、ティベリウスを引き上げさせたのですか？」

「あれは言うなれば遊びだ。目くじらを立てるほどのことでもない」

「あ、遊び、ですか？」

アウグストゥスは目を見開いた。そのような答えが返ってくるとは思わなかったからである。

「……大導師」

「アウグストゥス、そう怖《こわ》い顔をするな」

「大十字九郎とアル・アジフの件ですが、今からでも遅《おそ》くはありません。一気に叩《たた》くべきです」

「それでは簡単に片がついてしまうではないか。余の興を削《そ》いでくれるな、アウグストゥス」

アウグストゥスは二の句が継《つ》げないでいた。

マスターテリオンの思惑《おもわく》は、アウグストゥスには計り知れない。合理主義者である彼にとっては、なおさらである。アルの回収にウェストを起用したことにも疑問があるし、マスターテリオンが直々に出向いたときもそうだ。覇道邸襲撃《ていしゅうげき》に関しても納得《なっとく》してはいない。アウグストゥスにとって、九郎と瑠璃の抹殺など造作もないことなのだ。アルの回収も同様である。なぜそれをしないのか理解不能であり、マスターテリオンへの不信感へとつながりつつあった。

「余の頭たちには、やってもらうことがある」

「……と、おっしゃいますと？」

「C計画」

その言葉を耳にした瞬間《しゅんかん》、アウグストゥスは驚愕《きょうがく》する。

「確かに星の位置は迫《せま》ってはおりますが……。遂《つい》に動き出すのですか？」

「貴公等も忙《いそが》しくなってくるぞ。ウェスパシアヌスに仕事を急がせろ。例のもう一冊はアル・アジフ以上に重要やも知れぬ。他の者も自己の鍛錬《たんれん》を絶やさぬようにな」

「御意《ぎょい》！」

アウグストゥスは高ぶる感情を抑《おさ》えつけながら、マスターテリオンへと一礼した。

第五章　哀哭《あいこく》せよ。所詮、我等は神ならざる身

ウェスパシアヌス

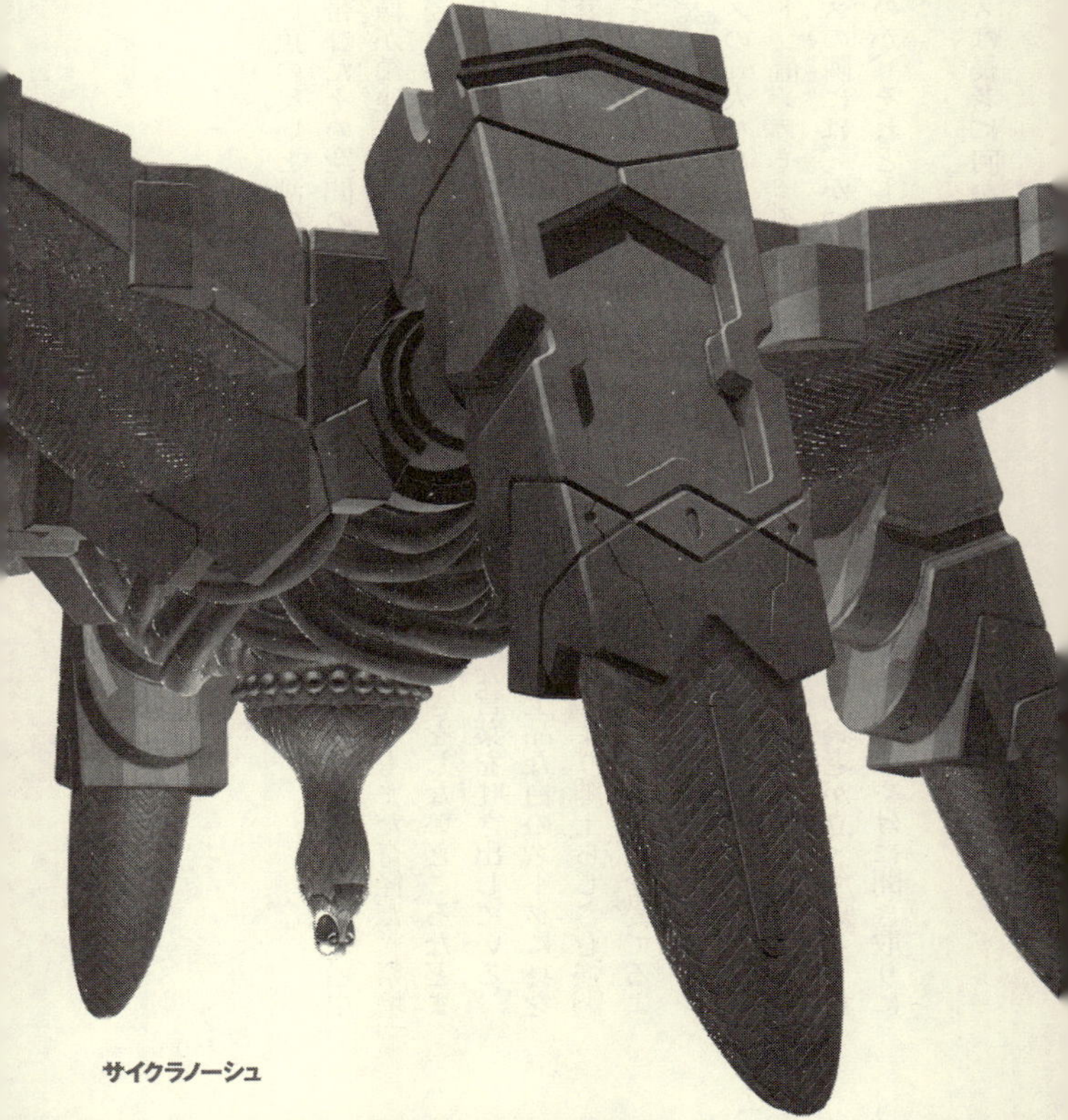

サイクラノーシュ

祭壇《さいだん》の間は生臭《なまぐさ》い魚の臭《にお》いと潮《しお》の臭いで満ちていた。

暗く、湿《しめ》り気を帯びたその空間の中心部には祭壇があり、それを見下ろすように巨大《きよだい》な船虫にも似た奇妙《きみよう》な彫像《ちようぞう》が鎮座《ちんざ》している。そして、それを崇拝《すうはい》する者たちの姿もまた奇怪《きかい》だ。祭壇の前で蠢《うごめ》く彼らの姿は半魚人と呼ぶに相応《ふさわ》しく、目は丸く膨《ふく》らみ、瞬《まばた》きをしないところなどまさに魚眼である。彼らは数人の女を嬲《なぶ》りながら、呪文《じゆもん》にも似た奇妙な言葉を吐《は》き出している。

そんなおぞましい光景を、にこやかな表情で眺《なが》めている男がいた。上品な白のスーツに身を包み、その上に外套《がいとう》をまとった中年の紳士《しんし》である。か細いステッキが、より紳士らしさを強調しているが、およそこの場に似つかわしくない人物ではある。彼は調えられた顎髭《あごひげ》を愛《め》でるようになでながら、穏《おだ》やかな笑《え》みを浮《う》かべていた。彼の名はウェスパシアヌス。ブラックロッジが誇《ほこ》るアンチクロスの一人である。

「オマエノ言ウコト　信ジテモ　イイノダナ？」

ウェスパシアヌスの隣《となり》には、かつては人間だったと思われる半魚人の長老が立っている。声帯が退化しているのか、それとも別の発声器官を使っているのか、彼の声はやけに聞き取りにくい。

ウェスパシアヌスは長老に向かってニッコリと笑みを浮かべる。

「もちろん。もちろんだとも。我々の研究は完全だとも。大船に乗ったつもりでいたまえ……と言いたいところだが、船がなくとも溺《おぼ》れもしないか。貴方《あなた》方は」

「シカシ　ナゼ陸ノ人間ガ　ワレワレニ加担スル？　何ノツモリダ？」

「それは、とてもとても単純な理由だよ。我々が信じる神もまた、貴方《あなた》方が信じる神と同じなのだ。そうだ。そうだとも。我々は姿こそ違《ちが》えど、同胞《どうほう》なのだよ。解るかな？」

「…………」

「仮にだ。仮に我々がなにかを企《たくら》んでいたとして、なにか不都合なことでも？　あなた方は自らの領地を取り戻《もど》し、我々は魔術師《まじゅつし》としての位階《クラス》を上げることができる。お互《たが》いのためなのだよ、同志」

　ウェスパシアヌスは諭《さと》すような口調で長老に語りかけ、肩《かた》に手をのせる。それは無二の親友に語りかけるような口調であり、一見、そこに嘘偽《うそいつわ》りはないように見えた。だが、長老は見抜《みぬ》くことができなかった。ウェスパシアヌスの瞳《ひとみ》の奥に隠《かく》れている冷酷《れいこく》なまでの嘲笑《ちょうしょう》を。

「解ッタ　オマエタチヲ　信ジヨウ」

　ウェスパシアヌスは喜色満面の笑みを浮かべると、「それは良かった」と何度も繰《く》り返した。

「いや、喜ばしい。実に喜ばしい。大丈夫《だいじょうぶ》、大丈夫だとも。期待は裏切らんよ。我々に任せたまえ」

　ウェスパシアヌスは手を差しのばすと、半ば強引《ごういん》に長老の手を取って握手《あくしゅ》を交《か》わした。

（しょせんは魚か。しかし、自らが崇《あが》める神の犠牲《ぎせい》となるのだから、不満はあるまい？）

＋

アーカムシティの上空には、信じられないくらいの青空が広がっていた。

空には雲一つなく、ギラギラと輝《かがや》く真夏の陽光は、むき出しの肌《はだ》に痛いほど突《つ》き刺《さ》さってくる。まだ午前十時だというのに気温は四十度を超《こ》え、アスファルトの上では陽炎《かげろう》すら立ち上るほどだ。

そんな炎天下《えんてんか》の中、九郎とアルはバス停の前で並んで突っ立っていた。

「暑い……。っていうか、マジで死ぬ」

九郎は滝《たき》のような汗《あせ》を流しながら、呆然《ぼうぜん》とつぶやいた。一方のアルは、九郎とは正反対である。彼女は汗一つかかず、涼《すず》しげな表情を崩《くず》しもしない。おそらくは魔術《まじゅつ》で涼《りょう》を得ているのだろう。

「ここで間違《まちが》いないのだろうな？」

「ハモンド薬局アーカム支店前って、ここだろ？」

バス停の側《そば》には、全米でチェーン展開している薬局があった。安さだけが売りの小売店である。

「時刻表にも『インスマウス経由ニューベリーポート行き』ってあるし、間違いない」

「ふむ。小娘《こむすめ》にたばかられたわけでもなさそうだな」

そんなことを話している間に、やたらと老朽化《ろうきゅうか》したバスが接近してくるのが見えた。

「まさかとは思うが、あれではあるまいな？」

そのまさかである。走る奇跡《きせき》とも言うべきバスはバス停の前に停《と》まると、ドアを開けた。

「ちっ。小娘め、せこい真似《まね》をしおる」

「おまえさえいなけりゃエアコン完備の豪華《ごうか》なバスだっただろうに……」

「む？　それはどういう意味だ？」

九郎はアルの問いには答えないままバスに乗りこむと、運転手に二人分の運賃を手渡《てわた》して後部座席に腰《こし》を下ろした。車内には九郎とアル以外の客はいなかった。当然、エアコンは完備されておらず、車内は蒸《む》し風呂《ぶろ》状態である。加えて魚の生臭い臭いが充満《じゅうまん》していた。魚でも積んでいるのではないかと疑ってしまうほどだが、発生源は運転手のジョー・サージェントにあった。乗車賃を手渡すときに漂《ただよ》ってきた臭気《しゅうき》は、鼻が曲がりそうなほど強烈《きょうれつ》なものだったのである。行き先であるインスマウスが港町であることを考えれば合点《がてん》がいくような気もしたが、だとしても強烈すぎた。

そもそも九郎がバスに乗って出かけることになったのには理由がある。先日、覇道邸《てい》で起きた一件で瀕死《ひんし》の重傷を負った彼の苦労を労《ねぎら》うために、瑠璃が提案した企画《きかく》がこれだった。覇道が経営するリゾートホテルがインスマウスにあり、温泉にでもつかりながら疲《つか》れを癒《いや》してみてはという彼女の配慮《はいりょ》だ。とは言え、送迎《そうげい》バスの悲惨《ひさん》さはどうだろうと首をかしげずにはいられない九郎であった。

バスはひどくゆっくりと発車した。

舗装《ほそう》された道路を進んでいるにもかかわらず上下左右に激しく揺《ゆ》れ、ホテルで癒される前に車酔《くるまよ》いでノックアウトされてしまいそうだったが、とりあえずは順調にインスマウスへと向かっていた。熱気と魚の臭《にお》いはあいかわらずだったが、窓から入ってくる風はそれなりに心地《ここち》よく、リゾート地へと向かっているのだという実感がわいてくる。しかも今回は接待だった。言うことなしである。

都心部を離《はな》れてすぐ、海が見えてきた。陽光を受けて宝石のような煌《きら》めきを見せるマリンブルーの海を眺《なが》めているだけで九郎の心は弾《はず》む。それはアルも同じらしく、不気味なほどにやけている。

ただ気になるのは、沖合《おきあい》で見え隠れしている岩礁《がんしょう》の存在である。それは巨大《きょだい》な岩の塊《かたまり》で、『悪魔《あくま》の暗礁《あんしょう》』と呼ばれていることを九郎は知っていた。彼はそこから漠然《ばくぜん》とした不安を感じてはいたが、悪魔の暗礁に関《かか》わる奇妙《きみょう》な噂《うわさ》のせいだと考えて気にしないことにした。

覇道財閥《ざいばつ》が経営しているリゾートホテル『ギルマン・ハウス』は、インスマウスで最大級の大きさと部屋数を誇《ほこ》る巨大なホテルである。リーズナブルな部屋から目玉が飛び出るほど高額なスウィートルームまで、客のニーズに幅広《はばひろ》く対応したそのホテルは、旅行客の大半が利用する名所である。レストランやバー、アミューズメント関係の施設《しせつ》も充実しているせいか、宿泊《しゅくはく》目的の客も多い。

バスを降りた九郎とアルは羽を伸《の》ばしきっていた。抑圧《よくあつ》され、緊張《きんちょう》しきっていた日常から解放されたせいか、体は空に舞《ま》い上がりそうなほどである。

だが意気揚々《ようよう》とエントランスへと向かった九郎とアルは、その場に相応《ふさわ》しくない騒動《そうどう》に出くわしていた。プラカードを持った地元住民とホテルのガードマンが押し問答をしていたのである。プラカードには『新規リゾート計画断固反対！』や『自然を破壊《はかい》する覇道財閥の横暴を許すな！』やら『覇道はインスマウスから出て行け！』など、リゾート地にありがちな対立が行われていた。それだけなら九郎も特に気にもしなかったのだが、彼らが放っている空気は、かなり異様である。

（あの姿のせいか？）

丸く大きな目に張り出したエラ、極端《きょくたん》に小さな耳、肌はつぎはぎしたかのような斑《まだら》模様をしており、鮫肌《さめはだ》である。人間と魚をかけ合わせたような容姿はインスマウス面《づら》と呼ばれ、インスマウスの住民のみに現れる特徴《とくちょう》だった。しかも、そろいもそろって猫背《ねこぜ》である。不思議なことに、特徴であるインスマウス面は大人のみに現れ、子供のころはごく普通《ふつう》の顔をしているのだ。

歳《とし》を重ねることで徐々《じょじょ》に容姿に変化が現れ、やがてインスマウス面になっていくのである。インスマウスの住民は近親婚《きんしんこん》が多く、みな似たような姿になるのだと九郎は聞いたことがあった。よく考えてみるとジョー・サージェントも彼らと同じ姿をしており、陰鬱《いんうつ》で暗い気配を漂わせていた。そう。彼らからは向こう側の臭いが感じられた。

「いかんいかん。今日の俺はリゾートライフを満喫《まんきつ》するのだ！」

九郎は邪念《じゃねん》を振《ふ》り払《はら》うかのように首を左右に振ると、駆《か》け足《あし》でロビーへと向かった。

＋

その日、九郎は極楽浄土《ごくらくじょうど》という世界を知った。

日中は思う存分、海水浴を楽しみ、夜は夜で瑠璃がセッティングした宴会場《えんかいじょう》で飲めや歌えやの大騒《おおさわ》ぎである。宴会に参加したのは九郎とアル、瑠璃を中心とした覇道財閥の面々だ。この日ばかりは無礼講で、まさにどんちゃん騒《さわ》ぎである。

「ささ、大十字さん、グイッといってくださいな」

瑠璃は九郎が手にしているグラスにビールを注《つ》いだ。

「おっ、こりゃどーも」

九郎は一気にビールを飲み干すが、そこへ間髪《かんぱつ》をいれず酒が注ぎこまれていく。

「小娘《こむすめ》。妾《わらわ》にも酌《しゃく》をせぬか」

「なぜわたくしが酌をしなければいけないのかしら？　そもそも、貴女を呼んだ覚えなどないのですが!?」

瑠璃の目が挑発的《ちょうはつ》な色彩《しきさい》を帯びるが、それは一瞬《いっしゅん》のことだ。すぐに彼女はにこやかな表情をすると、ビール瓶《びん》を手に九郎へと寄り添《そ》った。

「大十字さんは、どんどん飲んでくださいな」

言われるまでもなく、九郎は浴びるほど酒を飲んで――いや、飲まされていた。

「おのれ小娘、下手に出ておれば生意気な……」

アルはウィンフィールドに注がせた酒を飲みながらぼやくが、酒と料理には満足しているらしく、暴れ出すことはなかった。

やがて九郎はいい感じで酔《よ》っぱらい、あいかわらずアルと瑠璃はいがみ合っていたが、酒が回ると肩《かた》を組みながら協調姿勢をみせていた。唯一《ゆいいつ》、ウィンフィールドだけは平静で、皆《みな》の様子を眺めながら満足げに微笑《ほほえ》んでいる。

それから数時間が経過し、宴会場が混沌《こんとん》としてきたころ、九郎は一人会場を抜《ぬ》け出していた。

「疲《つか》れた……。激しく疲れた」

血液がアルコールに変わるほど酒をあおっていたせいもあるが、アルにけなされ、瑠璃にもてあそばれ、心身ともに疲弊《ひへい》していたのが直接の原因である。

（あいつらとは二度と飲まん）

そう心に誓《ちか》った九郎は、酔いを覚ますべく露天風呂《ろてんぶろ》へと足を運んでいた。疲れを癒《いや》すには湯船につかるのが一番であり、彼が今回の旅行で楽しみにしていたものの一つがこれである。

露天風呂は、とてつもなく広かった。すでに風呂というレベルではなく、プールのような広さである。霧《きり》のように立ち上った湯気と鼻孔《びこう》をくすぐる硫黄臭《いおうしゆう》が温泉であることを物語っていた。

深夜に近いせいか、見たところ客は一人もいない。貸し切り状態である。

「贅沢《ぜいたく》すぎる……」

九郎はボソリとつぶやくと、湯船につかった。少し熱すぎる感じではあったが、それが今の彼には心地《ここち》よい。体内を駆けめぐっているアルコールが、一気に蒸発していくかのようだった。

「日常を忘れるって、こういうことだよな……」

露天風呂に降り注ぐ朧《おぼろ》げな月光と溢《あふ》れんばかりの星々の姿は、アーカムシティにいては拝めない自然の豊かさを感じさせる。打ち寄せる波の音も耳に優《やさ》しかった。

アーカムシティでの出来事は夢物語ではないかと感じ始めたころ、海側から吹《ふ》いてきた潮風で曇《くも》っていた視界が開けた。

「おや、まあ」

湯煙《ゆけむり》で気づかなかったが、露天風呂には先客がいた。熱燗《あつかん》をかたむけながら夜空を眺《なが》めていたその女性は、意外そうな表情で九郎を見つめてきた。

「おやおや、これは奇遇《きぐう》。九郎君も休暇《きゆうか》かなにかかい？」

親しげに話しかけてくるその女性に、九郎は見覚えがあった。古書店の店主・ナイアである。

彼女の肌《はだ》は湯と酒の影響《えいきょう》かほんのりと赤く、やけに色っぽく見えた。途端《とたん》に九郎の心臓は早鐘《はやがね》のごとく鳴り始め、顔は熱くなる。

ナイアはバスタオルで隠《かく》すこともなく立ち上がると、平然とした表情で九郎の下へと近づいてくる。

「な、ナイアさん。裸《はだか》、裸っ！　見えてるって！　しかもバッチリ！　タオルくらい巻けよっ！」

素《す》っ裸《ぱだか》で近づいてくるナイアの姿に、九郎の酔いは綺麗《きれい》さっぱり吹き飛んでいた。

「風呂場で裸なのは当たり前じゃないか。それに君と僕との仲だろう？」

さも当然のようにナイアは言うと、九郎を背中から抱《だ》きしめた。

「お、おいっ！　当たってる！　当たってるってっ！　背中に柔《やわ》らかいものが二つもっ！　っていうか、なんでナイアさんがここにいるんだ!?　男湯だろ、ここ？」

九郎の動揺《どうよう》は激しく、口調はしどろもどろだ。

「やだな。露天風呂《こ》は入り口は別だけど、混浴じゃないか」

言われてみるとそうだったような気もするが、この状況《じょうきょう》は明らかにまずかった。混浴ということはアルや瑠璃が来る可能性もあるわけで、こんなシーンを目撃《もくげき》されたら市中引き回しの上、打ち首獄門《ごくもん》である。社会的に抹殺《まっさつ》される自分の姿を想像した九郎は、湯船の中で真っ青になっていた。

「ところで九郎君。どうやら相応《ふさわ》しい魔導書《まどうしょ》と巡《めぐ》り逢《あ》ったようじゃないか」

九郎は目をむくと、ナイアから体を引きはがして彼女へと向き直った。

「正直な話、僕は驚《おどろ》いているんだよ。大学《ミスカトニック》を中退した君が、こんなにも順調なんてね」

「ナイアさん、あんたいったい……」

「おっと、警戒《けいかい》しないでほしいな。僕は君が気になって仕方がないんだよ。そう、とてもね」

ナイアは艶《つや》やかな瞳《ひとみ》で九郎を見つめた。強く引きこまれてしまいそうな目に九郎は戦慄《せんりつ》する。

「そう、今回はとてもよい。久々にヒトを欲しいと思ったほどにね」

九郎は思わず身震《みぶる》いをした。異質で異様な気配に鳥肌《とりはだ》が立ち、本能的な恐怖《きょうふ》が呼び覚まされる。

「九郎君、僕のモノにならないか？　もちろんタダでとは言わないよ。君も僕の体を貪《むさぼ》るがよいさ」

ナイアの言葉は果実のごとく甘く淫靡《いんび》で、九郎の思考をとろけさせるほど魅惑《みわく》的な響《ひび》きを持っていた。実際、彼は幻惑《げんわく》され、彼女の豊かな胸元《むなもと》へと吸い寄せられていく。だがそこに顔を埋《うず》め、溺《おぼ》れるのはあまりにも危険すぎた。火遊びですまなくなるのは確実で、二度と自分でいられなくなるような、そんな恐怖すら感じる。九郎は頰《ほお》を手で叩《たた》いて正気を取り戻《もど》すと、身を引いた。

「冗談《じょうだん》だよ、冗談。……いや、それとも違《ちが》うかな？　君を気に入っているのは事実だから。でも今は、君をどうこうするつもりはないよ」

ナイアは苦笑《くしょう》しながら立ち上がると、湯船から上がった。

「邪魔《じゃま》も入りそうだし、先に上がらせてもらうとするよ。君との仲を嫉妬《しっと》されたら面倒《めんどう》だろう？」

ナイアは手を振《ふ》ると、湯煙の中へと姿を消していく。

「なんなんだ、いったい……」

喩《たと》えようもない不安感から解放された九郎は、安堵《あんど》の溜《た》め息をついた。

＋

九郎は呆然《ぼうぜん》と湯船につかり続けていた。

ナイアに精気でも吸われたのか、気力が根こそぎ奪《うば》われている。活力を取り戻すためにも、なにも考えずにジッとしているべきだと九郎は判断していた。

再び湯船の向こう側から人が歩いてくるのが見えた。九郎は警戒するが、すぐに肩《かた》の力を抜《ぬ》く。

「どうした、九郎？　いつにも増して呆《ぼ》けた顔をしておるが？」

現れたのはアルだった。ナイアと違《ちが》ってバスタオルを体に巻きつけてはいるが、結わえた髪《かみ》からは妙《みょう》な色っぽさが漂《ただよ》ってくる。九郎は思わず見とれてしまうが、変な気を起こす前に視線を外した。

「なにやら闇《やみ》の臭《にお》いがするが……。物の怪《け》と戯《たわむ》れておったのか？」

「まさか。けど、そう言えなくもないか」

「ふむ。汝《なれ》も一端《いっぱし》の魔術師《まじゅつし》だ。気を抜くと良からぬモノが近寄ってくる。気をつけるがよい」

アルは湯に体をつけると、九郎の側《そば》まで寄ってきた。

「しかし、こうして静かに湯につかるのも、たまにはよいものだな」

「そうだな」

九郎とアルは、しばし黙《もく》したまま夜空を見つめ続けた。先に口を開いたのはアルである。

「しかし、妙だとは思わぬか？　術者と魔導書が並んで湯につかっておるのだぞ。どこの世界に、そんな術者と魔導書がいようか」

「ここにいる……っていうか妙なのはおまえだけで、俺まで一緒《いっしょ》にすんな」

「妾《わらわ》は魔導書であり、術者は書として扱《あつか》う。それが当然なのだ。それがどうだ。妾を置き去りにすること数知れず、挙げ句に風呂《ふろ》とは。多くの術者とともに戦ってきたが、汝のような者は初めてだ」

「前の連中がどうであれ、付き合い方を限定する必要なんかないだろ？」

「不思議なものだ。術者と魔導書は互《たが》いに利用するだけの関係にすぎぬのに。これではまるで――」

「まるで戦友みたいなもんか？　いや、悪友？　それとも腐《くさ》れ縁《えん》？」

九郎の言葉にアルの表情が華《はな》やいだ。それは彼女が見せた表情の中で、一番、晴れやかだった。

九郎はアルの姿をまじまじと見つめた。「悪くない」とつぶやきながら嬉々《きき》としている彼女

の姿が、やけにいじらしく思える。気のせいか胸がざわめき、鼓動《こどう》が速まった。

そんな九郎の視線に気づいたアルは胸元を押さえ、いぶかしむような目で彼を見つめ返した。

「よもや妾に欲情したわけではあるまいな？」

その言葉で九郎は現実へと引き戻されたが、彼女に対して得体の知れない複雑な感情を抱《いだ》いている事実にも気がついた。九郎がそれについて詮索《せんさく》を開始したときだ。露天《ろてん》風呂の入り口から、やたらとハイテンションな女性の声が聞こえてきたのは。

「む？　怪異《かいい》より質《たち》の悪い奴《やつ》が来たようだ」

さっそくアルは警戒した。

「気をつけろ、九郎。彼奴《きゃっ》にからまれると事だぞ」

「この状況《じょうきょう》で俺にどうしろと？」

そんなことを話している間に、怪異より恐《おそ》ろしい脅威《きょうい》は姿を現した。瑠璃である。バスタオルで一応、肌《はだ》を隠《かく》してはいたが、歩く度《たび》に普通《ふつう》に見えていた。どうやら酔《よ》いで彼女の羞恥心《しゅうちしん》は綺麗《きれい》に消し飛んでいるようだ。つまり今の彼女に怖《こわ》いものなど何一つないことになる。

「と言うわけで九郎、妾は先に上がらせてもらう」

身の危険を察知したアルは、そそくさと湯船から上がり始める。

「てめえ、自分だけ逃《に》げようとは、どういう了見《りょうけん》だ？」

アルが湯船から這《は》い出るよりも早く、九郎の右手は彼女のバスタオルを握《にぎ》りしめていた。

「む？　九郎、汝……」

「術者を置いていく魔導書がどこにいる！」

九郎はニヤリとすると、問答無用でバスタオルを引っぱった。あっという間にそれは九郎の手に渡《わた》り、そこには産まれたままの姿になったアルだけが取り残された。

「に、にゃー！」

アルは湯船に逆戻《ぎゃくもど》りし、左腕《ひだりうで》で胸を隠しながら右手で九郎の顔面に小さな拳《こぶし》を叩《たた》きこんだ。

「ぐ、ぐふぅ。あんた、いいパンチだぜ……」

九郎とアルが漫才《まんざい》を繰《く》り広げている間に、瑠璃が湯に入ってきた。

「大十字さん。こんなところで魔導書と乳くりあってるとは……。破廉恥《はれんち》すぎます！」

先ほどの宴会《えんかい》の酒がかなり残っているらしく、瑠璃の目は明らかに据《す》わっていた。

「わたくし、大十字さんに見せたいモノがありましたのに」

「別に乳くりあってたわけではなく……」

だが九郎の弁解など、端《はな》から瑠璃の耳には届いてはいないようだ。

「大十字さん、えいっ！」

突然《とつぜん》、瑠璃は手にしたなにかを九郎の頭にかぶせた。

「まあ、大十字さん、似合っていますわ」

瑠璃は目を輝《かがや》かすと、うっとりした表情で九郎の姿を見つめた。

「汝、珍妙《ちんみょう》なモノをかぶらされておるな」

九郎は頭に載《の》せられたモノを目の前へともってきた。それは金のような材質でできた冠《かんむり》だった。冠は楕円形《だえんけい》であり、表面には幾何学《きかがく》模様や海を表現した模様などが浮《う》き彫《ぼ》りにされている。中にはグロテスクな化け物の姿も彫られているが、卓越《たくえつ》した技術と美的センスによって作られたそれは、思わず見惚《みほ》れてしまうほどの魅力《みりょく》と、なにかしら不安にさせるような不気味さを秘《ひ》めていた。

「お爺《じい》様がインスマウスのリゾート化計画に乗り出したとき、見つけたものらしいですわ」

瑠璃は誇《ほこ》らしげに胸を張ってみせた。

「それはインスマウスにある教団『ダゴン秘密教団』が祭事に使うモノだ。彼奴らが目くじらを立てるのも無理はない」

アルは九郎から奪《うば》い返したバスタオルを体に巻きつけながら、神妙《しんみょう》な面持《おもも》ちでつぶやいた。

「良からぬことでも企《くわだ》ててなければよいのだが……」

だが、アルの心配は現実のものとなる。

＋

瑠璃が九郎とアルにあてがった部屋は、明らかに不相応《ふそうおう》なスウィートルームだった。一泊《いっぱく》の宿泊費《しゅくはくひ》が九郎の生活費の数ヶ月分に相当するであろうその部屋は、一日程度の宿泊では機能の大半を使いこなせないまま終わってしまうのは確実である。リビングルームだけでも、ちょっとした小宴会《しょうえんかい》が行えるほどの広さがあるのだ。ホテルは寝《ね》るだけの場だと確信していた九郎にとって、それはイメージを根底から覆《くつがえ》す大事件だった。もっともリビングルームが活用されることはなく、九郎とアルはベッドルームへと直行したのだが。

キングサイズのベッドの端《はし》っこで縮こまり、泥《どろ》のような眠《ねむ》りに就《つ》いていたときだ。九郎の嗅《きゆう》覚《かく》が強烈《きようれつ》な臭気《しゆうき》を感じ取り、聴覚《ちようかく》が地の底から湧《わ》き出してくるかのような声を聞き取った。蓄《ちく》積《せき》された疲労《ひろう》で深い眠りの淵《ふち》にいた彼だが、全身を突《つ》き抜《ぬ》けていく強烈な悪寒で一気に覚醒《かくせい》してしまう。

九郎とアルは同時に跳《は》ね起きた。

すでに明け方が迫《せま》っているようで、カーテンの隙間《すきま》から見える空は白みがかっている。おかげで、すぐさま室内を確認《かくにん》することができた。九郎は慎重《しんちよう》に辺りを見渡《みわた》す。だがベッドルームに異常は見当たらず、邪《よこしま》な気配も感じなかった。

「何事だ⁉」

アルは目をこすりながら、不機嫌《ふきげん》そうにつぶやいた。

異変は、この部屋で起きているわけではないようだ。ホテル全体で発生しているような印象があった。どこかから聞こえてくる呻《うめ》くような耳障《みみざわ》りな声と客の叫声《きようせい》がそれを裏付け、魚が腐《くさ》ったような腐臭《ふしゆう》が犯人を特定させる。辺りは異様な喧噪《けんそう》に包まれ、それは少しずつ拡大していった。

「インスマウスの連中か！」

「ふむ。やはり良からぬことを画策していたようだな」

九郎とアルはうなずき合うと、浴衣姿《ゆかたすがた》のまま部屋を飛び出した。

＋

廊下《ろうか》に出た途端《とたん》、押し寄せてくるような強烈な臭気に九郎の顔は歪《ゆが》んだ。

喧噪はいよいよ激しさを増し、言い知れぬ不安感が九郎の胸中を支配していく。早急に状《じょう》況《きょう》を確認する必要があった。

そのときだ。別の部屋から血相を変えたウィンフィールドが飛び出してきた。

「大十字様、お嬢様《じょうさま》が……」

いつになく慌《あわ》てた様子のウィンフィールドが、九郎の下へと駆《か》けてくる。

「お嬢様が……さらわれました」

ウィンフィールドは苦渋《くじゅう》の表情で伝えた。

「さらわれたって、インスマウスの連中にか!?」

九郎が問うと、ウィンフィールドは神妙な顔でうなずいた。

どうやら彼は、すでに各所と連絡《れんらく》を取り合っていたようだ。スーツを着用していることからも、それと判《わか》る。

「連中の行動に心当たりは？」

「いろいろとありすぎて、どれがそれに該当《がいとう》するのか見当もつきませんが……。大旦那様《おおだんなさま》がインスマウスの開発に乗り出した当初から、彼らは計画に反対し続けているのです。『此処《ここ》は神のおわす土地だ。よそ者は出て行け』と、この一点張りでして。彼らが覇道に少なからぬ恨《うら》みを抱《いだ》いているのは事実なのです」

「姫《ひめ》さんを人質《ひとじち》にして、開発を断念させるつもりとか？」

「いや、そのような単純なことではあるまい。その神とやらが関係していると考えるべきだろう」

アルは胸の前で腕《うで》を組むと、さらに続ける。

「ところで従者よ。小娘《こむすめ》の他《ほか》にも、女子《おなご》がさらわれたのではないか？」

「ええ。宿泊客の何名かが連れ去られているとか」

「ふむ、やはりな」

「アル！　もったいぶってねえで、結論を言ってくれ」

「神への供物《くもつ》であるのは察しがつくであろうが、それ以前に、奴《やつ》らの子を孕《はら》まされるであろうな」

その話に、九郎とウィンフィールドの顔が青ざめる。

「私がついていながら、お嬢様を……。なんたる失態！」

ウィンフィールドは両手に握《にぎ》り拳《こぶし》をつくると、体をわななかせる。

「執事《しつじ》さん、今は悔《く》やんでる場合じゃねえって。アル！」

九郎は魔術師《マギウス》となると、次の瞬間《しゅんかん》には廊下を疾走《しっそう》していた。

九郎とアルがホテルのロビーに着いたとき、インスマウスの住人は奇怪《きかい》な雄叫《おたけ》びを上げながらエントランスから出て行くところだった。概算《がいさん》で約百人ほどだろうか。一見、仮装行列のようにも見えるが、正気ではいられなくなるようなおぞましい光景である。実際、九郎は吐《は》き気を覚えていた。

九郎は臨戦態勢のまま彼らへと目を向けるが、そこに瑠璃の姿はない。

「遅《おそ》かったか……」

だとしても諦《あきら》めるわけにはいかなかった。早急に追いかける必要がある。

「九郎、あれを見よ」

アルが指差した方角へと目をやると、ジョー・サージェントが冠《かんむり》を掲《かか》げながら叫《さけ》び声を上げている姿が確認できた。その姿には知性の欠片《かけら》も感じられない。

「つまり、あれが必要になったわけだ」

「おそらくな」

「あいつらが崇《あが》めるくらいだから、まっとーな神さんじゃないわけだよな？」

「無論、邪神《じゃしん》だ」

「ってことは、つまり……」

「インスマウスはおろか、アーカムシティも焦土《しょうど》と化すであろうな」

九郎は卒倒《そっとう》しかけるが、すぐに立ち直ってジョー・サージェントへと突進《とっしん》していく。彼を絞《しぼ》り上げて瑠璃の行方《ゆくえ》を聞き出そうと考えたのだ。だが、いち早く九郎の行動に気づいたインスマウスの住人が捨て身の突撃《とつげき》を敢行《かんこう》してきた。九郎は飛びついてきた数十人の人間にもみくちゃにされて身動きが取れなくなる。九郎が彼らを蹴散《けち》らしたころにはジョー・サージェントは消えており、全身から生臭《なまぐさ》い臭《にお》いを発する九郎とアルだけが残された。

「あの魚ども、必ずや全員まとめて三枚におろしてくれる……」

アルは呪《のろ》いの言葉を吐き出した。

＋

九郎とアル、ウィンフィールドの三人は、クルーザーに乗って沖合《おきあい》にある無人島へと向かっていた。動きやすさを考慮《こうりょ》して水着を着てはいたが、クルージングではない。インスマウスの住人に連れ去られた瑠璃を保護し、なにかを企《くわだ》てているのであれば、それを叩《たた》き潰《つぶ》すためである。

無人島へと向かうことになったのは、ギルマン・ハウスをあとにしたインスマウスの住人が、次々と海に飛びこんだという情報が入ったからだ。彼らが無人島へと向かったのは泳いでいった方向から判断でき、そこに彼らが祭事に使う神殿《しんでん》があるという事実が決め手となった。

海は時化《しけ》ていた。波は高く、空は分厚い雲に覆《おお》われ、今にも泣き出しそうな嫌《いや》な雰囲気《ふんいき》である。島に近づくにつれて天候はいよいよ不安定になり、否応なく全員の不安感をあおっていく。

「あの島で間違《まちが》いない。忌々《いまいま》しいまでの魚の臭気《しゅうき》、そして闇《やみ》の気配。もはや疑いようもない」

アルは船首で腕を組み、前方に見える無人島をにらみつけている。直径数キロメートルの小さな無人島から漂《ただよ》ってくる臭気は濃密《のうみつ》で、母なる海さえも汚水《おすい》へと変えてしまうほどだ。

(姫《ひめ》さん……無事でいてくれよ)

九郎は逸《はや》る気持ちを強引《ごういん》にねじ伏《ふ》せると、荒波《あらなみ》の向こう側に見え隠《かく》れする無人島へと目をやった。

そこは一見、なんの変哲《へんてつ》もない島である。だがそこから発せられる陰鬱《いんうつ》な気配は、人を拒絶《きょぜつ》するものがあった。覇道財閥《ざいばつ》がリゾート地として開発しなかったのも、そのような理由からだろう。

そのとき、前触《まえぶ》れもなく船体が激しく揺《ゆ》れた。船体が軋《きし》む嫌な音が聞こえてくる。波による揺れではなく、岩礁《がんしょう》にでも乗り上げたかのような衝撃《しょうげき》だった。突然《とつぜん》の出来事に船首のアルはひっくり返り、九郎は尻餅《しりもち》をつく。唯一《ゆいいつ》、転倒《てんとう》を免《まぬが》れたウィンフィールドは舵《かじ》を取るのに必死だった。彼のおかげで転覆《てんぷく》せずにすんだが、クルーザーは信じられないほど傾《かたむ》いている。

「くっ、何事だ!?」

体勢を立て直したアルが吠《ほ》えている間にも、奇妙《きみょう》な揺れは続いている。

「判《わか》りません! なにかに乗り上げたような……」

再び起きた激しい揺れに、ウィンフィールドの話が途切《とぎ》れる。それと同時に、海に何本もの水柱が上がった。海中から勢いよく飛び出してきたそれは、雄叫びのような奇声《きせい》を発しながら甲板《かんぱん》へと着地する。途端《とたん》に辺りは強い臭気で満たされた。

甲板に降り立ったそれは、インスマウス面の人間である。Tシャツにジーンズ姿の者もいれば、漁師のような衣服を身に着けている者もいる。だがそろいもそろって魚に似た顔をしており、瞬《まばた》き一つしない丸く濁《にご》った目が、明らかな敵意と殺意を宿していた。

「さっそく、おいでなすったか」

海面へと目を向けると、何十ものインスマウス面が見て取れた。それはエサに群がる鯉《こい》のようなもので、海面は顔で埋《う》めつくされている。

異変はすぐに起きた。巨大化《きょだいか》しつつあるのか、甲板に立つ住人たちの体が異様なほど盛り上がり始めたのである。着衣が破れるほどに巨大化した彼らの体は、さらに劇的な変容を遂《と》げる。鮫肌《さめはだ》だった皮膚《ひふ》は鱗《うろこ》で覆われ、張っていたエラは本物のエラと化した。指の間には水かきができ、まさに半魚人という風体になったのである。

「此奴《こやつ》らは深きものども《ディープ・ワンズ》の血を引いておる」

それは半人半魚の化け物の総称《そうしょう》である。異種配合を好み、人間と交わって子を遺すことで知られていた。深きものどもと人間の間に生まれた子は、子供のころは人間と同じように過ごし、やがて魚を想起させる風貌《ふうぼう》へと変化していくのだ。そう。インスマウスの住人のように。そして最終的には深きものどもと等しい存在となり、深海に住まう同族の下へと帰るのである。

「話し合いは必要なさそうだ。アルっ！」

九郎は魔術師《マギウス》になって身構えた。

「問答無用だ。全員まとめて三枚におろしてしまえ！」

「了解《りようかい》！　おまえら全員、明日の朝食決定だっ！」

九郎はバルザイの偃月刀《えんげつとう》を顕現《けんげん》させると、それを右手で握《にぎ》りしめた。

「しゃああああああっ！」

深きものどもが一斉《いっせい》に押し寄せてくる。九郎がバルザイの偃月刀を振《ふ》り上げた、そのときだ。

激しく船体が揺れた。海中にいる深きものどもが船体を揺らしたのだ。クルーザーは転覆する
ほど傾き、さらに追い打ちをかけるように高波が押し寄せてくる。しまったと思ったときには
クルーザーは波にのみこまれ、九郎たちは荒《あ》れ狂《くる》う海の中に投げ出されていた。

＋

暗闇《くらやみ》の中に閉《と》ざされていた九郎の意識は急速に回復していた。何者かが耳元でしきりに話しかけており、加えて頬《ほお》に走る鋭《するど》い痛みが刺激《しげき》となって眠《ねむ》り続けることを許してくれなかったのである。

「九郎、しっかりせんか」

瞼《まぶた》を開くとアルの顔があった。彼女は表情を曇《くも》らせながら遠慮《えんりょ》なく九郎の頬をひっぱたいて

いる。

「おまえは少し手加減しろ」

九郎はぼやくと、体を引き起こした。

「ここは……どこだ？」

砂浜《すなはま》にいることは解《わか》ったが見知らぬ土地である。あるのは海と砂浜、そして背後にそびえる巨大な森林だけである。

文明の片鱗《へんりん》すらない場所だった。ギルマン・ハウスもなければ民家もなく、

「幸か不幸か、目的地に流れ着いたらしい」

アルは九郎の体に付着した砂を手で払《はら》い落としながら告げた。

「執事《しつじ》さんは？」

「はぐれたようだ」

アルの返事に九郎は声を失った。

「なに、心配することはない。魔術師と渡《わた》り合うような猛者《もさ》が、深きものどもに敗れるとも思えぬ」

「そりゃそうかもしれねえけど……」

あの荒波の中、しかも海をテリトリーとする相手に陸の者が太刀打《たちう》ちできるのかと考えると、
暗い気持ちになってくる。だがそれを振り払うかのように九郎は勢いよく立ち上がると、鬱蒼《うっそう》と生い茂《しげ》る森林へと目を向けた。そこには臭気《しゅうき》と邪気《じゃき》が澱《よど》んだ汚泥《おでい》のように鎮座《ちんざ》し、大地と

木々を汚染している。よく見ると大地は緑青色《ろくしょう》に染まっており、草木の葉は見たこともないような不可思議な形をしていた。遺伝情報に明らかな狂いが生じているとしか思えないような奇《き》怪《かい》な形状である。

「ここでジッとしていても始まらん」

「だな。行くとするか！」

九郎は再び魔術師となると、翼《つばさ》を大きく広げて宙へと浮《う》かび上がった。そして羽ばたきとともに一陣《いちじん》の風となる。彼は不規則に生い茂る木々の間隙《かんげき》を縫《ぬ》いながら、臆《おく》することなく奥へ奥へと突《つ》き進んでいく。中は暗く、ひどい熱気と湿気《しっけ》が不快だった。そこには自然の豊かさなど存在せず、ただひたすら薄気味《うすきみ》悪いだけだ。だが怪異《かいい》にとっては楽園のようで、木々が作り出した暗闇の中で、それらは怪《あや》しく蠢《うごめ》いている。

さらに奥へと進んでいくと、不意に森が開けた。野球のコートで数面ほどだろうか。円形に開けた広大な土地が広がっている。そしてその中心に巨大な石造りの神殿《しんでん》は建っていた。想像もつかないほどの歳月を経てきた建造物らしく、風雨にさらされ続けて腐食《ふしょく》した壁面《へきめん》は苔《こけ》と蔦《つた》で覆《おお》われている。だが神殿が持つ荘厳《そうごん》さはいささかも衰《おとろ》えず、それどころか自然と一体化することで存在感を増してさえいるようだ。

「あれが半魚人の本拠地《ほんきょち》ってわけだ」

「用心して進めよ」

九郎はうなずきを返すと、神殿へと足を踏《ふ》み入れた。

十

神殿の中は薄暗《うすぐら》く、邪気に満ちていた。空気は生ぬるく、そして生臭《なまぐさ》い。それに加えて甘ったるい匂《にお》いも混じっていた。香《こう》でも焚《た》いているのだろう。強烈《きょうれつ》な臭気を緩和《かんわ》させるためか、それとも儀式《ぎしき》的な意味合いがあるのか、九郎は理解できない。

石畳《いしだたみ》の上を一歩一歩、足下《あしもと》を確かめながら奥へと進んでいくと、空気を振動《しんどう》させるような低く響《ひび》く呻《うめ》き声が聞こえてきた。どうやら呪文《じゅもん》の類《たぐい》であるらしい。ここで儀式が行われているのは、もはや疑いようもなかった。

暗い回廊《かいろう》を進むうちに、徐々《じょじょ》に九郎の目は暗闇に慣れてくる。深い闇《やみ》と漂《ただよ》う香の薄煙《うすけむり》で奥までは見通せないが、周囲の状況《じょうきょう》を確認《かくにん》できるまでには慣れてきた。

（こりゃ確かに、まっとうな神さんを祀《まつ》ってねぇな）

九郎は足を止め、壁《かべ》へと目を向けた。そこには壁画が描《えが》かれているのだが、描かれているにもかかわらず彫《ほ》られているようにも見え、平面でありながら立体でもあるような不可思議な絵である。海や波を象徴《しょうちょう》している図形や環状《かんじょう》列石、巨大《きょだい》な扉《とびら》、古代の都市のようなものが現代美術の域を超越《ちょうえつ》する繊細《せんさい》さと大胆《だいたん》さ、そして神懸《かみが》かり的な筆力で描かれているのだが、中でも印象的なのは無数の触手《しょくしゅ》を生やした蛸《たこ》にも似た生命体である。それがなにを意味しているのかは理解できず、また理解しようとも思わない九郎だが、人智《じんち》の及《およ》ばないものであるのは間違《まちが》いなく、見つめているだけで魂《たましい》が抜《ぬ》かれていくかのような気味の悪さを感じた。

「魅入《みい》られるなよ。気が触《ふ》れるぞ」

九郎の肩《かた》に腰《こし》かけているアルが耳たぶを引っぱった。

「ああ、解ってる」

九郎はうなずくと、奥へと向かって歩き始めた。

（しかし、たまんねーな、こりゃ）

奥へ行くほど香の匂いは強烈になっていく。息苦しくはあったが、九郎は変に興奮していた。

（麻薬《まやく》だったらヤバイよな……）

不吉《ふきつ》な予感はしたが、深くは考えずにバルザイの偃月刀《えんげつとう》を構えた。と言うのも、前方からゆっくりと近づいてくる怪異の気配を感じ取っていたからだ。気配は二つ。相手が動く前に、九郎は打って出た。前傾《ぜんけい》姿勢で一気に距離《きより》を詰《つ》める。怪異は深きものどもではなかった。似てはいたが魚ではなく、人間と蛸をかけ合わせたような奇怪な生命体である。九郎にしてみれば魚が蛸に変わっただけであり、やることは変わらない。蛸人間との間合いを一気に詰めた九郎は、下から上へと偃月刀を振《ふ》り上げる。その切れ味は凄《すさ》まじく、斬《き》った感触《かんしょく》が手に伝わってこない。まるで空気でも斬ったかのようだったが、それによって蛸人間は真っ二つになっていた。

「魚やら蛸やら、海の幸満載《まんさい》ってか？」

九郎は吐《は》き捨てると、返す刀で残りの一体へと斬りかかる。

「蛸のお刺身《さしみ》、いっちょあがり！」

だが宣言どおりにはならなかった。偃月刀は空を切り、その隙《すき》に数本の触手が襲《おそ》いかかってくる。

「こなくそっ！」

九郎は偃月刀を横に薙《な》いで触手を刎《は》ねるが、蛸人間は痛みを感じないらしく、残った触手を躊躇《ちゅうちょ》なく振るってくる。それはムチのようなしなやかさで九郎へと迫《せま》り、対処する間もなく彼の顔面を打ちすえた。九郎の頭は一瞬《いっしゅん》、真っ白になるが、すぐに現実へと戻《もど》って蛸人間を袈裟《けさ》斬《ぎ》りにする。

片づいたと思った矢先だった。九郎が息をついたとき、わずかな隙ができた。蛸人間は口から霧状《きりじょう》のなにかを吐き出し、それを九郎はまともに浴びてしまう。むせ返るような甘い匂いがする霧《きり》は、神殿内に満ちた香の匂いを何十倍も濃密《のうみつ》にしたもののようだ。九郎は慌《あわ》てて息を止めたが、すでに相当量を吸いこんでいた。それでも偃月刀で蛸人間にトドメを刺《さ》すと、その場で尻餅《しりもち》をついた。

「大丈夫《だいじょうぶ》か、九郎？」

「ああ、これくらい、なんてことは……」

立ち上がろうとした九郎だが、足腰《あしこし》に力が入らずひっくり返ってしまう。だが変調はそれだけではない。酔《よ》ってもいないのに激しく目が回っている。体を起こしていることすら困難になった九郎は、その場で体を横たえた。

「毒を吸いこみすぎたようだな。どれ、診《み》せてみよ」

アルは元の姿へと戻ると、やはり元の姿へと戻った九郎へと顔を寄せる。香の匂いとは違《ちが》った甘ったるい女性の匂いが九郎を包みこんでいく。アルは小さな額を九郎の額へとくっつけた。

「ふむ。熱が出ているようだが――。安心しろ、致死性《ちし》のある毒ではなさそうだ」

アルの話を九郎はぼんやりと聞いていた。体は熱病にでも冒《おか》されたかのように熱く火照《ほて》っており、脂汗《あぶらあせ》が滲《にじ》み出ている。呼吸が荒《あら》い。思考能力は極端《きょくたん》に低下し、深く考えることを拒絶《きょぜつ》していた。そんな中にあっても、不思議とアルの声だけはよく聞こえてきた。触れ合っている部分が熱い。

「ほうっておいても直に治まるとは思うが、苦しいところはあるか？」

薄紅《うすべに》をひいたような唇《くちびる》、赤く濡《ぬ》れた舌先、耳を打つ透明《とうめい》な声音、女の体臭《たいしゅう》……。九郎の五感のすべてが、アルの存在を意識している。頭の芯《しん》が痺《しび》れていくのが解《わか》った。

「此奴《こやつ》らは深きものどもとは違《ちが》うようだ。落とし子かとも思ったが、人為《じんい》的に作られた者らしい」

アルの声が麻薬のようにさえ感じられる。耳元にかかる彼女の吐息《といき》は、九郎に官能的なまでの悦《よろこ》びをもたらしていた。理性という名の糸がプッリと切れる音がした。

「む？　どうした、九郎？」

九郎の異変を察知したのか、アルは体を離《はな》そうとする。だが、九郎はそれを許さない。アルの腰に手を回すと、その華奢《きゃしゃ》な体を力任せに引き寄せた。

「なんのつもりだ⁉　放さんか！」

九郎は腕《うで》の中で暴れるアルを力で押さえこむと、体を入れ替《か》えて彼女に覆《おお》いかぶさる。

「九郎、汝《なれ》……」

よほど怖《こわ》い顔をしているらしく、アルの表情が引きつっている。だが今の九郎には、そのようなことは気にもならない。それどころか嗜虐《しぎゃく》的な行為《こうい》が強い征服欲《せいふくよく》へと変わっていく。九郎はアルの両手を押さえこんで動きを封《ふう》じると、半ば強引《ごういん》に彼女の唇を奪《うば》った。

「むぐっ……。こ、この、うつけがっ！　毒ごときで簡単に理性を失いおって！」

アルは九郎をにらみつけるが、それは九郎の快楽を高める効果しかなかった。九郎の手がアルの体をまさぐり始める。身動《みじろ》ぎし、抵抗《ていこう》するアル。だが小柄《こがら》な彼女が男の力にかなうわけもなかった。

「よせっ、九郎。こんなことはよくない！」

泣きそうな顔でアルは懇願《こんがん》するが、九郎の劣情《れつじょう》は治まらない。彼の手はアルの胸へと伸《の》びていく。女としての成長を始めたばかりの小ぶりな胸を、九郎は情欲のまま鷲《わし》づかみにしていた。

アルの顔は苦痛に歪《ゆが》み、今度こそ本当に涙《なみだ》を流す。

「九郎、よせっ！」

アルの体内に魔力《まりょく》が宿るが、彼女が術を行使する前に、九郎はそれに介入《かいにゅう》した。二人は契約《けいやく》で結ばれていた。契約上では九郎が主であり魔導書を使う立場にある。アルから魔力を奪うことなど難しくはない。アルの体から力が抜《ぬ》ける。九郎は彼女の水着に手をかけ、それをずり下ろしていく。

「やめろ！　そんなのは汝らしくないだろう⁉」

アルは涙ながらに訴《うった》える。

「汝は絶望的なまでの大馬《おおば》鹿《か》者《もの》だが、このようなことをする男ではない！　汝は……汝は、もっと格好良くて、気持ちの良い男のはずだ！」

悲鳴にも似たアルの叫《さけ》びが、九郎の脳内に響《ひび》き渡《わた》る。

「妾《わらわ》が選んだ主は……大十字九郎とは、そういう奴《やつ》だっ！」

九郎の手がピタリと止まった。朦朧《もうろう》としていた意識は急激に覚醒《かくせい》し、熱くなっていた体は冷や水でも浴びせられたかのように冷めていた。

（……なにやってんだ、俺は！）

九郎は頭をかきむしると、アルの体を解放した。

（これじゃあ、ブラックロッジの連中となにも変わらねぇ！）

「……九郎？」

アルは体を起こすと、呆然《ぼうぜん》とした表情で九郎を見返している。九郎は「すまねぇ」と言うと、その場で土下座をした。額を石畳《いしだたみ》に押しつけ――いや、むしろ叩《たた》きつけるような勢いで頭を下げた。

「俺、とんでもないことしちまった！」

「……正気に戻《もど》ったのか？」

「ああ、おまえのおかげだ」

「そ、そうか。まったく、世話を焼かす……」

アルは目元に浮《う》かんだ涙を拭《ぬぐ》うと、半ば脱《ぬ》げかけていた水着を元の位置に戻しながら安堵《あんど》した。

「……で、体の調子はどうなのだ？」

アルは少しためらう素振《そぶ》りを見せたが、再び九郎へと顔を寄せてきた。額と額が触《ふ》れ合う。

「ふむ。毒素の中和には今しばらく時間がかかりそうだな」

実際、九郎は正気に戻っただけで体調は今一つだった。とは言え、毒が抜けるまで悠長《ゆうちょう》に待ってなどいられない。一刻も早く瑠璃の下《もと》へとたどり着く必要があった。

「放っておいても直《す》に治るのだが、そうも言ってはおれんだろう」

アルは九郎から体を離すと、彼に向かって手をかざした。その途《と》端《たん》、九郎の体は淡《あわ》く優《やさ》しい光に包みこまれていく。まるで母親の胎内《たいない》にでもいるかのような心地《ここち》よさと安堵《あんど》感《かん》にくるまれながら、九郎は体を冒し続ける毒素が抜けていくのを感じていた。時間にして十数秒だったが、体は嘘《うそ》のように軽くなる。

不意に九郎とアルの視線が絡《から》み合った。その途端、二人の間に漂《ただよ》う奇妙《きみょう》な空気。どちらからともなく目線を外し、それぞれうつむくと、無言のまま立ち上がった。

（な、なんか……気まずいような？）

顔の火照りが気になったが、いつまでも和《なご》んではいられない。

九郎は魔術師《まじゅつし》の姿へと戻ると、「す、進むぞ」などとつぶやきながら歩き始めた。

回廊《かいろう》を奥へと進むうちに声は鮮明《せんめい》に聞こえてくるようになった。邪気《じやき》は増し、胸焼けがするほどの不快感が押し寄せてくる。九郎は足音を殺しながら先へと急ぎ、やがて神殿《しんでん》の中心部へとたどり着いた。

そこは祭壇《さいだん》の間だった。広い空間の中心部には祭壇があり、それを見下ろすような感じで二、三十メートルほどの巨大《きよだい》な石像が鎮座《ちんざ》している。海辺の岩場で蠢《うごめ》く船虫を巨大化させたかのような化け物であり、石像でありながら今にも動き出しそうな生々しさと、圧倒《あつとう》されるほどの存在感を全身から放出していた。それは人の手によって造り出されたとは思えぬ代物《しろもの》で、別次元、あるいは別の宇宙から持ちこまれた物にしか見えない。

その石像に祈《いの》りを捧《ささ》げているのは、インスマウスの住人たちである。彼らは恍惚《こうこつ》とした表情で石像を仰《あお》ぎながら、一心不乱に呪文《じゆもん》を唱えている。その周囲では深きもの《ディープ・ワンズ》どもが、泣き叫ぶ何人もの人間の女性と交わっていた。子を産ませるつもりなのか、それとも儀式《ぎしき》なのか、目を背《そむ》けたくなるような行為である。床《ゆか》に落ちた浴衣《ゆかた》などから、彼女らがギルマン・ハウスから連れ去られた宿泊客《しゆくはく》だと判《わか》った。

(姫《ひめ》さんは……？)

慌《あわ》てて周囲を見渡《みわた》した九郎は、石像の真正面に据《す》えてある台座の上で仰向《あおむ》けになり、深きものどもに四肢《しし》を押さえこまれている瑠璃の姿を発見した。幸い、まだなにもされてはいなかったが、かなり激しく抵抗《ていこう》しているせいか浴衣の胸元《むなもと》ははだけ、柔肌《やわはだ》があらわになっている。

(覇道の総帥《そうすい》だったのが幸いしたってところか)

だとしても瑠璃が窮地《きゅうち》に陥っていることに変わりはなく、ほどなく彼女に悲劇が訪《おとず》れるのは明らかだ。

ふんぐるい　むぐるうなふ　くするふ　るるいえ　うがふなぐる　ふたぐん

何度となく繰《く》り返される呪文。それに瑠璃の悲鳴と女性の喘《あえ》ぎ声が重なっていく。

「よっしゃ、行くぜっ!」

九郎に迷いはなかった。バルザイの偃月刀《えんげつとう》を大きく振《ふ》り上げると、渾身《こんしん》の力でそれを投げ放つ。偃月刀は空気を斬《き》るような鋭《するど》い音を鳴らしながら激しく回転し、大きな弧《こ》を描《えが》きながら台座へと向かって飛んでいく。それは寸分たがわぬ正確さで瑠璃の手足を押さえつけている深きものどもの首を刈《か》り、再び九郎の手へと戻ってきた。

「姫さん、走れっ!」

九郎は事態を把握《はあく》できずに惚《ほう》けている瑠璃へと向かって叫んだ。たったそれだけの行為《こうい》で彼女はすべてを理解し、走り始める。それと同時に九郎はバルザイの偃月刀を投げると、彼女のために血路を開いた。突然《とつぜん》の珍客《ちんきゃく》に驚《おどろ》いたのか、それとも思考力が魚並みなのか、どちらにせよ狂信者《きょうしんしゃ》たちは瑠璃が九郎に保護されるまで動かなかった。

「大十字さん!」

瑠璃は大粒《おおつぶ》の涙《なみだ》をボロボロとこぼしながら九郎の体にしがみついた。

「悪《わり》ぃな。少し遅《おく》れちまった」

九郎は瑠璃の頭をなでると、彼女を自分の背後へと隠《かく》して偃月刀を構えた。

深きものどもが行動を開始する。女性と交わっていた彼らは生殖器《せいしょくき》を女性の体内から引き抜《ぬ》くと、九郎へと向かって襲《おそ》いかかってくる。行為を邪魔《じゃま》されたことに腹を立てているらしく、深きものどもの怒《いか》りは激しい。だが彼ら以上に九郎は怒っていた。

問題は人数である。二、三体なら楽勝だが、その十数倍は敵がいるのだ。束になられたらたまらない。しかし、それは杞憂《きゆう》に終わった。彼らは愚《おろ》かにも数体で攻《せ》めてきたのである。九郎はニヤリとすると、偃月刀を自在に操《あやつ》って深きものどもを斬り倒《たお》していく。何体も何体も。十体目以降、九郎は数えるのをやめた。

「汝《なれ》も、なかなかやるようになってきたではないか」

九郎の肩《かた》でアルが誇《ほこ》らしげに言う。彼は彼で満足げな笑《え》みを浮かべると、踊《おど》るような優雅《ゆうが》さで偃月刀を振るっていく。この調子で殲滅《せんめつ》だと思ったのも束《つか》の間、突然、敵の数が増えた。さすがに歯が立たないことに気づいたらしく、一気に押し寄せてきたのである。慌てた九郎に隙《すき》がうまれた。深きものどもの拳《こぶし》が迫《せま》る。九郎は舌打ちしながら応戦するが、間に合わない。一発もらうのを覚悟《かくご》したときだ。襲いかかってきた深きものどもが奇声《きせい》を上げながら横に吹《ふ》き飛んでいく。

「ふむ。フォルテッシモに決まりましたな」

声のするほうへと目を向けると、涼《すず》しげな表情でファイティング・ポーズを取っているウィンフィールドの姿があった。

「執事《しつじ》さん、無事だったか！」

「もちろんでございます。お嬢様《じょうさま》も、無事でよかった……」

ウィンフィールドは心底、安堵《あんど》したような表情を浮《う》かべた。

「汝ら、おしゃべりの前に、やることがあろう？」

「では、さっさと片づけることにいたしましょう」

九郎はうなずくと偃月刀を構え、ウィンフィールドも臨戦態勢に入る。そんな二人の姿に、深きものどもの間に動揺《どうよう》が走り抜けた。インスマウスの住人たちも祈るのをやめている。

九郎とウィンフィールドが目で合図を送りあったときだ。祭壇の間に乾《かわ》いた拍手《はくしゅ》の音が響《ひび》き渡《わた》った。その方向へと目を向けると、祭壇の奥から歩いてくる二人の男の姿が目に入る。一人はインスマウス面《づら》の祭服を着た男で、もう一人はスーツの上に外套《がいとう》をまとった中年の紳士《しんし》だ。

「大十字さん、あれ……」

瑠璃がインスマウスの男を指さすが、彼女に言われるまでもなく九郎は気づいていた。彼は金より明るく輝《かがや》く物質で作られた冠《かんむり》を頭に載せていたのである。

「素晴《すば》らしい！　大十字九郎君、それにアル・アジフ！　さすが。さすがブラックロッジに刃《は》向《む》かうだけのことはある」

紳士は手を叩《たた》きながら、「素晴らしい」を連呼する。

(インスマウス面はともかく、あの男……。普通《ふつう》じゃねえぞ)

紳士のように見えるが、彼が発するプレッシャーは深きものどもの比ではない。狂気《きょうき》を手なずけ、それを支配下に置いているかのような異常な気配。九郎は似たような気配を持つ連中を知っている。

「ああ、すまない。自己紹介《しょうかい》がまだだった。私はウェスパシアヌス。ブラックロッジの導師でありアンチクロスの一人だ。よろしくお願いするよ」

ウェスパシアヌスは優雅に一礼すると、にこりと笑った。

「アンチクロスっ！」

瑠璃とウィンフィールドの声が重なる。

「アンチクロスともあろう者が、何故、深きものどもと戯《たわむ》れておる？　目的はなんだ⁉」

アルがスッと目を細めた。

「ちょっとした実験、と言ったところかな？　ああ見えてね、彼らもなかなか役立ってくれるのだよ」

「ナンダト？」

ウェスパシアヌスの話に、隣《となり》に立つインスマウス面の男が怪訝《けげん》そうな表情をする。

「長老。いよいよ君たちの悲願達成の時ではないか。さぁ、始めるとしよう。神の召喚《しょうかん》を！」

ウェスパシアヌスは高らかに宣言する。

「神だと⁉　汝ら、なにを企《たくら》んでおるっ‼」

「見ていれば解《わか》るよ。ほら、あそこを見たまえ」

ウェスパシアヌスは意味ありげな笑みを浮かべると、石像を指さした。全員の目が、そちらへと向けられる。その頭頂部には一人の少女が立っていた。長く緩《ゆる》やかな装束《しょうぞく》に身を包み、夢と現《うつつ》の狭間《はざま》にいるような危《あや》うい表情の少女である。彼女の姿を深く印象づけているのは、左右で違《ちが》う瞳《ひとみ》の色だ。金と紫《むらさき》の瞳は別次元でも見つめているかのような遠い目をしていた。少女の姿に深きものどもとインスマウスの住人が歓声《かんせい》を上げると、再び異形の言葉を唱え始めた。

ふんぐるい　むぐるうなふ　くするふ　るるいえ　うがふなぐる　ふたぐん

祭壇《さいだん》の間に響き渡る呪文《じゆもん》。そして、それを受けた少女は、両手を左右に広げて歌い出す。

「くぅ～りとぉ～りとぉおふ～うがふなぐるうふたぐん……」

少女の体から神気と瘴気《しょうき》を孕《はら》んだ異界の風が吹きすさんだ。心を押し潰《つぶ》すような凶悪《きょうあく》なプレッシャーが襲いかかってくる中、九郎は少女の体がページとなって捲《まく》れるのを確認《かくにん》していた。

「彼奴《きやっ》、魔導書かっ！　しかも、このただならぬ水妖《すいよう》の神気は……ルルイェ異本⁉」

「さすが！　さすがはアル・アジフ！　そうだ、そうとも。彼女も魔導書だ。魔導書なのだよ！」

ウェスパシアヌスは手を叩きながら大喜びすると、さらに続ける。

「ルルイエ異本、そして我々の理論があれば、神など簡単に召喚できるだろうさ。こんなふうに！」

「るうううぅぅ・りぃぃえええええええ！　いあ！　いあ！　か、みさま……っ！　かみ……だ、ごん！　だご、ん！　だごん！」

ルルイエ異本の言霊《ことだま》が、さらなる神気と瘴気を呼びこんでいく。その二つの力は混じり合い、溶《と》け合い、一つとなって少女の体を、そして石像を包む。石像の内部で脈打つような胎動《たいどう》が始まった。

「くっ……はああああっ！」

瑠璃が顔を真っ青にしてしゃがみこむ。すぐさまウィンフィールドは彼女の体を支えるが、彼とて無事ではない。険しい表情で、目に見えぬプレッシャーに抗《あらが》っていた。

石像の変化は続く。ただの石だった表面に生物的な色彩《しきさい》を帯び始めている。ピシッと、胴体《どうたい》部分に縦の亀裂《きれつ》が入った。それをキッカケにして連鎖《れんさ》的に罅《ひび》が入り、その隙間《すきま》から緑色の光彩《こうさい》が溢《あふ》れ出してくる。ただの石像は、いまや生命を宿していた。

「オオオオオ　オオ　オオオオ！　ツイニ　ツイニ！」

インスマウスの長老が感激で声を震《ふる》わせている。その一方で九郎たちは全身を駆《か》けめぐる悪寒《おかん》に震え上がっていた。体毛が残らず総毛立ち、皮膚《ひふ》の内側で虫が這《は》いずるようなおぞましい感覚が正気を奪《うば》い取ろうとしている。

いよいよ石像の罅は大きくなっていた。外皮でも剝《は》がれるかのように石像の表面は崩《くず》れ始め、それは石という名の外殻《がいかく》を脱《ぬ》ぎ捨てていく。

「チッ！　ダゴンか！　厄介《やっかい》なのが出てきおったぞ！」

九郎の耳元でアルが舌打ちをする。

「ダゴン？　なんですか、それは？」

「小娘《こむすめ》。汝《なれ》、そんなことも知らずに……まあよい。ダゴンは深きものどもの頭領にして海神の眷属《けんぞく》だ。古代ペルシテ人には、半人半魚の神として信仰《しんこう》されていたようだが」

「神って！　神があんな姿であってたまるものですか！　あれは怪獣《かいじゅう》ではないですか！」

九郎も瑠璃の意見に賛成だった。

「ヲヲヲヲヲ！　我ガ神ダゴン！　コレデ　マタ我々ノ海ヲ取リ戻《モド》セルゾ！　くすふ……るいえ！　いあ！　イア！　サア　我ガ神ヨ　コノ地ニ巣クウ陸ノ人間ドモニ　ドウカ裁キヲ！」

インスマウスの長老は歓喜《かんき》の涙《なみだ》を流しながら打ち震えている。

全容をあらわにした異形の神《ダゴン》は、ルルイエ異本、そして僕《しもべ》たちの声に応じて吼《ほ》えた。空気を振動《しんどう》させるほどのそれは、心を打ち砕《くだ》きかねないほどの狂気を秘《ひ》めている。

「冗談《じょうだん》じゃねーぞ。あんなのが蘇《よみがえ》ったら……」

その光景を想像するよりも早く、九郎は偃月刀《えんげつとう》を片手に走り出していた。狙《ねら》うはウェスパシアヌスの首。他《ほか》の連中には目もくれず、ウェスパシアヌスへと斬《き》りかかっていく。

「せっかく神が顕現《けんげん》するのだぞ？　黙《だま》ってショーを楽しみたまえ。詠《うた》え、オトー」

ウェスパシアヌスが左手をかざすと、掌《てのひら》が蠢《うごめ》いた。その表面は変容し、顔の形を形成する。

「人面疽《そ》!?」

「いくい・どろしゅ・おどふくろんく」

人面疽がつぶやくと同時に、九郎は元いた場所まで吹《ふ》き飛ばされてしまう。

九郎は体勢を立て直し、ウェスパシアヌスをにらみつける。顔色一つ変えず、気負いすら見せずにたたずむ彼の姿に、九郎は苛立《いらだ》ちを隠せない。だがその余裕《よゆう》は本物で、ウェスパシアヌスには一分の隙《すき》も見当たらなかった。格《かく》の違いを痛感するも、九郎はさらなる闘志《とうし》を燃え上がらせていく。

「九郎。様子が変だ」

耳元でアルがささやく。

意識の大半をウェスパシアヌスへと向けていたため気づかなかったが、インスマウスの住人、そして深きものどもが次々と倒《たお》れ始めたのである。彼らは干物《ひもの》のように干からびていた。

「食《く》らっておるのだ。彼奴らの生命力を」

「下僕を食《う》らってか？　とんでもねえ神様だ」

ダゴンは飢えているらしく、次から次へと僕たちの命を奪っていく。

「……たりない。いのち、たりない……ほし、たりない……とき、たりない……ふぐるひ、むぐなふっ！　まだ……かみ、さま……うみの、そこ……まだ……ちから、たりない……おなか、すいた……だごん、おこってる……ら！　ら！」

ダゴンの頭頂部に立つルルイエ異本は、感情の片鱗《へんりん》すら見せずに冷ややかに告げた。

「ソ、ソンナ……」

インスマウスの長老が呆然《ぼうぜん》とする一方で、ウェスパシアヌスは高笑いする。

「ははははは。そうか。やはり、そうなったか。長老、どうやら君の神の顕現化は完全ではなかったようだ。足りない力を補うために、君たちの生命力を吸っているらしいよ」

「キサマ！　謀《ハカ》ッタナ!?」

「考えてもみたまえ、自ら神のための犠牲《ぎせい》となるのだぞ？　なんとも、ああ、なんとも美しく麗《うるわ》しい殉教《じゅんきょう》ではないか。君たちの魂《たましい》は、きっとルルイエに届くであろうさ」

「オ、オノレェェェェェ！」

長老は激昂《げっこう》し、ウェスパシアヌスへとつかみかかった。だが、それを素直《すなお》に許す彼ではない。ウェスパシアヌスは右手をかざすと「ガルバ」と叫《さけ》び掌に人面疽を浮《う》かび上がらせる。そして次の瞬間《しゅんかん》、人面疽は一瞬にして長老の上半身を食らった。

「さて、大十字九郎君？　実験もすんだことだし、私は失礼させてもらうよ」

「てめえ、ふざけんな。あの化け物、片づけていきやがれっ！」

九郎は偃月刀を投げつけるが、そのときすでにウェスパシアヌスの姿は消え失《う》せていた。ルルイエ異本の姿も、いつの間にか見えなくなっている。

「では、またお目にかかろう！　大十字九郎君！」

祭壇《さいだん》の間には、ウェスパシアヌスの哄笑《こうしょう》だけが残された。

「で、どうするよ、あいつ……」

全身の殻《から》をすべて脱ぎ捨てたダゴンは、その体を徐々《じょじょ》に巨大化《きょだいか》させていた。それは止《と》まることを知らず、ついには祭壇の間の天井《てんじょう》をも突《つ》き破《やぶ》っていく。それを機に外壁《がいへき》や床《ゆか》に亀裂《きれつ》が生じ、神殿《しんでん》内の崩壊《ほうかい》が始まった。

「やべえ……。逃《に》げるぞ！」

九郎たちは来た道を引き返して神殿から飛び出した。それと同時に幾千《いくせん》年の時を経てきた神殿はいとも簡単に崩れ去り、そこから異形が姿を現す。見上げるほどに巨大化したダゴンは、デモンベインと同程度の大きさはあるだろう。まさに神に相応《ふさわ》しい神気を発してそびえ立っている。ただそれだけにもかかわらず、心は押《お》し潰《つぶ》され、鋼《はがね》の意志に亀裂が生じる。

「姫《ひめ》さんたちは逃げてくれ。できるだけ遠くに！」

九郎は自らを奮い立たせるため、偃月刀を構え、神へと牙《きば》をむいた。

「大十字さんは、どうするのです？」

「あいつを放置しておくわけにはいかねえ。デモンベインでぶっ殺す！」

神を相手に吐《は》くセリフではなかったが、気にしてなどいられない。今ここで確実に始末しなければ、ブラックロッジが手を下すまでもなくアーカムシティは壊滅《かいめつ》する。

「執事《しつじ》さん！」

九郎がウィンフィールドに目配せをすると、彼は一つうなずいて瑠璃の体を抱《かか》え上げた。

「ご武運を！」

言うが早いか、ウィンフィールドは疾風《しっぷう》のごとき勢いで駆《か》けていった。

「これでよし。アル、いくぜ！」

「おう！」

アルの力強い声にうながされ、九郎はデモンベインを召喚《しょうかん》する。

憎悪《ぞうお》の空より来たりて
正しき怒《いか》りを胸に
我等は魔《ま》を断つ剣《けん》を執《と》る
汝《なんじ》、無垢《むく》なる刃《やいば》——デモンベイン！

突然《とつぜん》、目の前の空間が爆砕《ばくさい》し、雨雲が雷雲《らいうん》を呼ぶ。頭上に雷光が走り抜《ぬ》け、雷鳴が轟《とどろ》いた瞬間、それは地上に顕現した。鋼の巨人《きょじん》。人が造り出した機械仕掛《じか》けの神・デモンベインである。

九郎とアルは速《すみ》やかにデモンベインへと搭乗《とうじょう》し、ダゴンと対峙《たいじ》した。

（しかし、こいつ……。ただもんじゃねえ……）

相対しているだけで、その凄《すさ》まじさを全身で感じ取ることができる。皮膚《ひふ》の表面に電気が走るかのような痺《しび》れを感じ、潜在《せんざい》的な恐怖心《きょうふしん》が呼び覚まされるのか、寒気が鳥肌《とりはだ》となって現れた。

「神気にのみこまれるなよ。あのような形だが、神として崇《あが》められた存在だ。気を抜けばひとたまりもない」

アルの話はもっともだが、気を抜く余裕《よゆう》など最初からない。つまり、ダゴンの出方などをうかがう必要もなく、今、この瞬間から全身全霊《ぜんれい》で必滅《ひつめつ》の一撃《いちげき》をくわえるつもりで九郎は臨んだ。

「うぉぉぉぉぉぉぉぉぉっ！」

九郎はダゴンの神気を打ち破るかのように吠《ほ》えると、デモンベインを疾駆《しっく》させる。と同時に頭部のバルカン砲《ほう》をダゴンへと浴びせかけた。数百発の砲弾《ほうだん》がダゴンの全身を剔《えぐ》り、そこからドロリとした緑色の体液が流れ落ちる。呻《うめ》き声を上げ、膝《ひざ》から崩《くず》れるダゴン。そこへデモンベインは飛び蹴《げ》りを加え、ダゴンを地面へと這《は》いつくばらせた。

「よっしゃ！　トドメだ！」

九郎は精神を集中させていく。右手に秘《ひ》めた必滅の機関が目を覚ます。

「光射す世界に、汝ら闇黒、棲《す》まう場所なし！」

九郎は叫ぶと同時に右手を振《ふ》り上げると、それをダゴンへと向かって突き出した。

「レムリア・インパクト！」

突き出された右の掌《てのひら》から途方《とほう》もない熱量が放出され、ダゴンを、そして島全体を焼きつくしていく。世界は白い世界の中へと閉じていった。

＋

数千年の時を重ねてきた神殿は崩れ去り、祀《まつ》られていた神は塵《ちり》と化していた。無人島の中心部には巨大なクレーターができ、森林は聖なる業火《ごうか》で灰燼《かいじん》と化している。そしてその中心部では、鋼の巨人が堂々たる勝ち名乗りを上げていた。

その様子を上空で見守る影《かげ》がある。ナイアだ。彼女は降りしきる風雨の中にあって、まったく濡《ぬ》れていない。雨粒《あまつぶ》が彼女を避《さ》けているかのようだ。

「不完全な状態だったとはいえ、ダゴンを一撃でしとめてしまうとはね。さすがの僕も、今回は予想しきれないよ」

ナイアは少し誇《ほこ》らしげな目でデモンベインを見つめた。

「本当に……本当に、もしかするかもしれないなあ」

地上に向かってにこりと笑《え》みを浮《う》かべるナイア。そんな彼女の体に、一筋の光が降り注いだ。

上空を振り仰《あお》ぐと、たれこめていた灰色の雲の隙間《すきま》から、幾筋《いくすじ》もの光の帯が伸《の》びてくるところだった。そんな荘厳《そうごん》な光を全身に浴びながら、再びナイアは地上へと目を向ける。

「頑張《がんば》ってくれよ、九郎君」

＋

「結局、疲《つか》れを癒《いや》すどころか散々な目に遭《あ》っただけのような気が……」

瑠璃が用意したバスの後部座席に陣取《じんど》っていた九郎は、そう愚痴《ぐち》をこぼした。九郎の隣《となり》では、アルが「うんうん」とうなずいている。

「ちょっと、貴方方《あなた》！　独り言なら聞こえないように言ってくださいまし！」

さっそく瑠璃は当然の権利だとばかりに目くじらを立てた。

「ふん。聞こえるように言っておるのだから、聞こえて当然だ」

アルと瑠璃は視殺戦を始め、その様子をウィンフィールドが見守っている。何事もなかったかのような日常の光景。

だが、自分たちを取り巻く事態は深刻さを増していると九郎は考えていた。ブラックロッジの魔術師《まじゅつし》たちが姿を現し始めたことからも、それは明らかだ。ダゴンを使った実験もそうである。犯罪集団という枠《わく》から大きく逸脱《いつだつ》し、より最悪な集団へと変貌《へんぼう》を遂《と》げつつあった。

(厄介《やっかい》だな……。やれるのか、俺に?)

だが、もっと厄介なこともあった。九郎は瑠璃と低レベルな言い争いをしているアルへと目を向けた。神殿《しんでん》内でのあの出来事があってから、九郎とアルは変に互《たが》いを意識するようになっていた。

(まあ、意識しないでいるほうが難しいか)

毒で我を失っていたとは言え、アルに襲《おそ》いかかったのは事実である。今でもアルの肌《はだ》は彼の目に焼きついていたし、手には彼女の柔肌《やわはだ》の感触《かんしょく》が残っていた。

九郎の視線に気がついたのか、アルは瑠璃との言い争いを切り上げて目を向けてきた。

「なんだ?」

「いや」

九郎とアルは見つめ合ったまま押し黙《だま》った。

(これだもんなぁ……。こんな調子で、この先、大丈夫《だいじょうぶ》なんだろうか)

一抹《いちまつ》の不安を覚える九郎の目を、アルの翡翠《ひすい》色の目が捉《とら》える。

「案ずることはない」

九郎の心を見透《みす》かしたのか、アルは静かに告げた。

「妾《わらわ》と汝《なれ》は端《はな》から奇妙《きみよう》な関係ではないか。それがさらに奇妙になったところで、たいした問題ではあるまい？　それに汝といるのは、これでなかなか心地《ここち》よい。それが少しばかりこそばゆくなっただけのこと。ならば不必要に意識する必要もあるまいて」

照れくさかったのか、アルは少しはにかむようにして笑った。九郎の胸が高鳴る。

九郎が自分の気持ちを持て余している間にも、バスはアーカムシティへ向かって走っていく。

ふとアルが九郎へと耳打ちした。

「汝が真性のロリコンであったことは黙っておいてやろう。なに、気に病《や》むことはない。妾ほどの美少女が側《そば》にいるのだ。むしろ当然の反応といえるだろうさ。だが警告しておく。妾は汝に体を許したわけではない。血迷って寝《ね》こみを襲うような真似《まね》をしてみよ。そのときは容赦《ようしや》はせんぞ！」

やはり一時の気の迷いだったのだと九郎は結論づけると、拳《こぶし》を震《ふる》わせた。

マスターテリオンへの報告を終えたウェスパシアヌスは、夢幻《むげん》心母の中に用意された自室へと戻《もど》ってきた。部屋は西洋風の家具でまとめられ、一見、貴族が住まう住居のようにも見える。だがそれらから目を外せば、そこが異常だと解《わか》るだろう。蜥蜴《とかげ》、蠍《さそり》、毒虫、人間の内臓、人間以外の内臓、奇妙な肉片などが瓶詰《びんづ》めにされたりホルマリン漬《づ》けにされたりしている。中には蛸《たこ》人間やインスマウス面《づら》の人間の標本もあった。本棚《ほんだな》には魔導書《まどうしょ》が並び、床《ゆか》には巨大《きょだい》な魔法陣《まほうじん》が描《えが》かれている。まったく不釣《ふつ》り合いな物が渾然《こんぜん》一体となりながらも、奇妙な調和をみせるという、なんとも奇妙な部屋だった。

「いやあ、めでたい。めでたいねえ」

ウェスパシアヌスは顎髭《あごひげ》をなでつけながら、満足そうにうなずいた。彼が中心となって動いていたインスマウスでの実験は成功を収め、ルルイエ異本の回収にも成功。言うことなしである。ただ大十字九郎の出現は予定外であり、蛸人間があっさりと敗北をきっしてしまったのは意外だった。

（C計画の発動の日も近い。近いぞ）

その日を想像すると、震えが止まらなくなるウェスパシアヌスである。

だが、少しばかり気になることもあった。ブラックロッジの大導師、そして彼の主《あるじ》でもあるマスターテリオンのことである。C計画の発動に不可欠な魔導書、すなわちルルイエ異本を手に入れ、Cの巫女《みこ》、そして中枢《ちゅうすう》ユニットもそろっている。アル・アジフの知識さえそろえばC計画は完璧《かんぺき》なものになるわけだが、それに対するマスターテリオンの反応には疑問を持たざるを得ない。まるで初めから計画に入ってないような、そんなぞんざいな対応しかみせなかったからである。

（あれではアウグストゥスが不満に思うのも無理はないが、さてさて、どうなることやら）

ウェスパシアヌスはアウグストゥスの中に潜《ひそ》む野心を、とうの昔に見抜《みぬ》いていた。もっとも、それを言うなら彼も似たようなものであり、実際、アンチクロスに仲間入りできたのも己の野心がなせた業《わざ》ではあったのだが――それだけで満足できるウェスパシアヌスでもなかった。

（まあ、『ムーンチャイルド計画』は成功しすぎた感はあるが）

ウェスパシアヌスは苦笑《くしょう》する。彼がムーンチャイルド計画によって生み出した最高傑作《けっさく》は、想像をはるかに超《こ》えるものだった。『暴君』ネロ。アンチクロスの一人にして、マスターテリオンと肩《かた》を並べる最強の魔術師である。そんなウェスパシアヌスの最高傑作も、今は夢幻心母の最下層にある牢獄《ろうごく》で監禁《かんきん》されていた。ブラックロッジに敵対する大罪人として。

（しかし、ネロの力は尋常《じんじょう》ではない。作られた存在だとしても、異常すぎはしないだろうか？）

だとしたら、ネロ以上の力を有するマスターテリオンは何者なのだという疑問が出てくる。何度となく抱《いだ》いた疑問ではあるが、結論はいまだに出てはいない。それ以前に、彼の素性《すじょう》は一切《いっさい》不明だった。マスターテリオンとて人の子である以上、母の胎内《たいない》から生まれ落ち、何者かの手によって育てられたはずである。身元を調べようと思えばできるのであろうが、ウェスパシアヌスも、そして他のアンチクロスもそれをしようとはしなかった。そのようなことをすれば確実に『死』が待ち受けていることを、本能的に察知していたからである。

ウェスパシアヌスは思考を切り替《か》えると、蛸人間の標本の脇《わき》にあるワインセラーへと足を向ける。そこには何十本ものワインが収納されており、そのどれもが年代物の高級品である。彼はその中からお気に入りの一本を取り出すと、その栓《せん》を引き抜《ぬ》いた。甘く芳醇《ほうじゅん》な香《かお》りが鼻孔《びこう》をくすぐる。

「これは罪が赦《ゆる》されるよう、多くの人のために流す私の血、契約《けいやく》の血である。――どうだね、サンダルフォン。君も一杯《いっぱい》」

ウェスパシアヌスはワイングラスを手にすると、それを部屋の隅《すみ》にある暗闇《くらやみ》へと差し出した。

《おまえが聖書の一節を読み上げるか……》

暗闇の中からウェスパシアヌスの声に応じる機械仕掛《じか》けの声。

そしてそれは闇《やみ》の中からゆっくりと現れた。黒の天使・サンダルフォンである。

《己《オレ》に酒など意味のないものだ。知っているだろう?》

「酒を楽しむことができんとは……。人生において、それに勝《まさ》る悲劇などあろうか? ああ、可哀想《かわいそう》なサンダルフォン。ん? 元はと言えば私のせいだったかね?」

ああ、妙《みょう》に芝居《しばい》がかった口調で言うと、ウェスパシアヌスはワインをグラスへと注いだ。

「もっとも、君にとっての極上《ごくじょう》の酒は、憎悪《ぞうお》、ということになるのかな? そうとも。そうに違《ちが》いない。私がこれを止められないのと同じように、君の憎悪は蜜《みつ》のように甘美なのだろうね」

ウェスパシアヌスは殺意にも似た視線を気にもせず、グラスに注がれたワインをあおった。

《己を酒の肴《さかな》にするために呼びつけたわけではあるまい？》

「いや、正直、そのつもりだったのだが……」

グラスにワインを注ぎながらウェスパシアヌスは続ける。

「メタトロンを仕留めたとして、そのあとはどうする？」

《おまえには関係のないことだ》

サンダルフォンがウェスパシアヌスに背を向けたときである。室内が激しく揺《ゆ》れ、ウェスパシアヌスが手にしたグラスから液体がこぼれた。途端《とたん》に周辺が慌《あわ》ただしくなる。

「これはいったい……」

口にはしたが、実のところ彼は気がついていた。五感、そして第六感までもが異常なまでの危機感を感じ取っている。そして夢幻心母にこのようなことが起きたのは、これが初めてではなかった。

部屋の扉《とびら》が乱暴に開かれ、ブラックロッジの信徒が数名、転がりこんでくる。

「どうした。なにがあった⁉」

聞くまでもないことをウェスパシアヌスは口にする。

「ほ、報告します！　罪人が……『暴君』が脱獄《だつごく》しましたっ！」

「すでにカリグラ様とクラウディウス様が暴君を追っておりますが——」

信徒たちの動揺《どうよう》は激しく、要領を得ないが、おおよそのことは理解できた。

「サンダルフォン？　暴君の件は、君もあながち無関係ではあるまい？」

《だからと言って己が尻《しり》ぬぐいをする必要はない》

「メタトロンを殺してしまうかもしれないよ？」

《己の道に立ちふさがるというのであれば排除《はいじょ》するだけだ》

サンダルフォンは鋼鉄の仮面に鋼鉄の意志を貼《は》りつけ、その姿を闇の中へと消した。

「さてさて。カリグラとクラウディウスごときに、あの暴君がどうにかできるものかな？」

ウェスパシアヌスは下卑《げび》た笑《え》みを浮《う》かべると、グラスにワインを注いだ。

第十八章 悠久《ゆうきゅう》たる孤独は我を蝕《むしば》む

クラウディウス

ロードビヤーキー

外灯すら灯《とも》らぬ寂《さび》れた暗い路地裏を、土砂降《どしゃぶ》りの雨が打ちすえている。

忘れ去られたかのようなその路地は、実際、アーカムシティの住人からは忘れ去られ、使われなくなった道の一つである。そんな道を疾走《しっそう》する影《かげ》があった。小柄《こがら》な少女の姿をしたその影は、ブラックロッジからも恐《おそ》れられる反逆のアンチクロス・暴君である。

彼女の姿は異様だった。手首には引きちぎられた拘束具《こうそくぐ》がぶら下がり、足には枷《かせ》がつけられている。顔には視覚を奪《うば》うための仮面がはめられ、口には轡《ギャグ》を銜《くわ》えさせられていた。常人では歩くことすらままならぬ有様だが、暴君の動きは素早《すばや》く、そして軽快だった。

不意に暴君の足が止まる。振《ふ》り返ると、そこにはブラックロッジの信徒が十数人、マシンガンを片手に狙《ねら》いを定めていた。すでに数十人の信徒を血祭りに上げていた暴君だが、追っ手の数は減りもしない。それどころか増える一方である。だが、今度こそ打ち止めのようだ。信徒の背後に立つ二人の男が出てきたことからも、それと判《わか》る。その男たちは暴君の拿捕《だほ》を命ぜられたアンチクロスのカリグラとクラウディウスである。だが二人のアンチクロスを前にしても暴君は怯《ひる》まず、それどころか轡《ギャグ》でふさがれた口元には笑《え》みすら浮かんでいた。

そんな彼女に腹を立てたのはクラウディウスである。歳《とし》は十代半ばだろうか。大人への成長が始まったばかりのような少年であり、柄物《がらもの》のTシャツに短パン、そしてスニーカーというストリートファッションは、街でよく見かける少年たちと大差はない。ひどい癇癪《かんしゃく》持ちらしく、クラウディウスは目くじらを立てて信徒へと命ずる。

「グズグズしてねぇで、さっさと殺《や》らねえか、このクズども！」

クラウディウスの号令で、信徒たちはマシンガンを一斉《いっせい》に掃射《そうしゃ》した。その弾《たま》は呪術的《じゅじゅつ》に加工され、暴君専用にカスタマイズされた特別な弾丸《だんがん》である。通常の弾丸より殺傷力が高いのはもちろん、呪術で障壁《しょうへき》を現出させたとしても、それを中和し、破砕《はさい》する力を秘《ひ》めていた。

弾は降りしきる雨粒《あまつぶ》よりも多く、激しかった。暴君の体から肉が弾《はじ》け飛んでいく。肩《かた》の肉が剔《えぐ》れ、骨はむき出しとなり、右手が吹《ふ》き飛び、指が、足がちぎれる。内臓が汚物《おぶつ》のように流れ出し、そこに血液と脳漿《のうしょう》がスープのように混じり合った。暴君は静かに汚泥《おでい》の中へと身を沈《しず》めていく。

「終わったカ⁉」

一部始終を無言で見守っていたカリグラが、たどたどしい口調で言った。

彼の体は驚《おどろ》くほど大きい。熊《くま》を連想するほどの巨軀《きょく》であり、異様に発達した筋肉はヘラクレスのようである。派手な色彩《しきさい》のスーツの上にガウンをはおり、髑髏《どくろ》を模した覆面《ふくめん》を被《かぶ》ったその姿は、かなり異様である。

「ケッ！　こんなヤツが最強のアンチクロスだっての？　なんかの間違《まちが》いじゃねーの⁉」

クラウディウスが吐《は》き捨てた、そのときである。物言わぬ骸《むくろ》と化していた暴君の上半身がむくりと起き上がった。彼女は半分ほど吹き飛んだ頭を信者たちへと向け、潰《つぶ》れた眼球で彼らをねめつけた。それだけでも信徒を震《ふる》え上がらせ、恐慌状態《きょうこう》へとおとしいれるには十分だったが、彼女のちぎれかかった腕《うで》には紅色をした大口径の拳銃《けんじゅう》が握《にぎ》られていた。暴君は銃口《じゅうこう》を彼らへと向けると、それを立て続けに撃《う》ち放った。瞬《また》く間《ま》に十数名の信徒が血祭りとなるが、彼らも黙《だま》ってはいない。暴君をさらなる肉片へと変えるべくマシンガンを撃ち放つ。だが暴君専用に作られた銃弾《じゅうだん》は、彼女には届かなかった。そのことごとくが暴君に触《ふ》れる前に威力《いりょく》をなくし、足《あし》下《もと》へと転がっていく。

「おいおいマジかよっ！　もう順応しやがった！」

クラウディウスが悪態をついている間にも、マシンガンの掃射は続く。だが数百発にも及《およ》ぶ弾丸は暴君の目の前に出現した防御陣《ぼうぎょじん》に受け止められ、空中で制止していた。信徒が怯む中、暴君は大半を失ったその顔で言葉を紡《つむ》ぎ始める。

「術種選択《せんたく》：因果応報陣《カウンター・スペル》」

暴君が宣言するのと同時に、銃弾は撃った本人へと向かって返っていく。まさに因果応報の名に相応《ふさわ》しい弾丸の雨霰《あめあられ》は、一瞬《いっしゅん》にして信徒たちの命を奪った。

暴君の体は再生を始めていた。まるでビデオを逆に再生しているかのように、肉片や腕、骨などが彼女の体へと戻《もど》っていく。そしてその左腕《ひだりうで》には、いつの間にか銀の拳銃が握られていた。

暴君が二挺《ちょう》の拳銃を十字に交差させる。暗闇《くらやみ》の中に獣《けもの》にも似た銃の咆哮《ほうこう》と、幾筋《いくすじ》もの閃光《せんこう》が走り抜《ぬ》けた。

十

九郎はアルをつれて夜道を駆《か》けていた。

いきなり降り始めた大雨で下着までびしょ濡《ぬ》れで、気持ち悪さを通り越《こ》して清々《すがすが》しささえ感じるほどだ。もっとも、そう考えているのは九郎だけらしく、アルは恨《うら》めしそうに彼をにらんでいた。

「妾《わらわ》は『本』だからな。濡れるのは好かんのだ」

「だからって、姫《ひめ》さんの呼び出しを無視して事務所でくつろぐわけにもいかんだろーがよ」

九郎とアルは路地裏を奥へ奥へと進んでいく。ヘタに表通りを使うより、多少、治安が悪くても裏道を抜けたほうが早いのだ。もっともブラックロッジと対峙《たいじ》している彼である。今さら治安もなにもないのだが。

街の喧噪《けんそう》が遠くに感じられるようになったときだ。九郎は微弱《びじゃく》な魔力《まりょく》を感じ取った。

九郎とアルは足を止め、顔を見合わせた。彼らの前方には淡《あわ》く光る炎《ほのお》のような靄《もや》が浮《う》かんでおり、揺《ゆ》らめいたかと思うと、まるで二人を導くかのように小道へと姿を消していく。

「なんだ、ありゃ?」

「微《かす》かではあるが魔力の気配がある。用心せよ」

二人はウィル・オー・ウィスプに魅入《みい》られた旅人のように、その光の下へと足を運んでいく。

「九郎、あそこになにかおるぞ」

もちろん、九郎も気がついていた。横殴《よこなぐ》りの雨が降りしきる中、襤褸《ぼろ》を着た少女が呆然《ぼうぜん》と立ちつくしている。崩《くず》れ落ちそうなほど体を震わせている彼女の顔色は悪く、唇《くちびる》は血の気を失って青ざめている。立っているのがやっとのようにさえ見える彼女は、まるで捨てられた子猫《こねこ》のようである。

「……まいったな、こりゃ」

九郎は頭をかきながら、今後のことを思案し始めた。

＋

「まったく、汝《なれ》はお節介《せっかい》すぎる」

事務所へと戻るやいなや、アルは非難の声を上げた。

「だからって放置したら後味悪《わり》ィじゃねえかよ」

「その後味悪ィで災難に見舞《みま》われているようだが？」

「ああ、そのとおりですよ。おかげでクソ生意気な小娘《こむすめ》と出逢《であ》うハメになっちまったからな！」

九郎はバスルームでバスタオルを三枚ほど引ったくると、それをアルと少女へ放《ほう》り投げた。

アルはそれをキャッチするが、少女は動こうともしない。バスタオルは彼女の頭へと舞《ま》い降りた。

嘆息《たんそく》する九郎の目を、アルがジッと見つめてくる。気まずくなった彼は視線を外したのだが、余計に気まずさは増してしまう。アルの体に貼《は》りついたドレスが目に入ったからだ。体のラインが浮き上がり、うっすらと肌《はだ》が透《す》けて見えるせいか、変に裸《はだか》を見せられるよりも艶《なま》めかしい。

「……変態」

ボソリとつぶやくアルを尻目《しりめ》に、九郎は少女の下へと足を運ぶと、頭に被《かぶ》さったままのバスタオルを使って体を拭《ふ》いてやった。だが、それでも少女は反応しない。心でも失っているかのようだ。

「風邪《かぜ》ひいちまうな……。アル、悪《わり》ぃけど、この嬢《じょう》ちゃんの着替《きが》えと風呂《ふろ》を手伝ってくれ」

「なぜ妾が？」

「俺がやるわけにもいかないだろうがよ。頼《たの》むよ」

「後先考えずに行動するから、このようなことになる」

アルは明らかにご機嫌斜《きげんなな》めだったが、彼女の手を借りるしかなかった。九郎は少女の手を引いてアルの下へとつれていく。アルは腰《こし》に手を当てると、わざとらしい溜《た》め息をついた。

「主《あるじ》の失態は妾の責任でもある。どれ、娘。こちらへくるがよい」

アルは少女の襤褸に手をかけ、それを脱《ぬ》がせ始めた。それでもなお、少女は抵抗《ていこう》すらしない。

（このお嬢ちゃん、何者だ？）

背格好、そして歳《とし》もアルと同じくらいだろうか。もっともアルの歳は千歳程度だが、外見だけなら十代前半なので、おそらく少女もそれくらいだろう。他《ほか》に気になることもあったのだが、それ以上、少女を観察することはできなかった。アルが頬《ほお》を引きつらせながらにらんでいたからである。

「あっちを向いておれ。性犯罪者として捕《つか》まりたくなければな」

九郎が慌《あわ》てて背を向けると、二人はバスルームへと入っていった。

「まいったな、こりゃ」

九郎は額に手を当てながら唸《うな》り声を上げた。

＋

シャワーを浴びて出てきた二人の少女は、それぞれ男物のシャツだけはおっていた。

さっそく九郎は目のやり場に困ってしまうが、変に目を泳がせてアルに変態扱《あつか》いされるのも癪《しゃく》である。九郎は半ばヤケクソになると、挑《いど》むような目で二人を凝視《ぎょうし》した。

「……ロリコンめ」

アルのつぶやきを聞き流しながら、九郎は少女の下へと歩み寄った。血の気すら失《う》せていた少女の肌はほんのりと上気し、生気が感じられるまでに回復している。襤褸《ぼろ》の代わりにシャツを着ているせいか、年頃《としごろ》の女の子に見えた。放心状態はあいかわらずだが、出逢ったときよりはマシである。とりあえず一安心した九郎だが、だからこそ余計に気になることもあった。

「汝も気づいておるようだが……」

アルが小声で耳打ちしてきた。どうやら彼女も同じことを考えていたらしい。少女の手足に刻まれた、新旧、様々な傷跡《きずあと》のことである。特に手首と足首の傷痕はひどく、虐待《ぎゃくたい》を容易に想像できた。

「全身、あんな感じだ。厄介《やっかい》なことにならねばいいのだが」

(なんか、嫌《いや》な感じだよな……)

アーカムシティの繁栄《はんえい》ぶりは目を見張るばかりだが、光あるところには影《かげ》もできる。その観点から言えば、少女の身に起きた災厄《さいやく》も珍《めずら》しいことではなく、ブラックロッジの凶行《きょうこう》に比べれば些末《さまつ》な問題かもしれない。とは言え、このような事実を見せつけられては放《ほう》ってはおけない九郎である。

九郎は腰を曲げて少女の目線に合わせた。

「俺は大十字九郎。こっちはアルだ。嬢ちゃんの名前は?」

「………」

「まいったな、こりゃ」

九郎がアルへと目を向けると、彼女は「妾《わらわ》を見るな」と言ってそっぽを向いてしまった。

「主の失態をフォローするんじゃなかったのかよ」

「尻《しり》ぬぐいをするとまでは言っておらぬ」

言い争いが取っ組み合いの肉弾戦《にくだんせん》へと変わり始めたときだ。九郎は少女の視線に気がついた。

「大十字、九郎?」

少女は消え入りそうな小さな声で、そうつぶやいた。

「おおっ！　そうだ、そうそう。大十字九郎だ。嬢ちゃん、自分の名前は言えるかい？」

九郎の問いに少女は少し思案顔をしたが、すぐに彼女はこう言った。

「エンネア」

＋

いつになく穏《おだ》やかな朝だった。

九郎は当然のように惰眠《だみん》を貪《むさぼ》っていたのだが、至福の時間は長くは続かない。突然《とつぜん》、鳩尾《みぞおち》を激しく圧迫《あっぱく》された九郎は、「ぐえっ」と潰《つぶ》れた蛙《かえる》のような悲劇的な声を発して目を見開いた。

何事かと確認《かくにん》するまでもない。少女が九郎の腹部に載っていたのである。癖《くせ》のある赤毛のショートヘア、そしてよく動く大きな眼が印象的な少女である。一瞬《いっしゅん》、誰《だれ》かと思った九郎だが、あの襤褸《ぼろ》を着た少女であることに気がついた。

「……えっと、確かエンネアだっけ？」

九郎の言葉に、エンネアの表情がパッと華《はな》やいだ。その感情の豊かさに、彼は少し困惑《こんわく》していた。

「ず、ずいぶん元気そうじゃないか」

「だって、今日はこ～んなにいい天気なんだよ。お部屋でジッとしているのがもったいなくて」

「確かに今日は天気も良さそうですが……。っていうか、この状況《じょうきょう》は明らかにマズイような気が？」

エンネアはＴシャツしか着てないのである。このような光景を口うるさい同居人にでも目撃《もくげき》された日には、一生、白い目で見られかねなかった。だが、悲劇は起きた。

「朝っぱらから騒々《そうぞう》しい！　何事だ⁉」

ソファーで眠《ねむ》っていたアルが、怒声《どせい》とともに飛び起きた。その途端《とたん》、部屋に漂《ただよ》う重い空気。

エンネアはそそくさと九郎の体から離《はな》れると、素知らぬ顔で台所へと歩いていく。

「どうやら警告は無駄《むだ》だったようだな。しょせん、汝《なれ》は生粋《きっすい》の性犯罪者よ」

「……弁解くらいさせれ」

九郎は体を起こすと、鼻歌まじりでフライパンを操《あやつ》っているエンネアへと目を向ける。

（なにやら、うまそうな匂《にお》いが……）

鼻をひくつかせながら匂いをたどっていくと、テーブルに豪勢《ごうせい》な料理の数々が並んでいた。

「冷蔵庫の食材、勝手に使っちゃったけど、別にいいよね？　すっからかんになったけど」

「はいぃ？」

慌てて冷蔵庫の中を確認すると、一週間分の食料が綺麗《きれい》に消え失せていた。

「わ、我が家の食料が……。一回の朝食で……」

九郎は涙《なみだ》さえ浮《う》かべながらぼやくが、エンネアの耳には届いてはいないようだ。彼女は黙々《もくもく》と調理を続け、着々と料理を仕上げていく。そして九郎の苦悩《くのう》をよそに、彼の腹の虫は鳴き始めていた。

「はいっ！　できたよ〜♪」

エンネアは炒《いた》め物を山ほど載せた皿を手に振《ふ》り返ると、それをテーブルに置いた。

「冷めないうちに食べてね」

彼女はソファーにいるアルを蹴《け》り落として席を確保すると、満面の笑《え》みを浮かべた。

「にゃ、にゃにをするかっ」

床《ゆか》の上に投げ出されたアルは非難の声を上げるが、エンネアは気にもしない。

（なんだか朝っぱらから一触即発《いっしょくそくはつ》なんですが、俺はどうしたらいいのでしょうか？）

途方《とほう》に暮れる九郎だが、とりあえずは食欲を満たすべく席に着いた。テーブルには焼き魚、野菜と肉の炒め物、サラダに味噌汁《みそしる》と、九郎が好んで食べる日本食がずらりと並んでいる。さっそく箸《はし》をつけた彼は驚《おどろ》いた。プロ顔負けの繊細《せんさい》な味付けだったからである。

「うん、うまいよ、これ！」

絶賛する九郎に対し、エンネアは胸を張った。一方、足蹴《あしげ》にされたアルは不満たらたらである。

「小娘《こむすめ》、妾の食事はどうなっておる？」

エンネアは魚の尾《お》を指先でつまむと、それをアルの目前へと持っていった。

「にゃ？」

「猫《ねこ》には魚で十分かと？」

「こここ、小娘っ。妾《わらわ》を猫扱《あつか》いするか」

アルの目に憎悪《ぞうお》の炎《ほのお》が燃え上がっていたが、変に口を挟《はさ》むと命に関《かか》わることを、九郎は経験上、よく知っていた。彼は朝刊《アーカム・アドヴァタイザー》を広げて視界をさえぎると、記事へと目を向けた。

「やっぱ男ってのは、料理ができてカワイイ女の子のほうが好きだよねぇ？」

「ななななっ、汝は妾を能なしだとでも申すのかっ⁉」

言い争いにうんざりしながら新聞の一面へと目を向けた九郎は、その内容に驚愕《きょうがく》した。

（ブラックロッジの構成員が惨殺《ざんさつ》？　しかも数十名⁉）

事件は昨日の未明に路地裏で発生していた。新聞では『裏社会の抗争《こうそう》が激化』とあったが、ブラックロッジに対抗《たいこう》勢力など存在しないと考えるべきである。とは言え、数十人も殺害するとなると、それなりに大きな組織が介在《かいざい》したと考えたほうが自然ではあった。

（昨日の未明、しかも路地裏か）

九郎は新聞を少し下げ、二人の様子をうかがった。ただの取っ組み合いを通り越《こ》し、アルは魔力《まりょく》まで行使してエンネアに襲《おそ》いかかっている。彼女はアルの攻撃《こうげき》を軽くあしらっていたが、そのおかげで部屋のあちらこちらで小爆発《ばくはつ》が起こり、ただでさえ汚《きたな》い部屋はゴミの山と化していた。

（……まさかねぇ？）

九郎は一つの仮説を立てたが、すぐに愚《ぐ》にもつかないことだと気づいて考えを改める。

「おっと、あぶないあぶない」

エンネアは宙で一回転しながら九郎の背後に回った。

「おのれ小娘、ちょこまかと！　妾の力、思い知るがよい！」

アルは目を怪《あや》しく輝《かがや》かせると、両手に集めた魔力をエンネアへと向けた。

「お、おい、アル、ちょっと待てっ！」

泡《あわ》を食った九郎が慌《あわ》てて止めに入るが、遅《おそ》かった。アルの掌《てのひら》が光を帯びたかと思うと、それは九郎目がけて飛んでくる。次の瞬間《しゅんかん》、彼は全身を貫《つらぬ》く激しい衝撃《しょうげき》とともに宙を舞《ま》っていた。

「ぐはぁー、なんで俺が被害者《ひがいしゃ》にぃぃぃぃ」

九郎の意識は暗転し、再び目覚めたのは一時間後のことだった。

＋

九郎とアル、そしてエンネアの三人は、アーカムシティの繁華街《はんかがい》へと足を運んでいた。エンネアの服を調達するためである。本当はアルと二人で来る予定だったのだが、エンネアが駄々《だだ》をこねた結果がこれだった。九郎は彼女のために自分の服を貸していたのだが、袖《そで》をまくりまくったジャケットと、裾《すそ》を上げまくったスラックス姿というのは、かなり滑稽《こっけい》である。

エンネアは九郎の腕《うで》にぶら下がりながら、生まれて初めての外出だと言わんばかりに大はしゃぎしていた。反対側ではアルが不機嫌《ふきげん》を絵に描《か》いたような顔をしながら、九郎の袖をつかんでいる。

「ところでエンネア、君に訊《き》きたいことがある」

九郎は神妙《しんみょう》な顔でエンネアに問うた。

「人間、誰《だれ》しも一つや二つ、秘密を持っているものだが、答えたくなければそれでもいいから」

エンネアはきょとんとしたあと、「あ〜ダメダメ」と言いながら首を横に振った。

「話せないようなことばかりなのか？」

「そーじゃなくて、なぁんにも覚えてないんだ」

エンネアは舌を出してみせた。さして重要でもないような素振《そぶ》りだが、九郎には大事である。

「記憶喪失《きおくそうしつ》ってやつ？　名前以外、覚えてないんだよね。追われてたような気はするんだけど」

「こいつは確かに厄介《やっかい》だな」

「だから言うたであろうに。どうするつもりだ？」

「どうするって、うーん……とりあえず姫《ひめ》さんの力でも借りるか」

「また小娘に頼《たよ》るつもりか？　汝《なれ》も探偵《たんてい》を名乗るなら、自分の足を使えばよかろう？」

アルの指摘《してき》はもっともだったが、無駄に歩き回るより覇道財閥《ざいばつ》の力を借りたほうが早い。それはエンネアのためにもなると九郎は信じていた。もっとも、プライドはボロボロになるだろうが。

今後のことを思案していたときだ。突然《とつぜん》、エンネアは九郎の腕から手を放すと、近くにあるブティックへと向かって突撃《とつげき》していった。あっという間の出来事に、取り残された二人は呆然《ぼうぜん》となる。

「小娘《こむすめ》め、ずいぶん立派な店へと入っていきおったわ」

エンネアが入っていった店は、ブランド物しか置いてないような店だった。

「金、足りるかな……」

服は量販店《りょうはんてん》という九郎の固定概念《がいねん》を見事に打ち砕《くだ》く大胆《だいたん》な行動に、彼は失神寸前である。

店に近づいておそるおそる中を覗《のぞ》きこむと、エンネアは店内を所狭《ところせま》しと駆《か》け回り、高価そうな服を何着も手にしては試着を繰《く》り返している。九郎の不安は増大していくが、彼女は悪びれる様子もなく試着し続けていた。そしてとうとう、彼女は一着の服を身にまとって九郎の下へと駆けてきた。

「ねえねえ、どう？　可愛《かわい》い？」

エンネアはフリルがたくさんついた朱《しゅ》色のドレスのような服を身に着けていた。ほとんどアイドルのような姿だったが、年齢《ねんれい》相応であるせいか不思議と違和感《いわかん》はない。女は化けると言うが、その姿は贔屓目《ひいきめ》で見ても愛らしく、服一つでここまで変わるものかと唖然《あぜん》となるほどだ。

「汝……鼻の下が一メートルくらい伸《の》びておるぞ」

アルは怒《いか》りを通り越《こ》して殺意に近い目で九郎を凝視《ぎょうし》する。

「そんなお古は、ほっとけほっとけ。で、どう？　似合う？」

エンネアはアルを蹴《け》り飛ばして九郎の視界から排除《はいじょ》すると、再度、訊《たず》ねてきた。

「服のことはわかんねえけどさ。それ、似合ってると思うぜ？」

エンネアは大きな眼をキラキラと輝かせると、九郎に抱《だ》きついてきた。九郎はさっそく動揺《どうよう》

し、頬《ほお》を引きつらせた。密着した部分から未熟ながらも女性らしい柔《やわ》らかさが伝わってきたからだ。だが、一瞬《いっしゅん》にして九郎の頭は冷めてしまう。アルの視線が怖《こわ》すぎたからである。彼女は体をわななかせながら、九郎とエンネアをにらみつけていた。

「な、汝等、なにを引っついておるか！」

激昂《げっこう》するアルに対し、エンネアはさらに体をすり寄せてくる。

「もしかして、嫉妬《しっと》ってやつですか？　見苦しいねえ？」

エンネアが鼻を鳴らすと、アルの顔は怒りで赤く染まっていく。

「自分が九郎に一番近いからって、油断してたのかな？　甘い、甘いねえ？」

「なっ、なっ！　なっ!!」

「ふふん。女って、日々、己の美貌《びぼう》を研鑽《けんさん》しないと、簡単に男に捨てられてしまうものなんだよね」

エンネアの挑発《ちょうはつ》に、アルの顔は赤さを通り越して赤銅色《しゃくどう》へと変わっていく。体からは魔力《まりょく》が湯気《ゆげ》のように立ち上り始めていた。

「あ。でもそんな貧弱《ひんじゃく》な体つきじゃ、最初から相手にもされてないかぁ!?」

「こ、こ、この、小娘がぁぁぁぁ！」

とうとうアルはブチ切れた。彼女の全身からほとばしった魔力は急速に膨《ふく》らみ、そして弾《はじ》けた。九郎の全身を駆け抜《ぬ》ける激しい衝撃《しょうげき》。気がつくと九郎は空高く舞《ま》い上がっていた。

九郎とアル、そしてエンネアの奇妙《きみよう》な共同生活が始まっていた。

もっとも共同生活とは名ばかりで、九郎にとっては毎日が戦いである。エンネアがアルを挑発し、そのとばっちりを九郎が受ける。その繰り返しだった。おかげで生傷が絶えず、死線をさまようことさえあった。ブラックロッジが沈黙《ちんもく》を守っているのが不幸中の幸いだったが、九郎は確実に身の危険を感じ取っていた。

エンネアの件は覇道の力を借りて調査中だったが一向に進展せず、また彼女の記憶《きおく》が戻《もど》る気配もない。九郎は途方《とほう》に暮れたが、エンネアはこれ幸いにと彼にまとわりついていた。すっかり押しかけ女房《にようぼう》気取りの彼女だが、卓越《たくえつ》した家事の能力は九郎に人間らしい生活を約束してくれた。

「あの娘《むすめ》は、なぜここに居座っておるのだ？　不愉快《ふゆかい》だ」

アルは部屋の掃除《そうじ》に精を出しているエンネアを眺《なが》めながら不満をあらわにした。

「過剰《かじよう》に反応しすぎなんじゃねぇの？」

「ふん。あの娘が気に食わんのは事実だが、それだけではない。あの娘には不吉《ふきつ》な気配がある。災いを運んでくるやもしれぬ。正直な話、関《かか》わりたくはない」

アルが真顔で話すものだから、九郎の顔も自然に険しくなる。

「確かに、やりすぎだとは思うけどさ。悪い奴《やつ》じゃないし。それに、もし本当にエンネアが災《さい》厄《やく》を運んできたとしてもだ。こちとら天下無敵のマスター・オブ・ネクロノミコンだぜ？　どんな災難だってぶっ飛ばせるさ！」

九郎がアルの肩《かた》を叩《たた》きながら答えると、彼女は顔を赤らめながらそっぽを向いた。

「汝《なれ》は甘い。女に対しては特に甘い。不愉快だ……実に不愉快だ！」

「甘っちょろいことを貫《つらぬ》き通せる奴を正義の味方って言うんだよ」

「……断っておくが、妾《わらわ》が気に入らんのは、その楽観的なところだ。ただそれだけだ。他《ほか》に含《ふく》みはない。くれぐれも、くれぐれもだ！」

「はぁ？」

「わ、妾が、あ、あんな小娘《こむすめ》に、し、嫉妬しているなどと、か、勘違《かんちが》いしないことだ！」

アルは手足をバタバタしながら、しどろもどろで言った。

「さて、お掃除完了《そうじかんりょう》っと。あとは、この粗大《そだい》ゴミを外に放《ほう》り出せばＯＫだね」

エンネアはつかつかと歩み寄ってくると、アルの首根っこをつかまえて持ち上げた。

「にゃ？」

「まあ、でっかい粗大ゴミ」

「こ、小娘ぇぇぇぇぇぇ！」

アルの大爆発《ばくはつ》とともに、九郎の体は軽々と宙を舞った。

「ま、また俺が犠牲《ぎせい》にぃぃぃぃっ！」

九郎は狭《せま》い浴室で熱いシャワーを浴びながら、深い溜《た》め息をついた。

「しかし、身が持たんぞ、こりゃ」

熱い湯が一日の疲《つか》れを落としてはくれたが、アルとエンネアの抗争《こうそう》に巻きこまれるのはご免《めん》被《こうむ》りたい九郎である。こうしてシャワーを浴びていても二人の口論は絶え間なく聞こえてくるし、ドタバタと騒《さわ》がしい振動《しんどう》も伝わってくる。魔力《まりょく》の気配も感じられた。

(このマンション、近い将来、倒壊《とうかい》するかもしれない……)

それ以前に殺されてしまう可能性もあった。九郎は嘆息《たんそく》すると、スポンジにボディーソープの液を染みこませて泡立《あわだ》て始める。彼が体を洗い始めた、そのときだった。おもむろに背後のドアが開いたかと思うと、エンネアが浴室に乱入してきた。

「どわーっ！　な、なんだ？　なんの用だ⁉」

「もちろん、旦那《だんな》様の背中を流すために決まってますわ」

「いや、ちょっと待て。それはイロイロとヤバイからっ！」

九郎は前を隠《かく》し、言葉による抵抗《ていこう》を試みるが、それを無視してエンネアは奉仕《ほうし》活動を開始した。彼女はスポンジを手にすると、九郎の背中、腕《うで》、足へとそれを滑らせていく。

「お、おい、前はよせっ！　前は〜、前だけは〜っ‼」

あられもない九郎の悲鳴が浴室内に響《ひび》き渡《わた》った途端《とたん》、ドアの向こう側で雷《かみなり》が落ちた。

「な、汝ら……。なにを破廉恥《はれんち》なことをしておるか！」

アルはドアを蹴破《けやぶ》り、その勢いを利用して跳《と》び蹴《げ》りを敢行《かんこう》する。エンネアは身を屈《かが》めてそれを避《さ》けるが、一糸まとわぬ無防備な状態の九郎は反応が遅《おく》れた。アルの爪先《つまさき》は九郎の顔面へと突《つ》き刺《さ》さる。

「ま、また俺ですか……」

九郎は鼻血を流しながら浴室内でひっくり返った。

＋

九郎はソファーで仰向《あおむ》けに寝《ね》かしつけられていた。部屋は暗く、辺りは深夜のような静けさだ。

「九郎、大丈夫《だいじょうぶ》？」

気がつくと、エンネアが九郎の顔を覗《のぞ》きこんでいた。

「ゴメンね。ちょっと調子に乗りすぎたみたい」

エンネアは舌を出すと、ぺこりと頭を下げた。

「今、何時？」

「二時くらいかな？　アルはふてくされて寝ちゃったけど」

顔を横に向けると、九郎に背を向けて眠《ねむ》っているアルの姿が見えた。眠っている間もご機嫌《きげん》斜《なな》めのようだ。九郎は、やれやれとばかりに溜め息をつく。

「ねえ、九郎……。九郎は戦う人でしょ？」

「なんでそのことを⁉」

「お風呂《ふろ》のときに気づいたよ。九郎の体、傷だらけだった」

「そうか。そういうことか……」

「なんで九郎は戦っているの？」

エンネアは、いつになく真面目《まじめ》な目で見つめてきた。

「なんでって、そうだなぁ。そんなこと考えたこともなかったけど――」

「なにもなくちゃ戦えないと思うけど」

「そりゃそうだ。たとえば、そうだなあ……。後味悪《わり》ィからかな？」

「後味悪い？　よくわかんないよ」

エンネアは小首を傾《かし》げる。

「実のところ、俺も解《わか》ってないのかも。ただささ、悪党が好き勝手やってるのを見ちゃったら黙《だま》ってられないだろ？　見て見ぬフリができるほど器用じゃないし、それになにもせずに後悔《こうかい》するのも嫌《いや》なんだ。もちろん、世界を救おうとか、そんな大それたことは考えちゃいないけど」

「それだけ？　それだけの理由で戦えちゃうものなの⁉　あんなに傷だらけなのに……」

九郎は返事に窮《きゅう》した。戦う理由について深く考える前に、それに巻きこまれていたからだ。

もちろん、マスターテリオンの存在が許せないというのはある。だが、それだけではなかった。アーカムシティを守りたいのも事実だし、瑠璃や覇道鋼造の想《おも》いに応《こた》えたいとも思う。結局のところ、様々な要因が複雑に絡《から》まって『戦う』という一つの衝動《しょうどう》になっているような気がした。

「もし、全部無駄《むだ》だとしたら？」

エンネアは、ひどく冷めた口調でつぶやいた。

「未来を知ることができたとして……。どんなに必死に戦っても誰《だれ》も救えないし、救われない。そんなことが解っていたらどうする？　それでも九郎は戦える⁉」

「じゃあ、すべて無駄だったとして、なにもしないでいられるかな？」

九郎の問いに、エンネアは答えられない。

「俺には無理っぽいな。無駄だと解っていても、最後まで足掻《あが》くんじゃないかな。なにもしないなんて、それこそ後味悪ぃし。だいたいさ、戦ってるときは必死だから考えている余裕《よゆう》なんかないよ」

エンネアは解ったような解ってないような、そんな複雑な表情をしていた。

「さ。もう遅《おそ》いから寝ようぜ。どうせ明日も戦争なんだし」

目を閉じた途端、九郎は睡魔《すいま》に襲《おそ》われてしまう。あっという間に彼の意識は霧散《むさん》した。

＋

アルは狸寝入《たぬきねい》りを決めこんで成り行きを見守っていた。

(小娘《こむすめ》め、なにを考えておる!?)

出逢《であ》った瞬間《しゅんかん》から感じ続けている不安感は、アルの心の中から消えてはいない。それが結果的にどのような災厄《さいやく》をもたらすのかは想像できないが、漠然《ばくぜん》としたなにかがつきまとっていた。

(九郎に仇《あだ》をなすというのであれば、いっそ今のうちに……)

アルは握《にぎ》り拳《こぶし》を作り、さらに様子をうかがう。

「盗《ぬす》み聞きはどうかと思うなぁ。アル?」

「……気づいておったか」

アルは起き上がると、エンネアへと体を向けた。

「鈍感《どんかん》な九郎とは違《ちが》うからね」

「汝《なれ》、いったいなんの目的で九郎に近づいた!?」

「別に……」

「とぼけるなっ!!」

アルはベッドから飛び降りると、エンネアの前に立った。その顔には憤怒《ふんぬ》の表情が浮《う》かんでいる。アルはやる気満々だったが、エンネアは静かに首を横に振《ふ》るだけだ。

「汝からはよくない気配がする。正体までは探《さぐ》れぬが、九郎に害なすのであれば、今ここで……」

「エンネアは九郎に逢いたかっただけ。本当に、ただ、それだけ」

彼女は虚《うつ》ろな表情でつぶやいた。

「逢いたかっただけ？　まさか小娘。汝、最初から九郎に逢う目的で……」

それが意味することは一つである。だが、それを問い質《ただ》す前にエンネアはシーツを頭から被《かぶ》った。

「さて、おしゃべりはおしまい！　夜更《よふ》かしはお肌《はだ》の敵だよ！　んじゃ、おやすみー！」

「ま、待たぬかっ！」

だがアルが制止するころには、エンネアはすでに寝息を立てていた。

「なんなのだ、いったい？　解らん、理解不能だ」

アルは肩《かた》を落とした。

＋

共同生活を始めて一週間目の朝のことだった。

朝食をすませ、コーヒーを啜《すす》りながらまったりしていた九郎に、突然《とつぜん》、エンネアが提案してきた。「遊びに行こう」と。さっそく九郎は難色を示したがエンネアは頑《がん》として譲《ゆず》らず、結局、彼が折れる形でそれは実現することになった。

エンネアは力一杯《ちからいっぱい》、遊びに興じていた。ウィンドウショッピングに始まり、映画、遊園地、ゲームセンターなど、視界に入るすべての施設《しせつ》に興味を抱《いだ》き、まるでそれが最後だと言わんばかりに、精一杯、力の限り、すべてを貪《むさぼ》り尽くすような勢いで熱中し、没入《ぼつにゅう》していく。エンネアは店から店へと渡《わた》り歩《ある》き、必要以上にはしゃいだ。その姿は大切なものを瞼《まぶた》へと焼きつけ、かけがえのないなにかを見つけ出そうとしているようにも見えた。九郎は黙《だま》って彼女に付き合った。アルはアルで思うところがあるらしく、ブスッとしながらも文句一つ言わずについてくる。唯一《ゆいいつ》の問題は、エンネアの体力に九郎とアルがついていけないことだけだった。

全力で遊び倒《たお》していたせいか、気がつけば日は西に大きく傾《かたむ》いていた。それでもなおエンネアは元気いっぱいだ。これにはさすがの九郎とアルも閉口し、白旗を掲《かか》げた。

「二人とも体力ないなー。ちょっとだけ休もっか？」

エンネアの提案に、九郎とアルは一も二もなく賛同し、近くにある茶店《きてん》へと避難《ひなん》した。

「やっぱ、遊ぶときはてってーてきに遊ばなきゃだよね！」

「いや、エンネアの場合は徹底《てってい》しすぎだ。ハッキリ言って、俺はヘトヘトだ」

「小娘、なんのつもりかは知らぬが、この程度で妾《わらわ》に勝ったなどとは思わぬことだ」

「九郎ってば爺《じじ》くさいなあ……。アルはアルでババアだし」

「わ、妾をババア扱《あつか》いするか！」

アルは目をむくが、疲《つか》れのせいかいつもの勢いはなかった。

「ま、とにかく甘い物でも食べて血糖値を上げようよ。喧嘩《けんか》なら、いつでも受けて立つからさ」

エンネアは目の前に並ぶパフェやパイ、ケーキを指さしながらニッコリと笑った。

（……気のせいか？）

九郎はエンネアの表情の中に、一瞬《いっしゅん》だけ浮かんだ影《かげ》のようなものを見ていた。もっとも瞬《まばた》きした次の瞬間には消えていたので、窓から射しこむ西日が作り出した幻想《げんそう》だろうと彼は結論づけた。

それから先は戦争だった。九郎とアルは一つのケーキを奪《うば》い合って取っ組み合いになってい た。二人に同じケーキを注文するという頭はない。目の前にあるそれが大切だった。そんな彼らの姿を、エンネアはニコニコしながら見守っている。

「九郎ってさ、ぜんぜん戦う人っぽくないよね」

「四六時中、殺気立ってたら体がもたねーって」

九郎はアルの顔を押しのけながら、ケーキにフォークを突《つ》き立てた。

「九郎って大変なことがあっても、きっとそんな軽いノリで切り抜《ぬ》けちゃうんだろうなあ……」

「そうか？」

ケーキを口に運ぶ前に九郎は答えるが、その隙《すき》をついてアルがそれを奪い取った。

「ふんっ。此奴《こやつ》の場合、単なるお気楽莫迦《ばか》なだけだ」

口をモグモグと動かしながらアルが答える。

「アル、おまえうっさい。っていうか、人のケーキに手を出すのはやめれ」

「なにを言うか。これは元々、妾が目をつけておったのだ」

九郎とアルはにらみ合い、互《たが》いの頬《ほお》をむんずとつかんだ。そんな二人のやり取りを眺《なが》めていたエンネアは大笑いし、手を叩《たた》きながら喜んだ。

「けどさ、すごい光景だよねぇ。夫婦漫才《めおとまんざい》する魔術師《まじゅつし》と魔導書なんて……」

そこまで口にして、エンネアはハッとした。九郎とアルも争うのを止め、彼女を見つめる。

「なんで知ってんだ？」

九郎の問いに、エンネアは指先で頭をかきながら「まいったなぁ」とつぶやいた。

「もしかして、記憶喪失《きおくそうしつ》ってのは嘘《うそ》か？」

エンネアは呻《うな》り声をあげるが、やがて決心したかのように九郎の目を見つめた。

「……ゴメンね」

「どういう……つもりなんだ？」

九郎はどんな顔をしていいのか判《わか》らず、複雑な表情を浮《う》かべた。ひどく混乱している。

（すべてが嘘だってんなら、彼女は何者なんだ？　なんの目的で俺に近づいてきた⁉）

次々と浮かんでは消えていく疑問。そんな九郎の脳裏《のうり》に、雨の中、襤褸《ぼろ》をまとってたたずんでいたエンネアの姿が浮かび上がってきた。捨てられた子猫《こねこ》のような儚《はかな》い表情をしていた彼女。

それすらも演技だったのだとすると——。九郎の胸中に、やり切れなさが漂《ただよ》う。

「そうだね。なにから話せばいいのかな」

エンネアは落ち着き払《はら》っていた。それどころか安堵《あんど》しているようにさえ見える。早く嘘を見《み》抜《ぬ》いてほしかったのではないかと思えるほどだ。エンネアは思案顔をしていた。九郎は彼女が話し始めるのを根気よく待った。

エンネアの口が開かれる。だが言葉は紡《つむ》ぎ出されない。彼女の目は九郎ではなく別のところへと向いていた。つられるように視線の先を追いかけると、店内に入ってくる凸凹《でこぼこ》コンビの姿に気がついた。一人は思わず見上げてしまうほどの巨漢《きょかん》で、もう一人はストリートファッションに身を包んだ少年である。彼らは品のない笑《え》みを浮かべながら、全身をなめ回すかのような視線を投げつけてきた。それはあまりにも露骨《ろこつ》であり、不快になるには十分すぎた。

少年が凄惨《せいさん》な笑みを浮かべる。九郎の背筋に悪寒が走り抜けた。体が痙攣《けいれん》するかのように激しく震《ふる》え、全身が総毛立つ。九郎は考えるよりも先に行動に出ていた。魔術師となった九郎はエンネアを抱《かか》えると、翼《つばさ》を盾《たて》にして窓を突き破る。と同時に店内は大爆発《ばくはつ》を起こし、そこは木《こ》っ端微塵《ぱみじん》に吹き飛んだ。客の命は絶望的だった。その証拠《しょうこ》に、地面のあちらこちらに肉片が転がっていた。

「なんなんだよ、これ……」

突然《とつぜん》の出来事に、九郎の思考はついていけなかった。だが彼が状況《じょうきょう》を把握《はあく》するよりも早く、彼らはその姿を現した。粉微塵に吹き飛んだ喫茶店《きっさてん》の中心部、ちょうど爆心地《ばくしんち》にあたる場所に立つ凸凹コンビは、何事もなかったかのような顔をしていた。

「彼奴《きゃつ》ら、ただ者ではないぞ」

「ああ。あんなことをやらかす輩《やから》が、まともな神経なわけねえ」

そして、そのようなことを平然とやってのける連中を九郎は知っていた。

「てめぇらも、ブラックロッジのクソ野郎《やろう》どもかっ!」

「オー、イエーッ! ボクはクラウディウス。ブラックロッジでアンチクロスやってまーっす！」

　少年は片手を挙げながら軽い口調で応《こた》える。

「オレはアンチクロスのカリグラだ」

　巨漢の男は体型どおりの野太い声で言った。

「九郎、魔術師を二人同時に相手などできぬぞ」

　もちろん、そのようなことは百も承知している九郎だが、それ以前の問題があった。エンネアである。彼女を庇《かば》ったまま相手にできるような連中ではなかった。九郎は歯ぎしりをする。

「まさかアル・アジフと大十字九郎のオマケつきだなんて、ボクたちラッキー⁉　ついでだからアル・アジフも回収しちまおーぜ」

　クラウディウスは腹を抱えながら笑うと、隣《となり》に立つカリグラへと顔を向けた。

「まて。オレたちの相手は大十字九郎ではナイ」

「ケッ！　今さら怖《お》じ気づいてんじゃねーよ。ビビってんなら、帰ってクソして寝《ね》てやがれ」

「油断するナと言っておる。敵はマスター・オブ・ネクロノミコンに加えて、あの――」

「るせぇよ。インスタント魔術師バラして、女をとっつかまえれば終了《しゅうりょう》じゃねーの。余裕《よゆう》余裕」

　九郎たちのことは気にもとめず、カリグラとクラウディウスは言い争いを始めた。

（……女をとっつかまえる？　エンネアのことか⁉）

　状況から考えても、そうとしか考えられなかったが、だとすると「なぜ？」という疑問が浮かんでくる。そのとき九郎の脳裏に、過去に否定した一つの可能性が浮かび上がってきた。頭の中でバラけていたパズルのピースが次々と組み合わさっていく。

（こいつらの目的がエンネアだとして、理由はなんだ？　アンチクロスが出ばるほどのことか⁉）

理由はなんにせよ、彼らにエンネアを引き渡《わた》すわけにはいかなかった。

（エンネアだけでも、なんとか——）

九郎がアルに目配せをすると、彼女は少し困ったような顔をしながらもうなずきを返した。

九郎は腕《うで》の中のエンネアを解放すると、彼女へと目を合わせた。

「エンネアは逃《に》げろ」

「……九郎は？」

「あのクソ野郎どもの相手をしなきゃならねえ。エンネアは近くのシェルターに逃げこめ」

言うが早いか、九郎はエンネアの肩《かた》を押して強引《ごういん》に走らせると、自分はバルザイの偃月刀《えんげつとう》を片手にアンチクロスたちへと向かって突撃《とつげき》していく。

「テメー。女ぁ逃がしてんじゃねーよっ！」

クラウディウスが手を横に薙《な》いだ。九郎は立ち止まると本能的にしゃがみこむ。その途端《とたん》、頭上に透明《とうめい》なにかが走り抜《ぬ》けた。振《ふ》り返ると、それは通行人たちの中へと消えていき、次の瞬間《しゅんかん》、血の雨が降り注いだ。まるでかまいたちでも通り抜けたかのように全身が分断されていた。かろうじて生き残った人々は絶叫《ぜっきょう》し、無事だった人たちは我先にと逃げ出していく。地獄《じごく》絵図《えず》のような光景だった。九郎の体は怒《いか》りで打ち震えていた。彼らに罪はない。ただ、そこに居合わせただけなのだ。

「あれはハスターの力かっ！」

アルは目を大きく見開いている。

「ハスター？　なんだそりゃ」

「風を司《つかさど》りし旧支配者。『名状しがたいもの』『星間宇宙を歩むもの』とも呼ばれるが……」

「あんなガキに、そんな力が？」

「外見で判断するな！　油断につながる」

九郎はうなずき返すと、偃月刀を構える。

「おらおらーっ。テメーから仕掛《しか》けておいて、ビビってんじゃねーよ！」

嘲笑《ちょうしょう》するクラウディウス。

一方、カリグラは九郎に背を向けるほど大きく拳《こぶし》を振りかざすと、一喝《いっかつ》とともに拳を前へと突《つ》き出した。その途端、視界が白一色に染まり上がる。ついで爆音《ばくおん》と衝撃《しょうげき》が九郎の全身を突き抜けていく。彼の体は木の葉が舞《ま》うかのような軽々しさで吹《ふ》き飛び、建物の外壁《がいへき》へと突撃していく。咄嗟《とっさ》に翼《つばさ》で体を守ったからよかったものの、反応が少しでも遅《おく》れていたら全身の骨がバラバラになっていても不思議ではなかった。のんびりしている暇《ひま》はない。壁《かべ》にめりこんだ体を引きはがしている間に、クラウディウスは目の前へと迫《せま》っていた。一瞬《いっしゅん》で目の前に現れたような錯覚《さっかく》すら覚えるほど、彼の動きは速い。九郎は偃月刀で応戦するが、すでに彼の姿は視界の中から消え失《う》せている。

「九郎、上だっ」

見上げたときには九郎の脇腹《わきばら》はザックリと裂《さ》け、地面に血だまりができる。傷口は深かったが、アルが処置したのか血はすぐに止まった。

「九郎ちゃんよぉ、とろすぎて欠伸《あくび》が出ちゃうぜー」

実際、クラウディウスは欠伸をしていた。その姿が癪《しゃく》に障《さわ》って偃月刀を振るうのだが、かすりもしない。クラウディウスの相手をしている間に、今度はカリグラの拳が迫ってくる。クラウディウスに比べて鈍重《どんじゅう》な彼の攻撃《こうげき》を避けるのは造作もない——はずだった。カリグラは九郎ではなく偃月刀へと拳を叩《たた》きこんでそれを砕《くだ》くと、その先にある彼の体へと拳を叩きこんできたのである。突き上げるようにして放たれたその拳は九郎の体を上空へと舞い上がらせ、その衝撃で再び脇腹からの出血が始まる。九郎は翼を広げて上空で制止すると、苦悶《くもん》の表情を浮《う》かべながら傷口を手で押さえつけた。指の隙間《すきま》から血が溢《あふ》れ出し、地表へ血の雨を降らせる。

「九郎、退《ひ》こう！」

アルの提案はもっともだったが、九郎はそれを拒否《きょひ》した。カリグラとクラウディウスを残して遁走《とんそう》するなど九郎にはできなかったし、それを見逃《みのが》す彼らでもない。それに九郎は彼らを許してはおけなかった。眼下に広がる血染めの瓦礫《がれき》の山は、たまたま繁華街《はんかがい》に来ていた通行人によって作られたものである。彼らの無念を思うと、ここで退くわけにはいかなかった。

「ケッ！　テメーだけが飛べると思うなっつーの！」

クラウディウスは吐《は》き捨てると、空間を蹴《け》り飛ばすようにして一気に九郎の下まで駆《か》け上がってきた。彼はニヤッと笑うと腕を交差させ、今度はそれを勢いよく振り払《はら》う。放たれた風の刃《やいば》は九郎が背負っている翼を紙片へと変え、浮力《ふりょく》を失った彼は地上へと急降下していく。

九郎は地表への激突《げきとつ》の衝撃に備えたが、そこではカリグラが待ち受けていた。彼は九郎へ向かって豪腕《ごうわん》を突き上げる。彼の拳から放出された爆風《ばくふう》と衝撃が九郎の体を包みこんだ。九郎は再び宙に舞い上がると、今度こそ瓦礫の中へと落ちていった。全身が悲鳴を上げ、背中の焼けるような熱さに九郎は呻《うめ》く。

「九郎っ！　無事か⁉」

「んなわけねぇだろ……」

かろうじて上半身は起こせたが、体にはまるで力が入らない。血が足りないのだ。

カリグラとクラウディウスは攻撃の手を緩《ゆる》めない。カリグラは拳を振り上げ、クラウディウスは手をかざす。

九郎は死さえも覚悟《かくご》した。そのときだ。どこからともなく現れた魔導書のページが九郎の体を覆《おお》い、彼らの攻撃を撥《は》ね返した。カリグラとクラウディウスが驚愕《きょうがく》する中、魔導書のページは九郎の体から離《はな》れると、重なり合って人の形——少女の形を形成する。それは異様な姿だった。手足の拘束具《こうそくぐ》、視界を覆う仮面、銜《くわ》えさせられた轡《ギャグ》……。だが彼女に縛《しば》られている様子はない。

「なんだよっ！　どういうことだよ、おいっ！　なんで暴君がっ！」

クラウディウスは明らかに怯《ひる》んでいた。それはカリグラも同じである。

（暴君？　あの娘《こ》のことか？）

だが、助けられたという安堵感《あんどかん》はない。むしろ際限のない不安感が膨《ふく》らんでいた。それは暴君と呼ばれる少女が発する心臓を締《し》めつけるような激しい威圧感《いあつかん》に起因しており、そのプレッシャーたるやマスターテリオンに匹敵《ひってき》するほどである。暴君は轡《ギャグ》を嵌《は》めたままの口でニタリと笑ったかと思うと、再び魔導書のページとなってバラけていく。それは一陣《いちじん》の風を喚《よ》び、吹き荒《あ》れ始めた。

それと時を同じくして、九郎は両手の甲《こう》に激しい痛みを覚えてうずくまった。右手の甲は焼きごてでも当てられたかのような熱さが、左手の甲は凍傷《とうしょう》にでもかかったかのような痛みが走り抜けていく。見ると、そこには規則性を持って描《えが》かれた紋様《もんよう》が印されていた。

「汝《なれ》、それは……!?」

アルが問うが、九郎は答えられない。だが右手の紋様が『炎《ほのお》』を、左手の紋様が『風』を表すことくらいは九郎にも解《わか》った。風に乗って舞う魔導書のページが、九郎の両腕《りょううで》へと引き寄せられていく。それは紋様を囲むかのように回り始めた。回転は勢いを増し、それに耐《た》えられなくなった紙片が崩《くず》れ、記述された魔術《まじゅつ》文字だけがそこに残される。それはやがて光を放ち、世界を浸食《しんしょく》していく。

視力を奪《うば》われた世界の中で九郎は視《み》た。圧倒《あっとう》的な魔力《まりょく》を放ちながら宙に浮《う》く二つの存在を。九郎は無意識のうちに両手を差し出し、それをつかみ取った。それは二挺《ちょう》の拳銃《けんじゅう》である。右手には黒と紅を基調にした自動式拳銃《オートマチック》、左手には銀一色の回転式拳銃《リボルバー》。その圧倒的な存在感と凶

暴《ぼう》性は獣《けもの》そのものであり、九郎に強大な力を与《あた》えた。

両手にかかる心強い重量感。手にフィットするグリップ。九郎は左右の人差し指をトリガーにかけた。右手をカリグラの気配へ、左手をクラウディウスの気配へと向ける。九郎は同時にトリガーを引いた。痺《しび》れるほどの激しい反動を腕の力で強引《ごういん》にねじ伏《ふ》せる。

「な、なんで暴君の魔銃《まじゅう》がテメーにッ！」

叫《さけ》ぶクラウディウスの眼前には、一発の銃弾《じゅうだん》が停止している。銃弾は彼が発現させた防御陣《ぼうぎょじん》に阻《はば》まれてはいたが、今もなお高速で回転しながら獲物《えもの》を仕留めようとせめぎ合っている。一方のカリグラは左腕を吹《ふ》き飛ばされ、もがき苦しんでいた。

「オ、オデの腕！　オデの腕ェ！　痛《いて》ェ！　痛え痛え痛えェェ！　コロ殺コロ殺ブチ殺スッ！」

痛みがカリグラの理性を奪ったのか、彼は残った右腕を見境なく振《ふ》り回し始める。そのたびにあちらこちらで爆発《ばくはつ》が発生し、建物が倒壊《とうかい》していく。カリグラは暴走し続けていたが、そんな状況《じょうきょう》にありながらも複雑な術式を編み上げていた。九郎は失神しそうなほどのプレッシャーに顔を歪《ゆが》める。

九郎は編纂《へんさん》し直した翼《つばさ》を広げて宙に舞《ま》い上がる。直後、ひび割れた地面から水柱が噴き上がった。そしてその中から現れたのは無骨で剛健《ごうけん》なフォルムを持った鋼鉄の巨人《きょじん》・鬼械神《デウス・マキナ》である。

「クラーケン！　壊《こわ》せ壊せ壊せ壊せ壊せェコワセコワセコワセコワセコワセェェェェェェ！」

「チィッ！　キレるとすぐこれだ……」

クラウディウスは悪態をつくと、自分でも術式を編み始める。それは瘴気《しょうき》を孕《はら》んだ風を喚び、やがて巨大《きよだい》な竜巻《たつまき》と化した。

「ロードビヤーキーッ！」

クラウディウスの声に応じるかのように、竜巻の中に雷光《らいこう》が発生する。それは巨大なシルエットを浮かび上がらせた。鳥のようでもあり人のようでもあるスラリとした影《かげ》は、竜巻を切り裂《さ》くようにして姿を現した。圧倒的な存在感と凶悪《きようあく》なまでの重圧を発するそれは鬼械神である。

「九郎、さすがに鬼械神を二体も相手にはできん。退《ひ》くぞ！」

「いや、デモンベインを喚ぶ」

「九郎⁉」

「無謀《むぼう》なのは解《わか》ってる」

「戦力差は歴然なのだぞ」

「こんなところで奴《やつ》らを放《ほう》っておいたら……この街は終わりだ」

もちろん、理由はそれだけではない。カリグラとクラウディウスによって殺された者たちの無念を考えると、気持ちを抑《おさ》えきれなくなってしまうのだ。だが、そんな九郎の気持ちを察したのか、それとも観念して諦《あきら》めの境地に至ったのか、アルは肩《かた》をすくめてみせた。

「汝《なれ》は甘い。甘すぎる。激甘だ……。そんなことでは、いつ命を落としてもおかしくはない。だが、そんな甘いことを言ってのける阿呆《あほう》を主人に選んでしまったのは妾《わらわ》だ」

「そういうこった。諦めろ」

「ふんっ。だが、その甘いところ――嫌《きら》いではない」

アルはボソリとつぶやくと、二体の鬼械神をにらみつけた。

「連中をまとめて地獄《じごく》に叩《たた》き落としてやろうぞ！」

「おうよ！」

九郎は応《こた》えると、朗々《ろうろう》と祝詞《のりと》を詠《よ》み上げる。

憎悪《ぞうお》の空より来たりて
正しき怒《いか》りを胸に
我等は魔《ま》を断つ剣《けん》を執《と》る
汝、無垢《むく》なる刃《やいば》――デモンベイン！

デモンベインに乗りこんだ九郎だが、すぐに片膝《かたひざ》をついて呻《うめ》いた。体にきざまれた傷、特に脇腹《わきばら》の傷がひどい。血が足りていないのは明らかで、足腰《あしこし》に力が入らず、意識も遠かった。

(鬼械神を二体も相手にするってのは、確かに正気の沙汰《さた》じゃねえな)

九郎は気合いで立ち上がった。一瞬《いっしゅん》でも隙《すき》を見せたら、その瞬間に勝負は決する。

先に動いたのはクラウディウスが操《あやつ》るロードビヤーキーだ。それは音速を超《こ》える速度で空を翔《かけ》ると、手中に顕現《けんげん》させたライフルの銃口《じゅうこう》をデモンベインへと向ける。そして間髪《かんはつ》をいれずに火を噴《ふ》いた。一、二発などという生易しいものではない。魔力がこめられた何発もの弾丸《だんがん》が立て続けに降り注がれる。

「避《よ》けろ！　まともに食《く》らったら、ただではすまぬぞ」

言われるまでもなく回避《かいひ》行動へと移った九郎は、デモンベインを右に左に操って弾丸をかわす。だが上空からの掃射《そうしゃ》は一方的であり、狙《ねら》い撃《う》ちに近い。デモンベインはいいように踊《おど》らされていた。だが問題はそれだけではない。ロードビヤーキーだけでも持て余す九郎だが、クラーケンの相手をする必要もあった。カリグラに似て無骨で屈強《くっきょう》な姿をしたクラーケンは、鋼鉄の爪《つめ》を持つ巨大な腕を振り上げると、それを突《つ》き出してくる。その腕は伸長《しんちょう》し、デモンベインへと迫《せま》る。まさにクラーケンと呼ぶに相応《ふさわ》しい触手《しょくしゅ》のような腕は、かわしてもかわしても追いかけてくる追尾弾《ついびだん》のようだ。

「チィッ！　このままじゃ……」

一方を避けても、もう一方が攻《せ》めてくる状況は、ただの嬲《なぶ》り殺しである。九郎は反撃《はんげき》のチャンスをうかがうことすらできなかった。九郎はギリギリのところで避け続けるが、それも長くは続かない。ロードビヤーキーのライフルで地面は剔《えぐ》られ、それに足を取られたデモンベインは体勢を崩《くず》した。そこへ絶妙《ぜつみょう》のタイミングでクラーケンの爪が迫る。さすがにかわしきれなかったが、胴体《どうたい》をかすめる程度ですんでいた。もっとも、それだけでも装甲《そうこう》には亀裂《きれつ》が生じ、デモンベインを吹《ふ》き飛ばすだけの力はあった。

「くっ……なんて馬鹿力《ばかぢから》だ」

うつぶせに倒《たお》れこんだデモンベインを、四つん這《ば》いにしながら九郎は驚愕《きょうがく》する。休んでいる暇《ひま》はなかった。ロードビヤーキーのライフルが火を噴き、何発もの弾丸がデモンベインに直撃《ちょくげき》する。その都度、モニターには様々なエラーメッセージが表示され、デモンベインの運動性能が落ちていくのが判《わか》った。一向に状況《じょうきょう》が好転しないことに九郎が苛立《いらだ》ちを隠《かく》しきれなくなったときだ。

「お、おい。九郎、あれを！」

悲鳴にも似たアルの声がコックピットに響《ひび》き渡《わた》る。目線を前へと向けた九郎は、一瞬、心臓が止まりそうになった。四つん這いになっているデモンベインの眼前に、一人の少女が立っていたからだ。ドレスにも似た服を身に着けたその少女のことを、九郎はよく知っていた。

「エンネア!?」

「あのうつけ、なにをやっておる！」

「エンネア、さっさと逃《に》げるんだ！」

デモンベインの拡声器を使い、九郎は叫《さけ》ぶ。だがエンネアは無表情のまま、デモンベインを静かに見上げているだけだ。九郎は何度も何度も叫び続けるが、彼女はピクリともしない。

ロードビヤーキーのライフルの銃口がデモンベインへと向けられる。無慈悲《むじひ》にも弾丸は発射され、デモンベインは無抵抗《むていこう》のままそれを食らい続けた。モニターに無数のエラーが表示され、装甲、そしてコックピット内のあちらこちらで小爆発《ばくはつ》が起こる。だが、耐《た》えるより他《ほか》なかった。エンネアがいる限り、攻撃《こうげき》はおろか移動すらできない。

そのときだ。一発の銃弾《じゅうだん》が近くのビルに直撃し、瓦解《がかい》した。大小様々な瓦礫《がれき》が地表へと落ちていく。そしてその真下にはエンネアがいた。アルが声にならない悲鳴を上げる。九郎はデモンベインで庇《かば》おうとするが、モニターに無数のエラーが返ってくるだけだった。

「エンネアァァァァァッ！」

九郎が絶叫《ぜっきょう》する中、エンネアは瓦礫の中へと消えていく。その瞬間にあっても、彼女はデモンベインを、九郎を見つめ続けていた。ほんの少しだけ、柔《やわ》らかい微笑《ほほえ》みを浮《う》かべて。

九郎の心の中はカラッポになった。思考が停止する。

（守るべき時に守れない力なんて……なんの意味がある！）

九郎は両膝《りょうひざ》を折ると、拳《こぶし》を床《ゆか》に叩きつけた。

「九郎っ！　諦めるなっ！　動かせっ！」

アルの悲痛な叫びが、九郎の心の中に染《し》みてくる。

「九郎！　今は戦え！　戦場で戦いを放棄《ほうき》してどうする！」

クラーケンとロードビヤーキーは、デモンベインに攻撃を加え続けている。その度《たび》に絶望的な反応がデモンベインから返ってきた。そんな中にあって、ふと九郎はエンネアが口にした言葉を思い出していた。

『もし……全部無駄《むだ》だとしたら？』

『未来を知ることができたとして……。どんなに必死に戦っても誰《だれ》も救えないし、救われない。そんなことが解《わか》っていたらどうする？　それでも九郎は戦える⁉』

今がまさに、それだった。

（このことを……このことを言っていたのか、エンネア⁉）

クラーケンとロードビヤーキーがデモンベインにトドメを刺《さ》そうと迫ってくる。

「九郎ーっ！」

アルの叫びを受けても、九郎の心は動かない。どうしようもないほど心は空虚《くうきょ》だった。迫りくる二つの殺意に対しても、なんの感情も衝動《しょうどう》も起こらない。ただその殺意を、九郎はうっとうしく思った。そしてそれは、彼を一つの行動へと駆《か》り立てる。「こいつらを殺そう」と。

『だったら、力を貸してあげるよ。大十字九郎』

ふと、九郎の意識に何者かがささやきかけてくる。それが何者かを確認《かくにん》する前に、その怪異《かいい》は起きた。手の甲《こう》に激しい痛みが走り抜《ぬ》けたのと同時に、九郎の知らない術式が半ば強制的に紡《つむ》がれる。膨《ふく》れあがった彼の殺意は実体と化し、デモンベインの前に顕現した。一つは紅蓮《ぐれん》の炎《ほのお》をまとった獣《けもの》、もう一つは白く凍《こご》える極寒《ごっかん》の霧《きり》のようなものをまとった巨人《きょじん》である。

「クトゥグアとイタクァ……」

アルが呆然《ぼうぜん》とつぶやく中、クトゥグァとイタクァは溶《と》けてデモンベインへと流れこんでいく。デモンベインは形をなした二つの殺意を手にした。ずしりと、両の腕《うで》に確かな重みが加わる。右手には自動式拳銃《クトゥグア》、左手には回転式拳銃《イタクア》を握《にぎ》りしめたデモンベインは、自動式拳銃《クトゥグア》の銃口《じゅうこう》をクラーケンに、回転式拳銃《イタクア》の銃口をロードビヤーキーへと向けた。

そして次の瞬間《しゅんかん》、トリガーは引かれた。

「逃げられたか」

アルはホッと溜《た》め息をついた。

圧倒的《あっとう》な戦力差であり、勝てる可能性など皆無《かいむ》に等しかったが、奇跡的《きせき》にもデモンベインは勝利を収めることができた。もっとも勝ったとはいえ、被害《ひがい》は甚大《じんだい》である。デモンベインは満《まん》身創痍《しんそうい》であり、立っていることさえ奇跡に近かった。モニターには無数のエラーが表示され、まともに機能している部分さえなかった。勝者とは思えない、見るも無惨《むざん》な有様だった。

街が受けた被害も深刻である。アーカムシティの中心部で起きた戦闘《せんとう》は、そこに壊滅《かいめつ》的なダメージを与《あた》えていた。モニターは焦土《しょうど》しか映さない。鬼械神が三体で暴れ回ったのだから当然の結果だが、呆然とせずにはいられないアルである。その感情は以前のアルなら考えられないものだったが、今はそのようなことを悠長《ゆうちょう》に考えている場合ではなかった。一番深刻なダメージを負っていたのが、他ならぬ彼女の主《あるじ》だったからである。

「九郎……」

アルは九郎に声をかけるが、彼の口は動きもしない。声が届いている様子もなかった。九郎の顔からは表情が消え失《う》せ、虚《うつ》ろな目はどこを見つめているのかさえ判らない。今の九郎からはなにも感じられない。怒《いか》りも悲《かな》しみもない。あるのは魂《たましい》の抜け殻《がら》だけだった。

アルは沈痛《ちんつう》な面持《おもも》ちで目を伏《ふ》せた。

＋

玉座を前に、二人の男はかしずいていた。

一人はカリグラ、もう一人はクラウディウスである。デモンベインの反撃《はんげき》に遭《あ》った彼らは撤《てっ》退《たい》を余儀《よぎ》なくされ、命からがら本拠地《ほんきょち》へと戻《もど》っていたのだ。

そんな二人の有様に怒り心頭《しんとう》なのはアウグストゥスである。彼は玉座に座るマスターテリオンの代わりに怒り狂《くる》い、容赦《ようしゃ》のない罵声《ばせい》を浴びせかけていた。もっとも、肝心《かんじん》のマスターテリオンは相も変わらず気だるげである。彼は膝《ひざ》にもたれかけたエセルドレーダの頭を犬でも愛《め》でるかのようになでながら、二人の報告をボンヤリと聞いていた。そんなマスターテリオンの姿には慣れているとはいえ、アウグストゥスの心中は穏《おだ》やかではない。

「無様だな。カリグラ、クラウディウス……」

吐《は》き捨《す》てる感じでアウグストゥスが告げると、さっそくクラウディウスが食ってかかる。

「ケッ！　テメェ、暴君が力を使い果たしてるなんてホザいてたよなぁ？　なのに、なんだよ、あの力はよぉ⁉　そもそも、なんで暴君が奴《やつ》に力を貸してんだ？」

「暴君は弱っていたのだろう。だから大十字九郎を利用したのだ。第一、おまえたちの行動が迅速《じんそく》であれば、暴君と大十字九郎が接触《せっしょく》することもなかったはず」

二人の間に、一触即発《いっしょくそくはつ》の危《あや》うい気配が漂《ただよ》う。それを制したのはマスターテリオンだった。

「——よせ。気が滅入《めい》る」

たった一言でアウグストゥスは口をつぐみ、クラウディウスは冷や汗《あせ》を流した。だが、このまま放置しておける問題ではない。アウグストゥスはマスターテリオンのプレッシャーを感じながらも、どうにか口を動かした。

「大導師。C計画において暴君は中核《ちゅうかく》をなす存在です。おめおめと逃《に》げられては……」

「逃げられたものは仕方がない。C計画は暴君なしで行う」

マスターテリオンの発言に、アウグストゥス、カリグラ、クラウディウスの三人は息をのむ。

「む、無茶です！　C計画は暴君と彼奴の鬼械神があってこそ実現する計画ではありませんか！」

「暴君の役割は余が果たす。中枢《ちゅうすう》ユニットには、ネームレス・ワンの代わりにリベル・レギスを使用する。それで問題はなかろう？」

「しかし……」

なおもアウグストゥスは反論を試みようとしたが、それ以上は口にしなかった。マスターテリオンが結論を出した以上、それは絶対だからである。

とは言え、それでアウグストゥスが納得《なっとく》したかと言えばそうではなく、マスターテリオンに対する不信感がより強固なものへと変わっただけである。そして度重《たびかさ》なる彼への疑惑《ぎわく》は、アウグストゥスに一つの行動を取らせることになった。

アウグストゥスたちが去った玉座は静寂《せいじゃく》に満ちていた。

「少々露骨《ろこつ》すぎたかな？　さて、アウグストゥスはどう動くか……」

マスターテリオンはエセルドレーダの頭をなでながら苦笑《くしょう》する。

「マスター。そろそろ近いのですね？」

マスターテリオンは緩慢《かんまん》な仕草で玉座から立ち上がると、天を仰《あお》いだ。

松明《たいまつ》の灯《あか》りで揺《ゆ》らめく薄暗《うすぐら》い天井《てんじょう》には、特に目立ったところはない。だが、彼の目はそれを通《とお》り越《こ》し、はるか上空にある天の星々を、銀河の流動を視《み》ていた。

そして世界が彼に伝えていた。

――刻《とき》は満ちた、と。

＋

玉座をあとにしたアウグストゥスは、即座《そくざ》に行動に移っていた。

このままではC計画は破綻《はたん》し、それによって予想される被害《ひがい》は、地球規模に及《およ》ぶ。支配する者が存在しない世界と化してしまっては意味がなかった。

だからこそ、彼はアンチクロスを招集して問うていた。マスターテリオンがC計画の実行者たるに相応しいか否かを。

そして、結論は導き出された。

＋

鬼械神が残した爪痕《つめあと》は激しく、かつてアーカムシティでも有数の繁華街《はんかがい》だった場所は瓦礫《がれき》の山と化していた。いたるところで鎮火《ちんか》しきれない炎《ほのお》が燻《くすぶ》り、闇《やみ》の中で赤黒い血液のような灯りを灯している。辺りは死臭《ししゅう》に満ち、肉が焦《こ》げるような嫌《いや》な臭《にお》いが鼻をつく。そんな瓦礫の山の頂に、拘束具《こうそくぐ》をつけた少女がたたずんでいる。その少女の体はページになってバラけると、風に乗って一人の少女の下へと向かっていく。エンネアである。彼女が掌《てのひら》を差し出すと、その上に一枚一枚、折り重なるようにしてページが集まり始める。それはやがて一冊の魔導書となった。鉄の掛《か》け金がついたその書には、名は記されてはいない。魔導書【無名祭祀書《さいしし》】である。

唐突《とうとつ》に、闇の中から艶笑《えんしょう》がわき起こる。エンネアが声の方向へと目を向けると、暗闇の中からさらに濃《こ》い闇が垂れこめ、人の形をなした。

「脱獄《だつごく》とは悪い娘《むすめ》だなぁ？　しかも魔導書で偽物《にせもの》を作って人を欺《あざむ》くなんて」

エンネアの前に姿を現したのはナイアだった。

「また君か。ずいぶんと久しぶりだね」

エンネアはつまらなそうにつぶやく。

「そのわりには、つれないなぁ。暴君？　いや、今はエンネアだったかな⁉　ところで、今回はどうして逃げ出したりしたんだい？」

ナイアは含《ふく》み笑いをしながら問うてくるが、エンネアは答えない。その代わり、常人ならショック死しても不思議ではないほどの殺意をこめてナイアをにらみつけた。だがナイアは、一気にもとめず続ける。

「どうやら九郎君のことをいたく気に入ったらしいね。魔銃《まじゆう》をあげちゃうくらいだし」

「だからなんだって言うんだよ、フェイスレス。いちいち俗世《ぞくせ》に首をつっこんでくるなんて、神様たちも暇《ひま》なんだね」

「いやいや、僕なんて中間管理職の使いっぱしりだよ」

ナイアは肩《かた》をすくめてみせると、ふと思い出したようにポンと手を叩《たた》いた。

「そうか。君は『ムーンチャイルド計画』の九番目だったね？　それとも九郎君の名にちなんでIX《エンネア》ってつけたのかな？　くだらない。くだらないな。そんなのただの番号じゃないか。それより君には暴君っていう相応《ふさわ》しい名があるだろう？　獣《けもの》の首の一つにして獣そのもの！　もう一人のマスターテリオン！　そう。マスターテリオンは君の生まれ変わりなのだから！」

「黙《だま》れ！」

エンネアが吠《ほ》えるのと同時に、ナイアの顔は下顎《したあご》だけを残して消し飛んだ。だがナイアは意に介《かい》さず、残った下顎と舌を器用に使いながら言葉を紡《つむ》ぎ出す。

「では、ご機嫌《きげん》よう。最強のアンチクロス、最悪のアンチクロス、反逆のアンチクロス・ネロ」

ナイアはそう言い残すと、暗闇の中へと姿を消していく。

その光景をエンネア——ネロは無言で見つめていた。

第七章 七頭十角―逆さ十字の咎人《とがびと》達

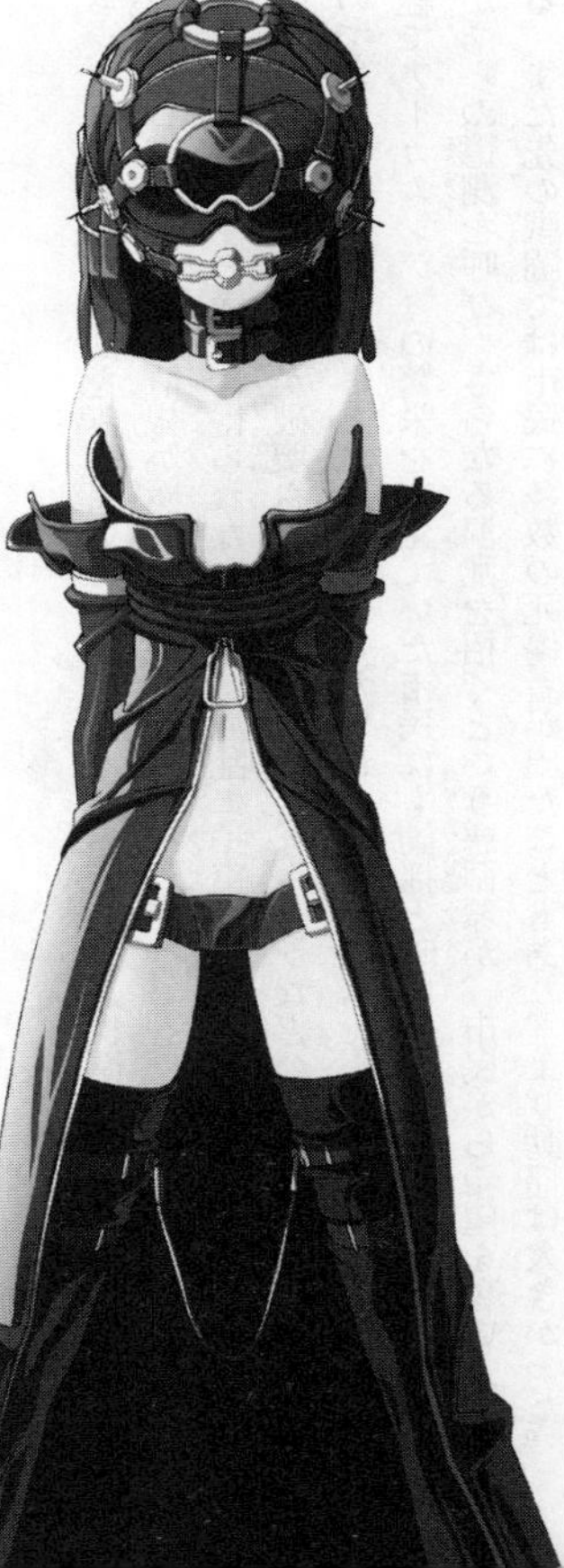

ネロ

アーカムシティは異常な混乱をみせていた。陸海空、すべての交通機関が麻痺《まひ》したせいで街は陸の孤島《ことう》と化し、外部からの情報が極端《きょくたん》に減っていた。それだけでも恐慌《きょうこう》状態になりかねなかったが、市内の情報すら満足に得られないことが混乱に拍車《はくしゃ》をかけた。と言うのも、鬼械神《デウス・マキナ》が街で暴れたために主要な施設《しせつ》が破壊《はかい》され、新聞やテレビ、ネットなどのメディアが壊滅《かいめつ》状態にあったのである。破壊ロボットとは比較《ひかく》にならないほどの脅威《きょうい》をもたらした鬼械神に対し、図太い神経でアーカムシティの繁栄《はんえい》を支えていた市民にも動揺《どうよう》と暗い影《かげ》を落としていた。情報の少なさがあらぬ憶測《おくそく》を呼び、さらなる混乱を招くという悪循環《あくじゅんかん》が、市民から希望を奪《うば》い去ったのである。また先の戦闘《せんとう》では市民に多数の死傷者が出たこともあり、より動揺は大きかった。

九郎とアルは事務所へと戻《もど》っていた。幸い、マンションは外壁《がいへき》に少し罅《ひび》が入った程度ですみ、倒壊《とうかい》を免《まぬが》れていたのである。だがアーカムシティ以上に九郎の心は壊《こわ》れていた。瑠璃への報告をアルが肩代《かたが》わりしたほどであり、今も彼は心を空にしたまま窓の外を眺《なが》めるばかりである。その目は闇の中に点々と灯《とも》る炎《ほのお》を見つめてはいるが、その実、なにも映し出してはいない。崩《くず》れゆくビルと、瓦礫の中に埋《う》まっていくエンネアの姿が繰《く》り返し映し出されるだけである。

（俺は……無力だ）

十

アルは居心地《いごこち》の悪さを感じずにはいられなかった。彼女の主《あるじ》は虚《うつ》ろな表情で窓の外を見つめたまま身動《みじろ》ぎ一つせず、まるで死人《しびと》である。アルが話しかけても返事はおろか反応すら示さず、体を揺《ゆ》すっても揺さぶられるままであり、自発的になにかをしようという意思の力は欠片《かけら》もない。ただ彼に触《ふ》れたとき、そこから深い悲しみと絶望、そして強い無力感が伝わってきた。

そんな九郎の姿を見るのは、アルにとって拷問《ごうもん》にも等しかった。それは彼とともに過ごした騒《さわ》がしくも心地よい時間が、いかにかけがえのないものであったかをアルに知らしめ、その事実に気づいた彼女はひどくうろたえた。それがなにを意味しているのか、ハッキリと理解できたからである。

アルは心に芽生えた特別な感情に気づかぬふりをすると、九郎のことを想《おも》った。励《はげ》ましの言葉でもかければよかったのかもしれないが、やめていた。そのようなことに意味などなかったからだ。結局のところ、彼自身が乗り越《こ》えなければならない試練なのである。とは言え、なにもしてやれないことへの苛立《いらだ》ちは隠《かく》しようもなかった。胸が締《し》めつけられ、心は針で突《つ》き刺《さ》されたかのような鋭《するど》い痛みを感じる。沈黙《ちんもく》がもたらす重苦しい空気は耐《た》え難《がた》く、息苦しささえ覚えるほどだ。アルは胸を掻《か》きむしりたくなるほどの激しい衝動《しょうどう》を強引《ごういん》に抑《おさ》えこむと、目を伏《ふ》せた。

アルがこのよう気持ちになったのは、悠久《ゆうきゅう》とも思えるほど長い人生の中でも初めてである。そもそも術者のプライベートなど彼女には関係なく、目的さえ滞《とどこお》りなく遂行《すいこう》できれば不満はなかった。術者を利用し、術者に利用される。それこそが正しい関係であり、九郎との関係はあまりにも特殊《とくしゅ》すぎた。ましてや術者のことで心を痛めるなど、初めての経験である。だからアルは、自分の気持ちをどのように処理したらいいのか判《わか》らなかった。異形の知識の集大成である彼女だったが、それを総動員しても胸の痛みを拭《ぬぐ》い去れそうにない。

アルは呻《うめ》くと、胸に手を添《そ》えた。胸の痛みはいよいよ激しさを増し、彼女は苦痛に顔を歪《ゆが》める。

(妾《わらわ》は戦うことしか知らぬから……。人間ではないから、九郎の側《そば》には立てぬというのか)

手を伸《の》ばせば触れられる距離《きょり》にありながら、遠くに九郎を感じるアルだった。

＋

玉座はブラックロッジの信徒たちで溢《あふ》れていた。

そこは麻薬《まやく》にも似た媚薬《びやく》の香《かお》りで満たされており、理性を失った無数の男女が交わり、互《たが》いの体を貪《むさぼ》り合っている。それは動物としての本能そのものである。貪り合う男女の顔は獣のそれであり、舌をダラリとさせ、滴《したた》る涎《よだれ》を拭おうともしないその姿に人間らしさはない。

そんな淫猥《いんわい》な光景を遠くから眺めている者がいた。ドクター・ウェストである。

「まったくもって、美的センスの欠片もないのである」

ウェストは腕《うで》を組むと、汚物《おぶつ》でも見るかのような目で信者たちを眺めていた。そんな彼の傍《かたわ》らでは、両手で顔を覆《おお》いながらも指の隙間《すきま》から様子をうかがっているエルザがいた。彼女は頬《ほお》を染めながら、所在なさげに体をくねらせている。

「エルザも将来、ダーリンと……ロボ」

エルザはキラキラと輝《かがや》く目でつぶやいたかと思うと、照れ隠しでウェストの横っ面《つら》を殴《なぐ》った。

「ぐふぅ」

ウェストは鼻血を撒《ま》き散らし、もんどり打って倒《たお》れながらも、かろうじて立ち上がった。

（しかし突然《とつぜん》、なんの騒ぎであるか？）

ウェストは玉座にもたれかかっているマスターテリオンへと目を向けた。彼は気だるそうな表情で前髪《まえがみ》をいじりながら、見るともなしに信者たちを眺めている。その態度はいつもどおりだが、このような乱痴気騒《らんちきさわ》ぎなど初めてである。また、いつも金魚の糞《ふん》のように付き従っているアウグストゥスの姿もなく、他のアンチクロスの姿もない。なにか始まるのは間違《まちが》いなさそうだが、なにを始めるつもりなのかまでは判らなかった。

ふと彼らから目を外したウェストは、闇《やみ》の中にたたずむ黒い天使の姿に気がついた。

「サンダルフォン、貴様は参加しないのであるか？」

《くだらぬ。己《オレ》には関係のないことだ》

サンダルフォンは吐《は》き捨てた。

「貴様もであるか。我輩《わがはい》も、この下劣《げれつ》な戯《たわむ》れは好かんのである」

《下劣なのは、おまえの存在自体だ》

ウェストがサンダルフォンに食ってかかろうとしたときだ。突然、夢幻《むげん》心母が激しく揺れた。それは徐々《じょじょ》に激しさを増し、立っていられなくなったウェストは無様にも床《ゆか》に這《は》いつくばった。

「地震《じしん》ロボ？」

エルザはウェストの首根っこをつかんで起き上がらせると、周囲を見渡《みわた》した。乱交に耽《ふけ》っていた信者たちの間にも動揺《どうよう》が広がっている。彼らはざわつきながら、恐怖《きょうふ》で顔を引きつらせていた。

《ほう。そろそろか》

「それはどういう意味であるか？」

《解《わか》らないのか、ウェスト？『ブラックロッジ』の最終目標だというのに》

「ま、まさか、始まるのであるか？」

驚愕《きょうがく》したウェストが玉座へと目を向けると、マスターテリオンが緩慢《かんまん》な動作で立ち上がるところだった。彼の体は激震《げきしん》の中にあっても微塵《みじん》も揺るがず、動揺する信者たちの前に歩を進める。

「うろたえるな、皆《みな》の者。ついに刻《とき》が満ちたのだ」

マスターテリオンが告げると、信者たちの動揺はピタリと止《や》んだ。

「C計画」

信者の一人が興奮した様子で声を張り上げる。

「そのとおり。ついに我々の悲願、C計画の発動の刻がきたのだ！」

マスターテリオンの声に、信者たちは「オオオオッ！」と歓声《かんせい》を上げる。

「敬虔《けいけん》なる信徒諸君。よくぞ耐《た》えに耐え抜《ぬ》いた。もはや貴公等が耐える必要はない！　今こそ世界に知らしめよう！　闇黒を従えた我等の存在を！　今こそ世界に轟《とどろ》かせよう！　煉獄《れんごく》の獣《けもの》たる我等の咆哮《ほうこう》を！　そう！　この夢幻心母で！　移動要塞《ようさい》・夢幻心母で」

マスターテリオンの扇動《せんどう》により、否応《いやおう》なく信者たちの気分は盛り上がっていく。

そんな彼らの姿を、ウェストは冷ややかに見つめていた。

偽善《ぎぜん》に満ちた世界を焼きつくし、血と欲望と背徳の楽園を降臨させる儀式《ぎしき》。そう。偉大《いだい》なる獣と偉大なる〝C〟の御名《みな》の下《もと》で実行される悪どもの復讐劇《ふくしゅう》がC計画であり、ブラックロッジの最終目標だった。だが、それを前にしてもウェストの顔は浮《う》かない。元よりC計画に興味などなく、己の研究に全精力を注ぎこんできた彼である。このような怪《あや》しげな儀式など不快なだけだった。

「博士、どうかしたロボ？」

「……なんでもないのである」

ウェストたちが見守る中、宴《うたげ》は続けられていく。サンダルフォンは、すでにその姿を消していた。

アーカムシティの外れにある十三番閉鎖《へいさ》区画は『焼野』と呼ばれ、致命《ちめい》的なまでの呪術《じゅじゅつ》的な汚染《おせん》によって人が住めなくなった死の荒野《こうや》である。常人であれば足を踏《ふ》み入れただけで体が腐《ふ》敗《はい》し、魔術《まじゅつ》をかじった者でも凶悪《きょうあく》な怨念《おんねん》が渦巻《うずま》くそこでは一瞬《いっしゅん》にして気が触《ふ》れてしまう死の世界である。それは魔力炉《まりょくろ》の暴走による大惨事《だいさんじ》だった。錬金術《れんきんじゅつ》を用いて作られた魔力炉は膨大《ぼうだい》なエネルギーを産み出し、今も市民生活を支えてはいるのだが、その暴走で多くの人命が失われたのも事実である。

そんな死の世界《焼野》を六人の魔術師《まじゅつし》が、それぞれの魔導書を手に取り囲んでいる。『焼野』の北には魔導書【金枝篇《へん》】を持つアウグストゥス、北東には【妖蛆《ようしゅ》の秘密】のティベリウス、南東には【水神クタアト】のカリグラ、南には【セラエノ断章】のクラウディウス、南西には【エイボンの書】のウェスパシアヌス、北西には【屍食教典儀《ししょくきょうてんぎ》】のティトゥスが立ち、星の導きに従って強大な魔力を発する。

魔術師たちを頂点に光の線が走っていく。一つは北から南東へ、南東から南西へ、南西から北へ移動して正三角形を形成。もう一つは南から北西、北西から北東、北東から南へと戻《もど》って逆三角形を形成していく。二つの三角形は重なり合い、一つの紋様《もんよう》を『焼野』に描《えが》き出した。六芒星《ろくぼうせい》である。

完成した六芒星は、まるで生命でも宿っているかのように拍動《はくどう》し、蠢《うごめ》いたかと思うと、目が眩《くら》むほどのおびただしい光を発した。それは夜を昼へと変えてしまうほどの強さでアーカムシティを照らし出す。

その光の中、『焼野』を震源《しんげん》とした激しい地震が発生した。周囲の建物が倒壊《とうかい》していく中、地面は隆起《りゅうき》し、やがてそこから巨大《きょだい》な質量を持ったなにかが出現した。

＋

惚《ほう》けるように窓の外を眺《なが》めていた九郎は、突然《とつぜん》の激しい揺《ゆ》れで我に返った。その揺れは室内にある棚《たな》という棚を倒《たお》し、部屋を瞬《また》く間にガラクタの山へと変貌《へんぼう》させた。

「なんだ？　なにが起こっておる⁉」

あちらこちらから降ってくるガラクタを避《よ》けながらアルが毒づく。そんな彼女の罵声《ばせい》を耳にしながら、九郎は外で起きている異変に目を奪《うば》われていた。『焼野』から立ち上った光の柱が、天を貫《つらぬ》いていたのだ。それは輝《かがや》きを増し、やがて外の世界を光で埋《う》めつくした。目の前でフラッシュでも焚《た》かれたかのような強烈《きょうれつ》な光に視力を奪われながらも、九郎は手をかざしてその発生源へと注視する。

「あれは……なんだ？」

窓の外を覗《のぞ》きこんだアルが光を指し示す。目を細めながら光を凝視《ぎょうし》すると、地表からせり上がってくる巨大な影《かげ》が見えた。徐々に光は収まってゆき、やがてその正体が明らかとなる。それは巨大な黒い球体だった。それは街の上空に鎮座《ちんざ》すると、九郎の視界から夜空を奪い去る。

「なんだ、ありゃあ」

一見、月のような天体にも見えるが、よく見ると人工的な建造物だと判《わか》る。

「あの禍々《まがまが》しい妖気《ようき》……九郎っ！」

「マスターテリオン！」

心を折ってくるような威圧《いあつ》的な気配は、マスターテリオンのそれに間違《まちが》いなかった。

（クソッ！　いったい、なんだってんだ……）

想像すらかなわないようななにかが始まろうとしているのは確実である。言いようもない不安感が胸中に去来した途端《とたん》、窓ガラスに罅《ひび》が入り、破砕《はさい》した。それは速《すみ》やかに室内全体へと波及《はきゅう》していく。

「や、やべえ」

九郎が魔術師《マギウス》になって窓から外へと飛び出した瞬間《しゅんかん》、マンションは周辺の建物を巻きこみながら瓦解《がかい》していく。地震《じしん》は想像以上の被害《ひがい》をもたらした。あちらこちらで建物が倒壊し、爆発《ばくはつ》、炎上《えんじょう》していく。地上では人々が逃《に》げ惑《まど》い、各所からサイレンの音が聞こえてくる。だが救護活動をしている間にも建物は次々に崩《くず》れ、被害は拡大していった。地上は阿鼻叫喚《あびきょうかん》地獄《じごく》へと変わっていく。

九郎は地上から目を逸《そ》らし、かつて住宅街があった方向へと目を向けた。ライカと子供たちのことが気になったのである。幸い、住宅街から火の手は見えなかったが、このような状況下《じょうきょうか》ではなにが起きてもおかしくはなかった。九郎は教会へと向かって飛び立った。

＋

九郎の想像どおり、住宅街の被害は少なかった。とは言え、市民の動揺《どうよう》は都心部と変わらない。

上空に浮《う》かび上がった球状の物体がもたらす脅威《きょうい》は、人々を恐怖《きょうふ》と狂気《きょうき》へと駆《か》り立てていた。

九郎が教会の入り口へと降り立った途端、子供たちを連れたライカが飛び出してきた。

「ライカさん、無事だったか」

九郎は心底ホッとしたような表情を浮かべた。

「私たちは大丈夫《だいじょうぶ》。でも……ここはもう、駄目《だめ》かもね」

ライカが危惧《きぐ》していたのは教会である。その壁面《へきめん》には大きな亀裂《きれつ》がいくつも入っており、いつ崩れてもおかしくはなかった。

「生きてさえおればどうとでもなろう」

「アルの言うとおりだ。とにかく、今は逃げよう！」

このような事態を想定してか、アーカムシティの地下にはシェルターが無数に完備されていた。

そこへ逃げこみさえすれば、ひとまずはなんとかなるだろうと九郎は考えた。その提案にライカもうなずき、行動に移ろうとしたそのときである。身の毛がよだつ、その声が聞こえてきたのは。

『アーカムシティの住民諸君に告げる――』

その声は聴覚《ちょうかく》を無視し、直接、脳内へと響《ひび》いてくる。

『余はブラックロッジを束ねる大導師・マスターテリオン。聖書の獣《けもの》の名を冠《かん》する者である』

九郎は苦々しい表情で上空の天体をにらみつけた。

『諸君には世話になった。我々はこの街に潜《ひそ》み、この日のために営々《えいえい》と力を蓄《たくわ》え続けていた。この巨大な街は夢幻《むげん》心母のよき隠《かく》れ蓑《みの》であり、我々が記念すべきこの日を迎《むか》えられたのも、諸君の愚鈍《ぐどん》さのおかげだ』

「勝手なことを言いおるわ」

アルが吐《は》き捨てる。

『諸君にささやかな礼をしたい。我等が悲願『C計画』。その栄えある生贄《いけにえ》に諸君を選ぼう。是非《ぜひ》とも大いなるCの降臨を、諸君の血と涙《なみだ》で彩《いろど》っていただきたい』

それを境に、街のいたるところから爆音《ばくおん》と炎《ほのお》が上がり始めた。その夕闇《ゆうやみ》のような明かりは夢幻心母を浮かび上がらせただけではない。別の脅威《きょうい》の姿をも照らし出していた。

「あれは……破壊《はかい》ロボ」

九郎は目を疑った。上空には何百体もの破壊ロボットが舞《ま》っており、それらがアーカムシティへと向けて、一斉《いっせい》にミサイルを撃《う》ちこんでいたからである。

「いつの間に！」

破壊ロボットが現れる気配は少しも感じなかった。突然《とつぜん》、そこに現れたような感じである。だが、破壊ロボットの大軍団に驚《おどろ》いている場合ではなかった。目の前の空間がグニャリと歪《ゆが》んだかと思うと、そこをかき分けるようにして一体の破壊ロボットが姿を現したのである。破壊ロボットは躊躇《ちゅうちょ》なくライカと子供たちへ目がけて拳《こぶし》を振《ふ》るった。

「空間転移！」

アルが叫《さけ》ぶ。それを耳にしながら九郎はライカたちの下へと走ると、体ごとぶつかって彼女たちを突《つ》き飛ばした。と同時に、破壊ロボットの巨大《きょだい》な腕《うで》が頭上をかすめていく。

九郎は右手に掌《てのひら》サイズの自動式拳銃《クトゥグア》を顕現《けんげん》させると、それを破壊ロボットへと向かって発砲《はっぽう》する。銃弾《じゅうだん》は破壊ロボットの手足、そしてハッチを吹《ふ》き飛ばした。

「誰《だれ》も乗っておらぬぞ？」

アルの言うとおり、コックピットは無人だったが、操縦桿《そうじゅうかん》だけは動き続けている。

「自動操縦？」

だとすると破壊ロボットの目的は一つしかない。皆殺《みなごろ》しである。心のないロボットはプログラムどおりの行動しかできないからだ。マスターテリオンは破壊ロボットを使い、市民を残らず生贄《いけにえ》にするつもりなのだろう。そして早くも二体目が姿を現す。

「チッ！　ライカさん、ガキんちょどもを連れて逃げろ」

九郎は左手に回転式拳銃《イタクア》を出現させ、前方へと構えた。

「九郎ちゃんは？」

「俺は……」

九郎は口ごもった。

（戦えるのか？　この俺に……）

たった一人の少女さえ救えなかったという思いが、九郎から牙《きば》をもぎ取っていた。破壊ロボットの数、そして戦っても無駄《むだ》かもしれないという気持ちが、彼から戦意を奪《うば》っていく。

「心配すんな……。だから、早く行ってくれっ！」

九郎はライカたちのために自動式拳銃《クトゥグア》と回転式拳銃《イタクア》で血路を開くと、指で道を指し示した。

「九郎ちゃん、無茶しないでね」

心配げなライカに九郎はうなずき返すと、上空へと舞い上がった。

＋

瑠璃は覇道邸《てい》の地下数百メートルに位置する司令室で指揮を執《と》っていた。

そこはブラックロッジとの決戦のために覇道鋼造が用意した秘密基地であり、アーカムシティの全情報が集められてくる前線基地である。彼女はそこでマスターテリオンの演説を聴《き》き、そして破壊ロボットに対処するための指示に追われていた。すでに施設《しせつ》内、シェルター内に私設の軍隊を配備し、州政府への軍隊の要請《ようせい》も終えている。直《すぐ》に到着《とうちゃく》する軍隊によって多少は形勢も変わるだろうが、破壊されつくしたアーカムシティを復興するには、途方《とほう》もない時間と年月がかかるだろう。

瑠璃は唇《くちびる》をかむと、背後に控《ひか》えるウィンフィールドへと目を向けた。

「大十字さんは？　デモンベインはなにをしているのです？」

＋

九郎は破壊ロボットに向かって銃を撃ち続けていた。だが魔銃《まじゅう》とは言え、しょせんは銃である。何百体もの破壊ロボットを倒《たお》すなど物理的に無理がある。そのことを一番痛感していたのは九郎だ。

「なにをしておる？　なぜデモンベインを喚《よ》ばない⁉」

アルの非難は当然である。だが、九郎はどうしてもデモンベインを喚ぶ気にはならなかった。

もちろん、デモンベインで戦うべきだとは思う。だが、そのたびに思い出してしまうのだ。エンネアのことを。目の前にいながら助けられなかった彼女のことを。デモンベインの圧倒《あっとう》的な力をもってしても、結局は無駄《むだ》なのではないかということを。喚び出そうとするたびに、際限のない恐怖《きょうふ》と無力感に襲《おそ》われてしまう。もはや自分ではどうすることもできない感情に、九郎は苦悩《くのう》していた。

そのとき、上空を何機もの戦闘機《せんとうき》が飛んでいくのが見えた。それは破壊ロボットとの戦闘を開始するが、あっという間に撃墜《げきつい》され、鉄くずと化してしまう。

(軍隊でも駄目《だめ》なのか)

当然の結果である。しかも最悪なことに、破壊《はかい》ロボットなどブラックロッジにとって先兵でしかなかった。その後ろにはアンチクロスと、マスターテリオンが控えているのである。

「見たか、九郎。あのようなガラクタでは歯が立たぬ。デモンベインが必要なのだ」

「くっ！」

「汝《なれ》が一秒、躊躇すれば、この街の誰かが一人死ぬ。甘えるのも大概《たいがい》にせよ！」

アルに叱責《しっせき》され、とうとう九郎は決意した。

(ちくしょう……。やるしかねえのか、やるしかっ！)

九郎は拳を握《にぎ》りしめると、天に向かって吠《ほ》えた。

「デモンベインッ！」

＋

白の天使は夜空を舞《ま》いながらビーム砲《ほう》を撃ち続けていた。

メタトロンが一発、ビーム砲を撃つ度に、一体の破壊ロボットが鉄屑《てつくず》と化していくが、あまりにも数が多い。倒しても倒してもきりがなく、それどころか増えているようにさえ見えた。

それでもメタトロンは諦《あきら》めることなく倒し続ける。そして撃破数《げきは》が百に達しようとしたとき、目の前を黒い旋風《せんぷう》が走り抜《ぬ》けた。

《やはり現れたか、サンダルフォン》

メタトロンは空中で制止すると、黒の天使と向き合った。

《愚問《ぐもん》だな。この惨状《さんじょう》を前に、おまえが黙《だま》っているわけがない。己《オレ》が動くのは当然ではないか》

サンダルフォンは殺意をむき出しにして身構えた。

《しかし、今さら正義を気取ってなんになる？　おまえはもっとえげつない代物《しろもの》だ。そうとも。おまえは生きのびるためなら、なんだってするのだろう？》

《正義を騙《かた》ったつもりはない》

《そうだ。そうだったな》

サンダルフォンの闘志《とうし》は、いよいよ激しさを増していく。そのプレッシャーたるや凄《すさ》まじく、周囲の建物が倒壊《とうかい》していくほどである。

《己はおまえに感謝している。おまえが、おまえの裏切りが己を強くしたのだ！　そして、おまえを殺すことで己は完成される。さらなる強さを。至高の領域を侵《おか》す権利を手にできる！　己に殺されろ、メタトロン！　おまえは己の糧《かて》となれ！》

《死人は……大人しく眠《ねむ》るべきだったのだ。サンダルフォン》

メタトロンは沈痛《ちんつう》な面持《おも》ちで告げると、両手にビームセイバーを出現させる。

それをキッカケに、二人の天使は中空で激突《げきとつ》した。

＋

デモンベインを召喚《しょうかん》した九郎だが、破壊ロボット相手に手こずっていた。圧倒的な数に押されていたわけではない。ミサイルを何発撃ちこまれようがデモンベインの装甲《そうこう》はビクともしなかったが、肝心《かんじん》の操縦者がピリッとしなかった。デモンベインは木偶《でく》の坊《ぼう》に近い有様で立ちつくしていた。

「この、うつけが！ 真面目《まじめ》に戦わぬか！」

アルが激昂《げっこう》するが、九郎とて遊んでいるわけではない。それどころか大真面目にデモンベインを操《あやつ》っているのだ。デモンベインが整備不良なのではない。九郎自身の問題だった。

（クソッ！ なんで動かねえ……）

戦おうという気持ちはあった。だが、すぐに邪念《じゃねん》が彼の想《おも》いを挫《くじ》くのだ。

九郎の体は小刻みに震《ふる》えていた。言いようのない恐怖《きょうふ》が彼をがんじがらめにしている。それはマスターテリオンがもたらした恐怖とは違《ちが》う種類の怖《こわ》さであり、自分自身の力を信じることができないという、戦う者にとっては致命《ちめい》的な感情だった。それでも九郎は迷いを振《ふ》り払《はら》うと、精神を集中させていく。両手の甲《こう》に紋様《もんよう》が浮《う》かび上がり、同時にデモンベインの両手が炎《ほのお》と冷気を帯び始める。

だが自動式拳銃《クトゥグア》と回転式拳銃《イタクァ》が顕現《けんげん》しようとしたとき、九郎の脳裏《のうり》に一人の少女の姿が浮かび上がった。その少女は穏《おだ》やかな笑《え》みを浮かべながら、瓦礫《がれき》の中へと姿を消していく。途端《とたん》に九郎の集中力は途切《とぎ》れ、両手に集まり始めた魔力が霧散《むさん》する。

「汝《なれ》、この期《ご》におよんで、まだ……」

「すまねえ……」

九郎はつぶやくと、その場で両膝《りょうひざ》をついた。

「解《わか》っちゃいるんだ。戦わなきゃいけないって。でも、駄目《だめ》なんだ。この手が、体が、震えやがる。どうしても戦えねえんだ……」

アルは振り返ると、信じられないとでも言いたげな目で九郎を見つめてきた。

「戦うのが怖い、怖いんだ……。全部、無駄なんじゃないかって、どうしても思っちまう」

コックピットにいるだけでも、悪夢の光景が幾度《いくど》となく浮かんできた。九郎を責め立てるかのように、何度も何度も。そしてその都度、彼は底なしの恐怖と際限のない後悔《こうかい》を味わっていた。

「汝……」

アルは悲しむような、哀《あわ》れむような、複雑な表情をしていた。唇《くちびる》が意味ありげにピクリと動くが、そこから言葉は出てこない。

破壊《はかい》ロボットの攻撃《こうげき》は続いていた。絶え間ない爆発音《ばくはつおん》と、コックピット内に伝わる振動《しんどう》は激しさを増すが、デモンベインはまるで揺《ゆ》るがない。耐《た》え忍《しの》ぶかのように立ちつくし、主の命令を今や遅《おそ》しと待っている。その想いに応《こた》えられない自分が情けなくて、九郎は歯がみした。

唐突《とうとつ》に破壊ロボットの攻撃が止《や》んだ。

『どうした。なにを腑抜《ふぬ》けている？』

不意に上空からかけられたその声は氷のように冷たく、おぞましかった。見上げると、紅色をした鋼鉄の巨人《きょじん》が降りてくるところだった。禍々《まがまが》しくも美しいその巨人はリベル・レギスであり、それに搭乗《とうじょう》するのは怨敵《おんてき》・マスターテリオンである。

『そのようなことで余を討ち、リベル・レギスを墜《お》とせるとでも思うのか？　退屈《たいくつ》させてくれるな』

マスターテリオンの声は挑発《ちょうはつ》的であり、九郎の心に火をつけるには十分《じゅうぶん》だった。だが、その想いに反して体は動かない。デモンベインも沈黙《ちんもく》を守ったままである。

（ちくしょうっ！　なんで動かないっ！）

もがき苦しむ九郎に対し、マスターテリオンはあからさまな溜《た》め息をついた。

『戦わぬのであれば、そこで眺《なが》めているがよい。夢幻《むげん》心母の真の姿を！　C計画の真の姿を！』

「真の姿だと？　彼奴《きゃつ》、なにを考えておる」

アルは前方のモニターをにらみつける。

『フングルイ　ムグルウナフ　クトゥルー　ルルイエ　ウガフナグル　フタグン』

リベル・レギスから聞こえてきたのはマスターテリオンの声ではない。感情が欠落したかのような、酷《ひど》く冷たい少女の声音である。ナコト写本・エセルドレーダの声だ。

「この呪文《じゅもん》、深きものどものところで……」

「海神への嘆願《たんがん》だ！　彼奴ら、今度はなにをするつもりだ⁉」

　ダゴンでさえ、あわや大惨事《だいさんじ》だったのである。あのような脅威《きょうい》が現れるとなると、アーカムシティは終わりだった。だがマスターテリオンが現れた以上、それ以上の脅威が現れるのは確実であり、それを裏付ける記憶《きおく》が九郎にはあった。ウェスパシアヌスが口にした『実験』のことだ。

『そう。インスマウスでの実験は、このためにあったのだ。すなわち神の召喚《しょうかん》であり、神の具現化である。魔導書の力をもって、魔術《まじゅつ》的物質で構成された器《うつわ》を依代《よりしろ》に神を降臨させる儀《ぎ》！』

　興奮してきたのか、マスターテリオンの口調に熱が帯びてくる。

「あのときは石像にダゴンの魂《たましい》を降臨させて具現化させようとした。だとしたら今度は……」

　九郎は自分で口にして気がついた。それはアルも同じだったらしく、二人同時に天を見上げた。そこには巨大《きょだい》な黒い球体が浮かんでいる。

『気がついたか。今度はダゴンのような小物ではないぞ？』

　マスターテリオンはクックと喉《のど》を鳴らす。

『C計画。大いなる〝C〟。――大いなるCthulhu《クトゥルー》！　今宵《こよい》、神は降臨する！』

　彼の話に、九郎、そしてアルが目をむいた。はるか昔、太平洋上にルルイエと呼ばれた巨大な石造都市を築き、地球に君臨していたとされる旧支配者がクトゥルーである。その後、ルルイエは海底に沈《しず》み、クトゥルーはそこで永劫《えいごう》の眠《ねむ》りに就《つ》いたとされている。

「クトゥルーの眠りを覚ますつもりか！　そのようなことをすれば、汝とてただではすまぬぞ！」

『それもまた一興』

マスターテリオンは底冷えのする声で言い放つと、楽しげに笑った。

リベル・レギスが右手を高らかと掲《かか》げ、エセルドレーダの声が世界へと浸透《しんとう》していく。

『嗚呼《ああ》、汝、死して横たわりながら夢見るものよ。汝の僕《しもべ》が呼びかけるのを聞き給え』

そしてエセルドレーダに応《こた》えるように、どこからともなく声が聞こえてくる。

――嗚呼、強壮《きょうそう》なるクトゥルーよ、我が声を聞き給え。夢の主よ、我が声を聞き給え。

――ルルイエの塔《とう》に封《ふう》じられしも、ダゴンが汝の縛《いまし》めを破り、汝の王国は再び浮上《ふじょう》するであろう。

――深きものどもは汝の秘密の御名《みな》を知り、ヒュドラは汝の埋葬所《まいそうじょ》を知れり。

――我に汝の印を与《あた》え給え、汝がいずれ地上に現れる事を知りたいがため。

――死が死するとき、汝のときは訪《おとず》れ、汝はもはや眠る事なし。

――我に波浪《はろう》を鎮《しず》める力を与え給え。汝の呼び声を聞きたいがため。

「九郎っ！　まずい、まずすぎる！」

リベル・レギスの機体が光を発する。その光は目が眩《くら》むほどの激しさであり、やがてそれはリベル・レギスが掲げた掌《てのひら》へと収束していく。

声が一つに重なる。

──ルルイエの館《やかた》にて死せるクトゥルー夢見るままに待ちいたり！

──されどクトゥルー甦《よみがえ》り、その王国が地球を支配せん！

リベル・レギスの掌の中で極限にまで収束し、圧縮された高密度の光が天へと駆《か》けていく。

その太陽柱《サンピラー》のごとき神々《こうごう》しい光の柱は、天上に浮《う》かぶ夢幻心母を撃《う》った。浮かび上がる何千、何万、何億、何兆という数の魔術文字。それは帯のように幾重《いくえ》にも幾重にも折り重なりながら夢幻心母を包みこみ、コンピュータですら計算できないような複雑な術式を形成していく。だがそれは確実に一つの答えを導き出し、夢幻心母に驚異《きょうい》の変容をもたらした。無機質な材質で作られた人工の建築物に生命が宿りつつある。脈打つはずのない堅牢《けんろう》な壁面《へきめん》に肉の芽が芽吹《めぶ》き、蔦《つた》のように這《は》っていく。それは春を待ちこがれた若草のように次々と芽を出し、夢幻心母を侵《しん》食《しょく》していった。クトゥルーの神気が天から降り注がれる。

「……あ……あぁ……」

自分を見失いかねないほどの神気に当てられ、心に亀裂《きれつ》が走っていく。かろうじて割れるのを防いではいたが、気を抜《ぬ》けばバラバラに砕《くだ》け散ってしまいそうだった。

「こんな奴と……どうやって戦えってんだ！」

瑠璃は心をつなぎ止めるのに必死だった。

「あんな……あのようなものが……。わたくしは悪い夢でも見ているのでしょうか？」

胸中に広がっていく恐怖心《きょうふしん》は、少しずつ、しかし着実に瑠璃の心を狂《くる》わせていた。いっそ狂ってしまえればと思わずにはいられない。そんな彼女を支えていたのは、祖父・覇道鋼造の存在である。

（お爺様《じい》……貴方《あなた》は、これほどまでの絶望と戦っていたのですね）

最後の砦《とりで》とも言うべき心の最深部にまで暗い闇《やみ》は迫《せま》っていた。

だがすべてを失ってもなお、最後の最後にすがれるものが瑠璃を絶望させずにいた。

「デモンベイン……大十字さんっ！」

九郎に届けと言わんばかりに、瑠璃は力の限りに叫《さけ》んでいた。

＋

神の肉は夢幻《むげん》心母内をも侵食し始めていた。無機物と有機物が融合《ゆうごう》し、新たな物質を生み出していく。内部は触手《しょくしゅ》のような物が蠢《うごめ》いており、ウェストとエルザを肉の一部にしようと追いかけ回していた。ウェストは迫りくる神の肉を器用に避《さ》け、エルザは術式魔砲《まほう》を撃ちまくっていたが、きりがない。捕《と》らえられるのも時間の問題だった。

「こんなおぞましいものがC計画の正体なのであるか！」

とても制御《せいぎょ》できるような相手ではなく、計画自体に無理があったのではないかと思わずにはいられない。クトゥルーはブラックロッジの信者であろうがなかろうが関係なく、このままでは生きとし生けるものすべてが死に絶えるのは避けられそうになかった。

＋

アーカムシティの上空で激突《げきとつ》を繰《く》り返していた天使たちは、その瞬間《しゅんかん》、戦うのを止《や》めた。

《まさか……》

《これほどのものとは……》

メタトロンは声を失い、サンダルフォンは絶句する。

夢幻心母は変容を続けていた。表面は鱗《うろこ》に覆《おお》われ、樹木の根のような無数の触手が蠢いている。その姿は巨大《きょだい》な蛸《たこ》のようであり、多頭龍《たとうりゅう》のようでもある。

天使たちはしばし呆然《ぼうぜん》とクトゥルーを見上げたあと、再び互《たが》いの姿を捉《とら》えた。メタトロンは両手のビームセイバーを十字に構え、サンダルフォンもそれに応じる。二人は再びぶつかり合った。

＋

アーカムシティの上空、クトゥルーを見下ろすようにしてナイアは浮かんでいた。

「ご満悦《まんえつ》だね、大導師殿《どの》」

ナイアはさも愉快《ゆかい》そうに笑うと、地上のリベル・レギスへと目を向けた。

「そろそろ終幕かな。愉《たの》しい宴《うたげ》も、ひとまずは……ね。幾千《いくせん》、幾万回目の終幕。始まりの為《ため》の終幕」

狂気《きょうき》に彩《いろど》られたナイアの瞳《ひとみ》が、デモンベインを捉える。

「さあさあさあ、どうしているのかな、九郎君？　君の準備はまだかな？」

ナイアの顔が愉悦《ゆえつ》で歪《ゆが》んでいく。

「こんなにも大導師殿は君を待ち望み、待ち焦《こ》がれているというのに。見せておくれよ惨劇《さんげき》を。君たちは表裏《ひょうり》一体。この地球狂想曲《きょうそうきょく》を奏《かな》でる二つの音色。今こそ道化芝居《しばい》の閉幕を、道化芝居の閉幕を」

＋

とんでもない化け物と戦っていたのだと、今さらながら九郎は思い知らされていた。

相手は神をも操《あやつ》ろうとする魔神《まじん》である。人間である自分がどうこうできる相手ではなかったのだ。そしてその事実は、九郎からなけなしの気力さえ奪《うば》い去っていく。

気がつくと、目の前にアルがいた。彼女は翡翠《ひすい》色をした眼《まなこ》に涙《なみだ》をたたえたかと思うと、九郎の顔面に小さな拳《こぶし》を叩《たた》きこんだ。容赦《ようしゃ》のない一撃《いちげき》に目の奥で火花が散り、口の中に血の味が広がった。

「汝《なれ》ぇ！　それでも男かぁぁぁっ！」

アルは仁王《におう》立ちすると、鬼《おに》のような形相で九郎をにらみつけた。

「股《また》の下にぶら下げておるのは何かっ⁉　飾《かざ》りか、それはっ⁉　今の自分を鏡に映してみよ！　情けなくはないのか⁉　情けなくて怒《いか》りが湧《わ》いてこないのか⁉　そんな自分は殴《なぐ》ってしまえ！　殴って殴って殴りまくって、動けなくなるまで殴ってやれ！　否、いっそ殺してしまえっ！」

アルはこれでもかというくらい、一気にまくし立てていく。

「汝は、あの娘《むすめ》に告げたよな。『全部無駄《むだ》だったとして、なにもしないでいられるか』と。その言葉は偽《いつわ》りだったのか？」

九郎は目を見開いた。

（……聞いていたのか）

あのときの九郎の言葉に偽りはない。その気になれば未来ですら変えられると信じていた。だが、現実はこれである。気持ちだけでは少女は救えないし、ましてやマスターテリオンになど勝てるわけがない。嫌《いや》と言うほど現実を見せつけられ、希望という名の炎《ほのお》を吹《ふ》き消されただけだった。

肩《かた》を落とし、うなだれる九郎の胸倉《むなぐら》をつかんだアルは、ムリヤリ彼の体を引き上げて自分と向き合わせた。見ると、目に溜《た》まった涙は今にも零《こぼ》れ落ちそうだった。

「汝の強さを取り戻《もど》せ！　汝の誇《ほこ》りを取り戻せ！　汝は戦えるはずだ！　汝の魂《たましい》はまだ絶望に染まりきってないはずだ！　今一度、剣《けん》を手に執《と》り、立ち上がろう！　あの邪悪《じゃあく》を討《う》ち滅《ほろ》ぼそう！」

アルの切実な想《おも》いが、壊《こわ》れかけた九郎の心を補完していく。

「それでも汝がまだ戦えぬというのなら……」

アルは九郎に顔を寄せると、そっと唇《くちびる》を重ねた。

「──妾《わらわ》が汝を強くする」

唇を離《はな》すと、アルは力強く宣言した。

「一人で抱《かか》えこむな。苦痛も悲しみも後悔《こうかい》も、すべて我ら二人で分かち合おう。我等は戦友。我等は盟友。我等は比翼《ひよく》の鳥。我等は連理《れんり》の枝。共に魔を断つ剣を執ろう。共に闇黒《あんこく》を踏破《とうは》する路《みち》をいこう。大十字九郎、我が主よ。妾は汝を敬愛し、信仰《しんこう》する！」

悩《なや》む必要などなかったのだ。九郎の側《そば》には常にアルがいた。彼女がいるだけで、強くなれるような気がした。すると、悩み、苦しんでいたことが嘘《うそ》のように氷解していく。

九郎は目を伏《ふ》せると、一度、大きく息をついてから立ち上がった。

「ったく……。かっこつけやがって」

つぶやくと、九郎は意識を集中させていく。まるで嘘のように意識は澄《す》み渡《わた》り、五感が一気に拡大していく。個が崩《くず》れ、世界に浸透《しんとう》していくような感覚。ありとあらゆる世界の法則、そして理が高密度の情報として九郎の脳内に展開されていく。全身にパルスが走り、九郎とデモンベインはリンクしていく。その変化を察したのか、破壊《はかい》ロボットが一斉《いっせい》に顔を向けてきた。

「やってやろうじゃねえか！　アルッ！」

九郎は吠《ほ》えると、アルへと目配せをした。彼女は目元の涙を拭《ぬぐ》って「おう」と叫《さけ》ぶと、自分のコックピットへと戻っていく。と同時に、何十、何百という破壊ロボットが襲《おそ》いかかってきた。

九郎の両手に紋様《もんよう》が浮《う》かび上がる。今度こそ自動式拳銃《クトウグア》と回転式拳銃《イタクア》はデモンベインの手中に顕現《けんげん》した。間髪《かんぱつ》いれずに銃口《じゆうこう》を破壊ロボットへと向けると、銃弾《じゆうだん》を撃《う》ちこんでいく。弾丸は破壊ロボットの装甲《そうこう》をいとも簡単に貫《つらぬ》いていく。だが、あまりにも数が多い。負ける気はさらさらなかったが、うっとうしすぎた。九郎は剣指《けんし》で印を結ぶ。同じようにデモンベインも剣指を作り、中空に光の紋様を刻みこんでいく。デモンベインの動力部が無尽蔵《むじんぞう》とも思えるエネルギーを汲《く》み上げ始める。九郎の体が、デモンベインの機体が光に包まれていく。右の掌《てのひら》に組みこまれた必滅《ひつめつ》の威力《いりよく》を秘《ひ》めた機関が覚醒《かくせい》する。

「光射す世界に、汝《なんじ》ら闇黒、棲《す》まう場所なし！」

九郎は右手を振《ふ》りかざすと、迫《せま》りくる破壊ロボットへと向けてそれを突《つ》き出した。

「レムリア・インパクト！」

九郎が吠えるのと同時に破壊ロボットは業火《ごうか》にのみこまれ、塵《ちり》すら残さず消えていった。

「マスターテリオン！」

九郎は上空を見上げ、そこにたたずむ紅の巨人《きょじん》へと向かって吠えた。

「降りてこい！　マスターテリオン！　これがおまえを討ち滅ぼす破邪《はじゃ》の力だっ！」

九郎の声が、荒野《こうや》と化したアーカムシティに広がっていく。

上空で制止していたリベル・レギスが、耳に障《さわ》る嘲笑《ちょうしょう》とともにゆっくりと降下を始める。それが舞《ま》い降《お》りたのと同時だった。九郎はデモンベインを走らせると、一気にリベル・レギスとの距離《きょり》を詰《つ》めてレムリア・インパクトを撃ち放つ。だがそれと同時に、リベル・レギスも行動に移っていた。デモンベインと同じモーションで白く輝《かがや》く右の手刀を突き出してくる。

『ハイパーボリア・ゼロドライブ！』

刀身のような鋭《するど》さで迫りくる手刀に危機感を覚えた九郎は、デモンベインを回避《かいひ》行動に移らせる。その際にレムリア・インパクトの軌道《きどう》にズレが生じて空を切った。同様にリベル・レギスもデモンベインを捉《とら》えることはできなかったが、手刀から発せられる極低温の大気が装甲を焼いた。

『奇《く》しくもレムリア・インパクトと対極をなすのがリベル・レギスの奥義《おうぎ》だ。白く燃える極低温の刃《やいば》は、触《ふ》れれば消滅《しょうめつ》は必至だぞ？』

デモンベインとリベル・レギスは向かい合い、にらみ合う。そして、どちらからともなく行動に移った。それぞれ必滅の一撃《いちげき》を撃ちこむべく、体勢を整える。デモンベインは右手を引き、リベル・レギスは右手を前方へと構えた。その体勢で二体の鬼械神《デウス・マキナ》は制止する。二体の鬼械神が放つ闘気は臨界点へと向かって高まっていく。放たれた闘気は空気を、そして大地を震《ふる》わせ、せめぎ合う二つの力が境界線で火花を散らした。そして二体の鬼械神は同時に駆《か》け出した。

互《たが》いの必殺技《ひっさつわざ》が決まる直前だった。デモンベインとリベル・レギスを取り囲むかのように六体の巨大《きょだい》ロボットが降下してきた。その中の何体かは見覚えのある機体である。デモンベインとリベル・レギスは動きを止めた。

「ベルゼビュート、クラーケン、ロードビヤーキー……。ってことは、こいつら!?」

「間違《まちが》いない。鬼械神だ」

アルの言葉に、九郎は危《あや》うく失神しかけた。六体の鬼械神の肩《かた》や頭頂部には、それぞれの術者が立っている。ベルゼビュートにはティベリウス、クラーケンにはカリグラ、ロードビヤーキーにはクラウディウス、ティトゥスは鎧武者《よろいむしゃ》のような機体に、ウェスパシアヌスは蜘蛛《くも》にも似た四本脚の円盤《えんばん》型の機体に立っている。唯一《ゆいいつ》、金色をした機体の頭頂部に立つ褐色《かっしょく》の肌《はだ》の男は見たことがなかったが、状況《じょうきょう》から考えても彼がアンチクロスであるのは間違いなかった。

「まずい。まずすぎる……。さすがに鬼械神を七体も相手にはできんぞ!」

アルの切迫《せっぱく》した声がコックピット内に響《ひび》き渡《わた》る。

とは言え、鬼械神に囲まれている状況では逃《に》げ出すことすらかなわなかった。

リベル・レギスのハッチが開かれ、中からマスターテリオンが姿を現す。彼は不快感をあらわにすると、周囲に控《ひか》える鬼械神へと目を向ける。

「アンチクロス。何故、持ち場を離《はな》れた」

マスターテリオンが咎《とが》めると、金色の鬼械神に乗った男が応《こた》える。

「私の判断でございます。やはりC計画完遂《かんすい》のためには、万全《ばんぜん》を期しませんと」

男は頭を下げると、デモンベインへと一瞥《いちべつ》をくれた。

「でしゃばりすぎだ、アウグストゥス！　これは余と大十字九郎のかけがえもない遊びの一時だ。貴公が邪魔《じゃま》をすることは許さぬ！」

だがアウグストゥスは一歩も退《ひ》く様子はなかった。

「下がらぬか、アウグストゥス！」

マスターテリオンが一喝《いっかつ》した瞬間《しゅんかん》だった。

九郎は目の前で起きた出来事に言葉を失った。それはアルも同じらしく、身を乗り出してモニターに食い入っている。ティトゥスが操《あやつ》る鬼械神が、リベル・レギスを背後から袈裟《けさ》斬りにしていたのである。肩口《かたぐち》から入った大刀は腹部にまで達し、リベル・レギスから火花と黒煙《こくえん》が上がった。

「なんのつもりだ、ティトゥス!?」

マスターテリオンは驚愕《きょうがく》の表情を浮《う》かべると、鎧武者へと目を向けた。

「大導師、まさか拙者《せっしゃ》に忠誠でも期待していたのではあるまいな？　ならば愚《おろ》かしいことですぞ。拙者は武士道から外れ、外道《げどう》に堕《お》ちた悪鬼《あっき》。忠義など遥《はる》か昔に捨ててきた」

ティトゥスの話を聞き終わる前に、リベル・レギスの右手は白く輝き始めていた。だが手刀

が振るわれる前に、リベル・レギスの腕《うで》は『風』によって捕縛《ほばく》されていた。

「クラウディウス！」

ロードビヤーキーの上では、クラウディウスがヘラヘラと笑っていた。

「おいおいおいおいおい、おとなしくしててくれや。大導師ちゃんよぉ」

クラウディウスの嘲笑に、ティベリウスの嘲る声《あざけ》が重なる。

「悪いわネ、大導師様。もう、アナタは用なしよん☆」

「つまり、つまりですな。これは謀反《むほん》ということになりますな。いやはや、まさに世は弱肉強食。下克上《げこくじょう》の時代ですな。いやはや、まったくもって世知辛《せちがら》い」

ウェスパシアヌスは豊かな顎髭《あごひげ》をなでつけながら苦笑《くしょう》している。

「貴公らっ！」

顔色を変えるマスターテリオンに、クラーケンが襲《おそ》いかかる。クラーケンは両腕《りょううで》を伸《の》ばすとリベル・レギスの両腕を押さえこみ、絞《しぼ》り上げた。機体は軋《きし》み、すでに開いている傷口が激しく爆《は》ぜる。

「大導師。私は以前からC計画について疑問を抱《いだ》いていたのですよ。計画の規模と危険度に対し、貴方《あなた》は杜撰《ずさん》な対策しか講じてはいない。いや、対策と呼ぶのもおこがましい！」

アウグストゥスはマスターテリオンを冷ややかな目で見下ろすと、さらに続ける。

「私は貴方の狂気《きょうき》など見抜《みぬ》いていた。貴方は世界の支配になど興味がないのだ。違《ちが》いますか？残念ながら我々は、もっと俗《ぞく》っぽい生き物なのです。世界を滅《ほろ》ぼされては困るのですよ」

黒煙を上げるリベル・レギスのコックピットから、不安げな表情をしたエセルドレーダが飛び出してくる。彼女はマスターテリオンに寄り添《そ》った。

「貴公等。その程度の実力で、余とリベル・レギスをどうにかできるとでも思っているのか？」

「強がっても無駄《むだ》ですよ。いかに貴方といえども、我ら全員を相手になどできますまい。しかも今の貴方は儀式《ぎしき》で疲弊《ひへい》し、鬼械神はその有様です」

アウグストゥスは残酷《ざんこく》に告げると、それをキッカケに六体の鬼械神の魔力《まりょく》が急激に高まり始める。それはすべてマスターテリオンとリベル・レギスへと向けられていた。

鎧武者型の鬼械神が、突《つ》き刺《さ》さったままの大刀を振《ふ》り下ろす。それによってリベル・レギスは分断され、さらにはクラーケンが四肢《しし》を引きちぎった。そこへトドメとばかりにロードビヤーキー、ベルゼビュート、そしてウェスパシアヌスが操る蜘蛛《くも》型の鬼械神が攻撃《こうげき》を加える。リベル・レギスはついに沈《しず》み、マスターテリオンとエセルドレーダは爆風《ばくふう》で宙へと投げ出される。

「ア、アウグストゥスウウウウウウッ！」

「では、さらばです。大導師」

アウグストゥスが告げると、金色の鬼械神に備わった砲口《ほうこう》がキラリと光る。そこから放たれたのは高出力のビーム砲《ほう》であり、それはマスターテリオンとエセルドレーダを包みこんでいった。素手《すで》でデモンベインと渡り合い、神をも召喚《しょうかん》した最強の魔神《まじん》の、あまりにもあっけない最期《さいご》である。

九郎は光の中に消えゆくマスターテリオンの姿を、半ば呆然《ぼうぜん》と見つめていた。

「マスターテリオンが……死んだ」

その事実を、どのように受け止めればいいのか九郎には解《わか》らなかった。だが、状況はまるで好転せず、それどころか最悪の事態を迎《むか》えようとしている。アウグストゥスはデモンベインへと目を向けた。その目には陰惨《いんさん》な笑《え》みが浮かんでいる。

「さてと。もう一匹《ぴき》、邪魔者《じゃまもの》がいるな」

アウグストゥスは、あからさまな悪意をデモンベインへと向けてきた。

「まずい！　まずすぎるぞ、九郎！」

アルの悲鳴を耳にしながら九郎は打開策を模索《もさく》するが、その時間すら与《あた》えられなかった。

「大十字九郎、あのときの礼をさせてもらうゾ」

義手を振り上げながらカリグラは吠《ほ》えると、クラーケンへと乗りこんだ。他のアンチクロスもそれぞれの鬼械神に乗りこみ、間合いを詰《つ》めてくる。四方を塞《ふさ》がれ、上空にはロードビヤーキーとウェスパシアヌスの蜘蛛型の鬼械神が待ち受けている。まさに八方塞《はっぽうふさ》がりの状況《じょうきょう》だった。

クラーケンのかぎ爪《づめ》がデモンベインへと迫《せま》る。それをすんでのところでかわすが、その先には鎧武者《よろいむしゃ》型の鬼械神が両手に大刀を持って待ちかまえていた。

『鬼械神・皇餓《おうが》だ。嬲《なぶ》るのは好かぬが——覚悟《かくご》！』

ティトゥスが告げるやいなや、デモンベインの左腕《ひだりうで》は斬り落とされていた。皇餓の剣《けん》の動きはまるで見えず、斬られたことすら後で気づくほどである。九郎は舌打ちをしながらデモンベインを皇餓へと体当たりさせると、血路を開いて疾駆《しっく》した。遁走《とんそう》するデモンベインに対し、ロードビヤーキーがライフルで狙《ねら》ってくる。それは確実にデモンベインへと命中し、そのたびに装甲《そうこう》は剝《は》がれていく。だが意図的に急所を外しているらしく、デモンベインは運動性能を落とすだけだった。上空から蜘蛛とも円盤《えんばん》とも取れる鬼械神が飛来してくる。

『鬼械神・サイクラノーシュだ。まあ、見納めになるとは思うがね。なに、冥土《めいど》の土産《みやげ》みたいなものだよ。ではでは、あの世で大導師によろしく言ってくれたまえ』

嘲《あざけ》るようなウェスパシアヌスの声が聞こえたかと思うと、デモンベインは足下《あしもと》をすくわれて仰向《あおむ》けに倒《たお》れた。見ると、デモンベインの両脚にクラーケンの手が絡《から》みついている。

『オーラオラ！　負け犬ちゃんにプレゼントだよーッと！』

上空から銃弾《じゅうだん》が降ってくる。それはデモンベインの顔を剔《えぐ》り、左腕を吹《ふ》き飛ばし、両脚をもぎ取った。モニターが無数のエラーで満たされる。あちらこちらで火が噴き、火花が散った。九郎とアルはデモンベインを必死に操作するが、動かそうにも四肢を奪《うば》われては地面を這《は》いずるだけだった。

ライフルの掃射《そうしゃ》が終わったとき、デモンベインは六体の鬼械神に取り囲まれていた。

「ちくしょう……。ここまでか？　ここまでなのかよっ！」

だが諦《あきら》めるわけには――終わるわけにはいかなかった。たとえ無駄だとしても、このまま死を待つわけにはいかない。九郎は最期の時を迎えるその瞬間《しゅんかん》まで、足掻《あが》いて足掻いて足掻きまくって、無様な姿をさらしてでも道を切り開くつもりでいた。

「動けっ！　動け、デモンベインッ！　こんなところで終わってもいいのかよっ！」

九郎は叫《さけ》びながら必死に操作するが、デモンベインの損傷は致命的《ちめいてき》であり、小爆発《ばくはつ》を繰《く》り返しながら形を崩《くず》していく。爆発はより深刻なものへと変わりつつあった。六体の鬼械神の魔力が高まっていく。その中の一体、アウグストゥスが操《あやつ》る金色の鬼械神が一歩前へ進み出ると、デモンベインを見下ろした。

『それでは、さようならだ』

金色の鬼械神の砲口が光を帯び始める。

「ちくしょうっ！　終われねえ……！　終われねえんだよっ！」

コックピット内が光で覆《おお》われていく中、九郎は絶叫《ぜっきょう》する。

光が、絶望的な光の闇《やみ》が迫っていた。

＋

明確な絶望が支配する中、アルは助かる道を模索していた。

デモンベインの命は風前の灯火《ともしび》であり、周囲は最悪の魔術師《まじゅつし》たちに取り囲まれている。勝てる見こみは万に一つもない。それでもなお九郎は気を吐《は》き、立ち向かおうとしていた。彼の気持ちに応《こた》えたいとは思うアルだが、同時に手遅《ておく》れであることも知っていた。

光が迫ってくる。デモンベインを蹂躙《じゅうりん》し、陵辱《りょうじょく》し、粉砕《ふんさい》していく闇の光が。

そのとき、アルの中に培《つちか》われた強い使命感が訴《うった》えかけてきた。

——逃《に》げろ、と。

九郎とデモンベインを見捨てさえすれば、助かる可能性はあった。動かぬ鬼械神にもはや用はなく、彼とともに逃げるよりは一人のほうが身軽だった。今は逃げて、次に備える。悠久《ゆうきゅう》の時を生きる彼女にとって、機会はいくらでもあった。術者を失ったとしても、また探し出せばよかったからだ。そう。今までと同じように……。

外道の力を操る強大な邪悪《じゃあく》が出現するたびに、アルは鬼械神・アイオーンを駆《か》る魔術師を見つけ出し、それらを討《う》ち滅《ほろ》ぼしてきた。それはアルの存在理由であり、意志でもあったが、彼女を書き記したアブドゥル・アルハザードの遺志だったのかもしれない。なんにせよ異形の神々に与《くみ》する外道《げどう》たちを、さらなる外道の知識を用いて討ち滅ぼすことはアルの意志には違《ちが》いなかった。

そんな彼女にとって術者とは、アイオーンを動かすための道具であり消耗品《しょうもうひん》だった。もちろん邪悪と戦う彼らのことは尊敬していたし、彼らは例外なく真の戦士だった。だが彼らは戦いの中で傷つき、倒れていく。失ったものは補充《ほじゅう》するだけであり、敬意を払《はら》ってはいてもそのように扱《あつか》ってきたことは事実だった。主《あるじ》の屍《しかばね》を乗り越《こ》えながらも、自分の目的を果たす。そのことに後悔《こうかい》はなかった。だから九郎と契約《けいやく》したときも今までと同じだったたし、いずれは踏《ふ》み越えていく通過点の一つにしかすぎなかった。あくまでも二人の関係は魔術師と魔導書にすぎなかったのである。だが九郎は今までの主とは違い、ひどくありふれた人間だった。そしてあろうことか彼はアルを魔導書としては見ず、人と見なしていた。仲間として、戦友として、そして家族として彼女を迎《むか》え入れてくれた。それは未知の温《ぬく》もりであり、人の愛を知らない彼女の心を温もりで満たしていた。

（ああ、そうか）

今この瞬間、アルは失ったかつての主たちの死を悲しんでいた。こんなにも悲しいものを積み重ねて生きてきたのかと思わずにはいられなかった。

——逃げろ。

内なる声がアルを急《せ》かす。だが、それには従えなかった。同じことを繰り返すのも、さらなる悲しみを重ねるのも、ましてや九郎を見捨てて逃げ出す理不尽《りふじん》を許せるわけがなかった。

『それでは、さようならだ』

アウグストゥスの冷笑《れいしょう》がコックピットに響《ひび》いてくる。

（させるか。させてなるものかっ！）

アルはコックピットから這い出すと、九郎の下へと駆け寄った。光がコックピット内を包みこんでいく。背後でハッチが吹き飛んだのが判《わか》る。すべてが無になろうとしていた。

（九郎。大十字九郎。我が主よ……）

仰《あお》ぐようにして九郎の顔を見つめる。想《おも》いが溢《あふ》れるが、言葉が見つからない。口が動かない。

（妾《わらわ》は……）

背中が焼けるように熱かった。死が眼前に迫《せま》っている。

「妾は汝《なれ》のことを――」

そして、世界は白い闇の中へと沈《しず》んでいった。

エピローグ　天に問う――剣は折れたのか？

その瞬間《しゅんかん》、指令室内は静寂《せいじゃく》に包まれた。

誰一人《だれひとり》として口を開かず、目の前で起きた出来事を呆然《ぼうぜん》と見つめている。

瑠璃は司令室のモニターでデモンベインの最期《さいご》を目撃《もくげき》していた。デモンベインは金色の鬼械神の一撃《いちげき》によって跡形《あとかた》もなく消え失《う》せていたのである。

瑠璃はうなだれると、その場で崩《くず》れ落ちた。

唯一《ゆいいつ》の希望が消えていた。

デモンベインは破れ、それを操《あやつ》る術者と魔導書《まどうしょ》もない。軍隊も破れていた。私設軍がいるにはいたが、デモンベインですら勝てなかった相手に勝てるわけがなかった。しかもブラックロッジの背後には『神』がついていた。神を相手に人間がどうこうできるわけがない。もはや人類に打つ手などなく、地上は地獄《じごく》と化すしかなかった。

瑠璃の意識は、急速に遠ざかっていった。

＋

ウェストとエルザは研究室でデモンベインの最期を見届けていた。

九郎とデモンベインを生涯《しょうがい》のライバルと認識《にんしき》し、日々研究を重ねてきたというのに、まさかあのような形で獲物を奪《うば》われてしまうとは想像すらかなわなかった。

それだけではない。マスターテリオンはアンチクロスの裏切りで殺されていた。あの絶対的な支配者がいとも簡単に殺されてしまったことは質《たち》の悪い冗談《じょうだん》のようであり、アンチクロスがそのような暴挙に出ようなどとは思いもしなかったウェストである。

「アウグストゥスめ……」

忠誠心など持ち合わせてはいなかったが、自分の獲物を横取りされたことに対する怒《いか》りと、アンチクロスの暴挙に対する怒りは隠《かく》しようもなかった。

「エルザ、行くのである！」

白衣を翻《ひるがえ》しながら、ウェストはエルザに告げた。

「どこに行くロボ？」

「決まっているのである。あの愚《おろ》か者どもにガツンと言ってやるのであるっ！」

＋

白い閃光《せんこう》の中に消えていくデモンベインの姿を、メタトロンは呆然と見守っていた。仮面に隠れて表情をうかがい知ることはできないが、動揺《どうよう》は隠しようもない。

《……九郎……や……》

閃光が消えたあとには、深々と剔《えぐ》れたクレーターのような地面しか残されてはいなかった。
《なんて……なんてことだっ！》
メタトロンは感情をあらわにして叫《さけ》んでいた。
もはやサンダルフォンの相手をしている場合ではない。到底《とうてい》、間に合うわけもなかったが、すぐにでも九郎たちの下へと駆《か》けつける必要があった。だが、サンダルフォンがそれを許さない。
《どこへ行くつもりだ？》
サンダルフォンの拳《こぶし》が、メタトロンの眼前へと迫《せま》る。
《いいかげんにしろっ！　そこを退けっ！》
サンダルフォンの拳を受け止めたメタトロンは、即座《そくざ》にビームセイバーを現出させて斬《き》りつけた。
まったく無駄《むだ》のないその動きは、回避《かいひ》行動に移っていたはずのサンダルフォンの脇腹《わきばら》を捕《とら》える。
メタトロンはバランスを崩して堕《お》ちていくサンダルフォンには目もくれず、かつてアーカムシティだった街の上空を翔《かけ》ていく。

＋

激しい衝撃《しょうげき》が九郎の全身を貫《つらぬ》いていた。

溺《おぼ》れてしまうほどの暖かな微睡《まどろ》みの中にあった九郎の意識は、それで一気に回復する。

ハッとして目を開けると、そこは見覚えのある場所だった。デモンベインのコックピットである。ただ内部は溶《と》けたり崩れたりしており、ハッチは吹《ふ》き飛んで外が丸見えだった。計器類は残らず壊《こわ》れ、モニターにはノイズとエラーメッセージしか映し出してはいなかった。ひどい有様である。

「格納庫か……」

なぜここにいるのかと、九郎は首をかしげた。

(あのとき……金ピカの鬼械神《デウス・マキナ》にやられて……)

だとすると、なぜ格納庫にいるのかという疑問が浮《う》かび上がってくる。

「空間転移ってやつか？」

そのようなことができるとは聞いてなかったが、九死に一生を得たのは確かなようだ。九郎は溜《た》め息をついた。

「こんな便利なことができんなら、最初から言いやがれっての。焦《あせ》らせやがって……」

九郎は笑いながら悪態をつくが、肝心《かんじん》のアルの姿が見えない。気配もなかった。

彼女の姿を求めて体を起こそうとしたときだ。小さな体が覆《おお》い被《かぶ》さっていることに気がついた。アルである。彼女は気を失っているらしく、身動《みじろ》ぎ一つしない。

「……アル、大丈夫《だいじょうぶ》か？」

九郎はアルの体に手を回し、軽く揺《ゆ》さぶった。だが、彼女はピクリともしない。背中に回した手が、ぬめるのを感じた。手を見ると、そこは真っ赤な液体で染まっている。

（……おい、よしてくれよ）

心が凍《こお》っていく。

アルの背中へと目を向けると、ドレスは破れ、鮮血《せんけつ》で染まっていた。いや、そもそも背中など存在しない。彼女の背中は剔《えぐ》れており、背骨すらハッキリと認識《にんしき》できるほどだった。

「おい……なんの冗談だよ」

絶望が這《は》い寄ってくる。

九郎はアルの体を揺さぶった。何度も何度も。乱暴なくらい、激しく揺さぶる。

「ふざけんなよ……おい。いくらなんでも、こんなの笑えねえよ……」

九郎は強引《ごういん》に笑《え》みを浮かべると、白い肌《はだ》をより白くしたアルへと声をかける。

だが彼は理解していた。理解していたが、それを全力で否定し続ける。

「アル！　アルっ！　いいかげん、目を覚ましやがれっ！」

だが九郎の言葉は……彼の願いはアルには届かない。

なぜなら――。

アルの体が淡《あわ》い光に包まれていく。その儚《はかな》い光の中で、彼女の体は急速にその形を失っていった。

彼女の輪郭《りんかく》は崩《くず》れ、アルという個体が光の粒子《りゅうし》へと変化していく。

「お、おいっ！　待て、待ってくれっ!!」

九郎は崩壊《ほうかい》し続けるアルの体を抱《だ》きしめるが、腕《うで》の隙間《すきま》から光の粒子が次々とこぼれていく。それを防ごうと、彼は必死に粒子を掻《か》き集《あつ》めた。だがそれはつかみどころがなく、崩壊も止まらない。それでもなお、九郎は集め続けた。アルの欠片《かけら》を。

だが限界だった。アルの体は眩《まばゆ》い光に包まれたかと思うと、九郎の腕の中で弾《はじ》けた。

光の粒子がコックピット内に舞《ま》う。それは魔導書のページとなり、花吹雪《はなふぶき》のように宙を舞った。

九郎の頭上をひらひらと舞っていたページは、吸い寄せられるように彼の下へと集まっていく。

彼が手を差し出すと、それは一枚一枚、折り重なり、やがて古びた一冊の書となった。

そして、それが意味することとは——。

「うあああああああああああああああああああああああ！」

絶叫《ぜっきょう》と共に、九郎の心は砕《くだ》け散った。


〈「魔を断つ剣《つるぎ》」へ続く〉

あとがき

小説版「斬魔大聖デモンベイン」はいかがでしたか？

はじめてデモンベインに触《ふ》れる人はもちろん、〝すでにパソコン版をプレイされた人にも楽しんでもらえるように〟というコンセプトで書き上げたのが本書です。

基本的な流れはゲームに沿いつつ、新たに付け加えた設定やシーンなどを随所《ずいしょ》にちりばめてありますので、そこらへんを楽しんでいただけたのであれば大成功ってことになるかな？

総ページ数が四百ページに迫《せま》るという「編集と営業泣かせの超《ちょう》大作！」「もってけドロボー」という、なんだかよく分からんけどとにかく豪華《ごうか》な文庫に仕上がりましたので、書店であとがきから確認《かくにん》されている皆《みな》さまは迷わずレジなどに持っていくのが吉《きち》かと思われます、はい。購《こう》入《にゅう》された皆さま、ありがとうございました。次巻もよろしくです！

しかし、企画《きかく》段階では三百ページということでスタートしたはずなのに、ひっくり返るほどページ数が増えてしまいましたね。いやあ、すんませんです。全部、ゲーム……いえ、僕のせいです。実際、各所で泣いてる人がいたと思うんですけど、前例ができたということで次巻も遠慮《えんりょ》なく書かせてもらおうと心に決めました。ははは。いやはや、開き直るとこんなにも清々《すがすが》しいものなんですね？（ゴメンナサイ。嘘《うそ》です）

これだけのボリュームになっちゃったのは、ひとえに情報量の多さによるものですが、実は一章を書き終えた段階で百ページほどになっていたりもしました。手探《てさぐ》り状態で書き始めたというのもありますが、徹底《てってい》的に書きこんだあとで不要な文を削《けず》っていくというやり方を採っているせいか、必然的に増えてしまった感じでしょうか？

けど、これだけ分量があるにもかかわらず、実はかなりカットしていたりするんです。泣く泣くカットしたシーンも多いんですよね。パソコン版をお持ちの方は、比較《ひかく》されてみるのも一興かと。

さて。ゲームを前提にした作品を小説化するというのは、これでなかなか大変な作業だったりするのですよ。ノベライズを書かれている物書きさんの大半が、きっと同じ類《たぐい》の苦しみを味わっているのではないかと思いますが……。特にデモンベインはビジュアル面にも力が入りまくっている作品なので、ある意味、物書き泣かせだったりするんですよね。

特にロボット。どんなに頑張《がんば》っても一枚のＣＧにはかなわないので、ここはひとつ書かないことに決めました。まあ、なんて潔《いさぎよ》いことでしょう。もちろん、ある程度の描写《びょうしゃ》は入れてありますが、ビジュアル面にかんしてはゲームに任せて、小説では人物にスポットライトをあてております。

ちなみに上巻では三章にウェストとエルザの過去を、次巻以降では彼や彼女のあれこれを挿《そう》入《にゅう》する予定なので、お楽しみに。

デモンベインの脚本《きゃくほん》を担当された鋼屋ジン氏とは、プロットの段階であれこれと相談に乗ってもらいました。いちいちメールや電話で打ち合わせをするまでもなく、社内でテキストをコピーして一つ上の階に行けばすむので驚《おどろ》くほど打ち合わせは楽なのですよ（注：デジターボの上の階にニトロプラスがあります）。

おかげでイロイロと楽できて大助かりでした。鋼屋氏にはイチイチ面倒《めんどう》な奴《やつ》だと思われていたと思いますけど、次巻もよろしくお願いします、ということで。

プレステ2版のデモンベイン、頑張ってくださいね。草葉《くさば》の陰《かげ》で見守っております……。

さて、そろそろページに余裕《よゆう》がなくなってきました。

この本が出版されるころ、僕は泣きながら次巻を執筆《しっぴつ》している最中だと思います。

次巻ではこの巻で書ききれなかった登場人物のサイドストーリーが多く入ってくる予定なので、原作とは少し違《ちが》ったデモンベインになるかもしれませんね。

好評なら外伝なんかも書かせてもらえるかもしれないので、ここは読者の皆さまのお力でひとつ（探偵《たんてい》としての九郎が難事件を活躍《かつやく》する話というのも面白《おもしろ》いのではと……。デモンベインは出てきそうもないですが）。

それでは次巻でお会いしましょう。

株式会社デジターボ　涼風《すずかぜ》　涼《りょう》

2004年初旬刊行予定

デモンベイン　魔を断つ剣』

は斃《たお》れた——。

めん。

夢幻心母で勝ち名乗りを上げるアンチクロス。格納庫に大破して横たわるデモンベイン。コクピットの中では泣き叫ぶ九郎と空を舞う魔導書の欠片。そして明かされるメタトロンとサンダルフォンの因縁。隠された謎の一部がついに明かされる!

次巻予告

『斬魔大聖

剣は折れ、盟友《とも》

鋼の神よ、再び大地を踏み

斬《ざん》魔《ま》大《たい》聖《せい》デモンベイン

無《む》垢《く》なる刃《やいば》

原作：鋼屋《はがねや》ジン（Nitroplus）
著：涼風《すずかぜ》 涼《りょう》（DIGITURBO）

角川文庫 13095

平成十五年十月一日 初版発行
平成十五年十二月五日 三版発行

発行者――井上伸一郎
発行所――株式会社角川書店
東京都千代田区富士見二―十三―三
電話 編集（〇三）三二三八―八六九四
営業（〇三）三二三八―八五二一
〒一〇二―八一七七
振替〇〇一三〇―九―一九五二〇八

印刷所――暁印刷 製本所――コオトブックライン
装幀者――杉浦康平

定価はカバーに明記してあります。

S 156-5
ISBN4-04-427805-9 C0193

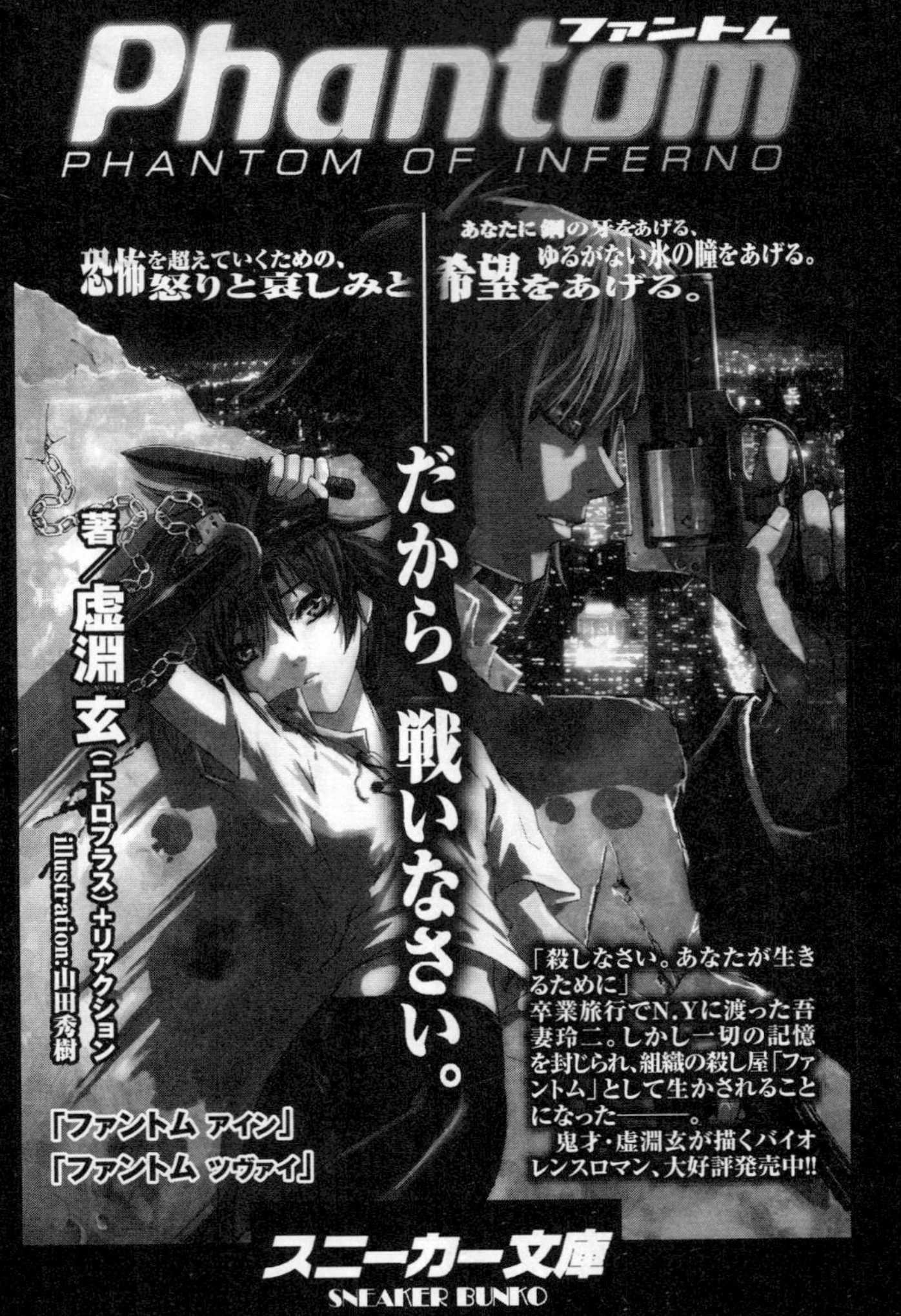
Phantom ファントム
PHANTOM OF INFERNO
あなたに鋼の牙をあげる、
ゆるがない氷の瞳をあげる。
恐怖を超えていくための、怒りと哀しみと
希望をあげる。
だから、戦いなさい。
著／虚淵 玄（ニトロプラス）+リアクション
illustration:山田秀樹
「殺しなさい。あなたが生きるために」
卒業旅行でN.Yに渡った吾妻玲二。しかし一切の記憶を封じられ、組織の殺し屋「ファントム」として生かされることになった――。
鬼才・虚淵玄が描くバイオレンスロマン、大好評発売中!!
『ファントム アイン』
『ファントム ツヴァイ』
スニーカー文庫
SNEAKER BUNKO